2012

A to[illegible]ieve

Be[illegible]

de relaxation

en lisant.

Bonne fête.

Nous te souhaitons

d'aimer à lire.

Grand-maman xxx ♡

Grand-papa xxxx

Arielle Qüeen
Le dix-huitième chant

Du même auteur

Dans la même série

Arielle Queen, La société secrète des alters, roman jeunesse, 2007.
Arielle Queen, Premier voyage vers l'Helheim, roman jeunesse, 2007.
Arielle Queen, La riposte des elfes noirs, roman jeunesse, 2007.
Arielle Queen, La nuit des reines, roman jeunesse, 2007.
Arielle Queen, Bunker 55, roman jeunesse, 2008.

Romans

L'Ancienne Famille, éditions Les Six Brumes, coll. « Nova », 2007.
Samuel de la chasse-galerie, roman jeunesse, éditions Médiaspaul, coll. « Jeunesse-plus », 2006.

Nouvelles

Le Sang noir, nouvelle, revue *Solaris* n° 161, 2007
Menvatt Blues, nouvelle, revue *Solaris* n° 156, 2005.
Futurman, nouvelle, revue *Galaxies* n° 37, 2005
Porte ouverte sur Methlande, nouvelle, revue *Solaris* n° 150, 2004.
Les Parchemins, nouvelle, revue *Solaris* n° 147, 2003.

Arielle Queen

Le dix-huitième chant

Michel J. Lévesque

Les Éditions des Intouchables bénéficient du soutien financier de la SODEC et du Programme de crédits d'impôt du gouvernement du Québec.

Nous remercions le Conseil des Arts du Canada de l'aide accordée à notre programme de publication.

Nous reconnaissons l'aide financière du gouvernement du Canada par l'entremise du Programme d'aide au développement de l'industrie de l'édition (PADIÉ) pour nos activités d'édition.

LES ÉDITIONS DES INTOUCHABLES
4701, rue Saint-Denis
Montréal, Québec
H2J 2L5
Téléphone: 514 526-0770
Télécopieur: 514 529-7780
www.lesintouchables.com

DISTRIBUTION: PROLOGUE
1650, boulevard Lionel-Bertrand
Boisbriand, Québec
J7H 1N7
Téléphone: 450 434-0306
Télécopieur: 450 434-2627

Impression: Transcontinental
Photographie de l'auteur: Karine Patry
Illustration de la couverture: Boris Stoilov
Conception du logo et de la couverture: Geneviève Nadeau
Infographie: Geneviève Nadeau et Roxane Vaillant

Dépôt légal: 2008
Bibliothèque et Archives nationales du Québec
Bibliothèque nationale du Canada

ISBN: 978-2-89549-328-0

En mémoire de Blanc-Bec,
qui m'a inspiré Brutal…

Odin connaît des chants que personne ne connaît. Ni la femme du roi, ni le fils de l'homme. Ces chants de magie et de puissance, il va les énumérer, tandis que, du haut de l'if Ygdrasil, il contemple les hommes, les animaux et les choses.

Le premier chant aide à triompher
des luttes et des soucis.

Le second sait ce que demandent
les fils des hommes.

Le troisième brise le tranchant
des armes de l'ennemi.

Le quatrième permet de marcher
malgré toutes les entraves.

Le cinquième donne le pouvoir
d'arrêter les flèches.

Le sixième retourne les malédictions
contre leur auteur.

Le septième permet d'arrêter
l'incendie d'une demeure.

Le huitième apaise la haine
entre les fils de l'homme.

Le neuvième calme le vent sur l'eau
et endort la mer.

Le dixième modifie la forme et
l'esprit des femmes de trolls.

Le onzième conduit les guerriers
sains et saufs au combat.

Le douzième rend la vie et la force
aux cadavres pendus.

Le treizième rend invulnérable
par l'aspersion de l'eau sacrée.

Le quatorzième permet d'énumérer
les caractères des dieux.

Le quinzième chante la force
des dieux et la fortune des nains.

Le seizième permet de séduire
la vierge aux bras blancs.

Le dix-septième enchaîne
la fidélité de la femme aimée.

Le dix-huitième chante enfin
ce qu'Odin n'enseigne jamais.

– Jean Mabire, *Légendes de la mythologie nordique*

Mon nom est Stewart, dit-il en se redressant. C'est Alan Breck qu'on m'appelle. Un nom de roi me paraît assez bon, quoique je le porte tout simple, sans aucun nom de ferme à ajouter au bout.

– Alan Breck Stewart, tiré du roman *Enlevé !* de Robert Louis Stevenson

Journal de bord du capitaine Angus « Teeth » Morgan

FEUILLET 2014.10.13 BBF

(Note au lecteur : Angus Morgan est le nom d'un corsaire écossais qui a sévi dans les mers du Yorland avant que son équipage et lui ne sombrent en mer, au large du Maroc, le 13 octobre 2014. Ce jour-là, la goélette de Morgan, baptisée le *Caribbean Queen*, naviguait près des côtes du Sunland, le seizième Territoire. Alors qu'elle filait vers le nord, entre les îles du Cap-Vert et les îles Canaries, la goélette de Morgan fut frappée par la foudre. On raconte que l'éclair provoqua un incendie et que le *Caribbean Queen* fut envoyé par le fond, après avoir été abandonné par son équipage. Voici une partie du journal de bord d'Angus Morgan, retrouvé par le capitaine lui-même sur une plage de l'île de Santiago, le lendemain de la disparition du *Caribbean Queen*.)

Journal du capitaine. Le 13 octobre de l'année 2014

Je savais que ces deux-là nous causeraient des ennuis, et ce, dès que je les ai aperçus sur le quai d'embarquement de Port-Royal. Mais j'ai quand même accepté de les prendre à bord, je me demande encore pourquoi. À cause de l'argent, sans doute. Toujours ce maudit argent ! Je voulais tout arrêter pourtant ! Mais non, il a fallu que je m'embarque dans cette dernière traversée, pour faire plaisir à mes hommes, et à cette vieille sorcière toute ridée qui me sert de femme. J'aurais dû écouter mon instinct de pirate et les envoyer promener, tous autant qu'ils sont !

L'intermédiaire qui est venu me proposer l'affaire a prétendu que le couple devait quitter la Jamaïque le plus rapidement possible. Selon lui, c'était une question de vie ou de mort. Ils étaient prêts à payer le gros prix, paraît-il. Au début, sentant l'arnaque, j'ai refusé. Mais ma femme et mes hommes m'ont supplié de revenir sur ma décision ; ils soutenaient que, depuis le retour en force des pirates, les navires de commerce se faisaient de plus en plus rares dans les Grandes Antilles (je devrais, pour être plus précis, écrire « les îles du Yorland », mais je n'arrive pas encore à m'y faire.) Il fallait trouver d'autres sources de revenus et, sur ce point, mes hommes et ma femme n'avaient pas tort. C'est pourquoi j'ai finalement accepté, malgré tous ces mauvais pressentiments, malgré la petite voix intérieure qui m'implorait de refuser ce contrat. Quel idiot je fais, en y repensant !

Sitôt embarqués, l'homme et la femme ont transporté eux-mêmes leur malle de voyage dans ma cabine ; ils refusaient catégoriquement que mes hommes touchent à leur « coffre au trésor », car c'est bien à un coffre que ressemblait cette foutue malle. Une étrange inscription était gravée sur le couvercle, juste en dessous d'une ciselure en forme de papillon. L'homme m'a ensuite payé la moitié de la somme convenue pour le voyage, tout en m'assurant que le reste de l'argent me serait versé dès notre arrivée à Casablanca. C'était un homme de grande taille et il possédait de larges épaules ; un robuste gaillard. « Mon nom est Stewart, qu'il m'a dit : Alan Breck Stewart. » Sa tête me disait quelque chose. J'avais déjà vu ce gars auparavant, mais j'étais incapable de me souvenir où. « Et voici ma femme, Hélène », a-t-il ajouté. Il s'agissait de noms d'emprunt, je l'ai tout de suite deviné. *Et moi je suis Long John Silver!* que j'ai failli lui répondre. Mais je m'en suis bien gardé. C'était un client, après tout. Et son visage barré de cicatrices prouvait bien que c'était un bagarreur. En tant qu'ancien pirate, j'étais mal placé pour juger, mais je ne faisais pas confiance à cet homme : il se trouvait seul avec sa femme sur un navire rempli de criminels – des voleurs et des tueurs, pour la plupart, qui, tout comme moi, avaient exercé la piraterie sous le règne des sœurs reines – et ne montrait pas le moindre signe d'inquiétude. Il était sûr de lui, sûr que rien ne pouvait lui arriver, sûr qu'il pouvait tous nous arrêter, mes hommes et moi, si l'envie nous prenait de nous emparer de son précieux coffre. Il savait qui nous étions, et de quoi nous étions capables et, malgré tout, il ne nous craignait pas, contrairement à tous les autres bourgeois des Antilles. Cette trop grande assurance ne me disait rien qui vaille. Cette attitude froide et impassible, et cette lueur d'invincibilité dans le regard, je les avais déjà vues quelques années auparavant, aux premiers jours de la Lune noire, chez les soldats de l'ombre affectés à la garde personnelle de l'usurpateur et des sœurs reines. C'est d'ailleurs à cette époque que les sœurs reines ont ordonné l'affranchissement de tous les criminels détenus dans les prisons, afin que ceux-ci viennent grossir les rangs de leurs troupes. Cette initiative a permis non seulement le renforcement du crime organisé, mais aussi son expansion, sous toutes les formes possibles : en effet, mafias, triades et yakuza n'ont jamais été aussi puissants que depuis ce jour. Outils technologiques et ordinateurs ayant tous été détruits dans les jours qui ont suivi l'avènement, la Terre est retournée à l'époque du Moyen Âge, ce qui explique le retour des pirates et des voleurs de grand chemin. Étant un ancien marin, j'ai décidé d'exercer la piraterie après ma sortie de prison. Il m'a fallu peu de temps pour devenir un bon pirate, que dis-je, un *excellent* pirate ! Mes hommes et moi avons été faits corsaires du Yorland dès que la sœur reine a été mise au courant de nos exploits ; elle nous a aussitôt accordé un permis « de course » – un permis de tuer et de piller, en fait. Même si nous le faisions déjà, ce statut de corsaire officiel nous autorisait à conserver tout le butin que nous récoltions sur les navires attaqués, surtout ceux qui ravitaillaient les maquisards du prince Kalev et de ses mercenaires du Nordland.

Donc, à bien y penser, il était fort probable que cet Alan Breck Stewart était un ancien prisonnier devenu militaire, ou encore un mercenaire du Nordland. En tout cas, il avait l'allure d'un combattant. Mais pourquoi s'était-il embarqué sur un navire de corsaires? Fuyait-il le Nordland ou, au contraire, avait-il une mission secrète à accomplir pour le compte de l'organisation? Tentait-il tout simplement de s'infiltrer au sein de la confrérie des pirates? Possible, mais dans ce cas pourquoi s'embarrasser d'une bonne femme? À moins qu'elle ne soit, elle aussi, une mercenaire? Ou que l'homme n'ait simplement eu pour instruction de protéger la femme? Peut-être qu'il avait reçu l'ordre de veiller sur elle pendant le voyage? Sur elle ou sur... le coffre!

Bref, une fois les cargaisons de rhum et de nourriture embarquées, nous avons largué les amarres, appareillé et quitté Port-Royal, avec à notre bord nos mystérieux passagers, ainsi que leur intrigant «bagage». J'ai ordonné aux hommes de hisser la misaine, puis la grand-voile. En cette journée de grand vent, le *Caribbean Queen* a vite atteint les quatorze nœuds. Alors que les hommes chantaient, heureux de quitter la terre, nous avons pris la direction de l'est, vers l'Atlantique. Notre destination: Casablanca, dans la partie occidentale du Sunland. Mais nous devions tout d'abord faire escale à Porto Novo, dans les îles du Cap-Vert, pour livrer quelques barriques de rhum (que j'avais fait entreposer dans ma cabine, craignant que les hommes ne les vident une fois que leur propre ration de rhum bon marché serait consommée, puis cuvée).

La traversée de l'Atlantique s'est déroulée sans problème. Le vent est demeuré constant et le ciel ne s'est jamais montré menaçant. Les hommes de l'équipage ont bien fait leur boulot, ils n'ont pas trop bu, à part un soir où ils ont failli jeter par-dessus bord deux des leurs, après avoir appris que ces deux canailles avaient apporté de la drogue avec eux sur le *Queen*. La consommation de drogue est interdite à bord des navires de corsaires ; seuls le rhum et la bière sont permis. Les deux fautifs ont reçu dix coups de fouet avant d'être mis aux fers et placés à fond de cale.

Parfois, Stewart sortait sur le pont et faisait une brève balade, question de prendre l'air, je suppose. Il n'adressait la parole à personne et ne s'arrêtait qu'une minute ou deux pour contempler l'horizon. On ne voyait jamais sa femme. Elle demeurait en tout temps dans ma cabine – que j'avais cédée au couple pour toute la durée du voyage, moyennant un léger supplément, bien sûr. Pour ma part, je dormais avec les hommes, ce qui ne semblait pas leur plaire, et je les comprends : ils étaient privés du seul endroit où, d'ordinaire, ils pouvaient râler contre le capitaine. Au début, partager l'intimité des hommes m'a amusé, mais je m'en suis vite lassé. Même si je suis moi-même un marin, je n'apprécie pas la compagnie de ces gens ; ils sont généralement solitaires et peu bavards, sauf lorsqu'ils ont bu. Ce sont des crapules, pour la plupart, et on ne peut pas leur faire confiance. Moi, si j'ai choisi la mer, c'est pour fuir la terre des hommes. Mais inévitablement, je dois emmener quelques-uns de ces brigands avec moi, pour des raisons pratiques, évidemment ; un navire tel que le mien ne peut se manœuvrer seul, et j'ai aussi besoin d'une bonne équipe pour aborder et piller les navires marchands qui ont le malheur de se trouver sur notre route. Je rêve au jour de ma retraite, celui où je léguerai le *Caribbean Queen* à mes deux fils afin de parcourir seul les océans, peut-être jusqu'à ma mort, à bord d'un quillard à un seul mât, baptisé le *Squamule*, que j'aurai moi-même construit.

Je disais donc que l'homme, Alan Breck Stewart, venait parfois nous rendre visite sur le pont, et ce, toujours en gardant le silence. Excepté ce matin-là car, vers 7 h, il est sorti de ma cabine et s'est dirigé immédiatement vers moi. Il n'y avait même pas une heure que nous avions débarqué la cargaison de rhum à Porto Novo et quitté les îles du Cap-Vert. Stewart paraissait nerveux. Jamais je ne me serais attendu à le voir comme ça. Sa froideur et son indéfectible assurance l'avaient momentanément quitté. Il paraissait moins grand, et plus vulnérable que je ne l'avais tout d'abord imaginé. Quelque chose l'inquiétait, de toute évidence. Il m'a tendu un bout de papier sur lequel étaient inscrites des coordonnées de latitude et de longitude, en degrés, minutes et secondes.

– Conduisez-nous là, a dit Stewart. Tout de suite.

Ce n'était pas une requête, c'était un ordre.

– Et qu'est-ce qu'on fait de Casablanca ? lui ai-je répondu.

– Oubliez Casablanca.

Stewart a pointé le doigt vers les coordonnées marquées sur le bout de papier, puis a ajouté :

– Selon mes propres calculs, c'est à environ deux jours de navigation.

Quoique assez inhabituelles, les coordonnées fournies par Stewart étaient parfaitement claires, et l'homme avait raison : elles conduisaient à un point géographique qui se trouvait à au moins quarante-huit heures de notre position actuelle ; un endroit situé en plein océan, entre les îles du Cap-Vert et les îles Canaries.

– Ça nous éloigne du trajet prévu, ai-je précisé à Stewart.

– Vous obtiendrez une compensation, a aussitôt répliqué l'homme, qui savait exactement où je voulais en venir. Vos hommes et vous.

Satisfait de cette entente, je me suis retourné vers le navigateur et lui ai ordonné de modifier notre course en fonction des nouvelles coordonnées. Cela nous mènerait plus à l'ouest, mais pas suffisamment pour contrarier les hommes. Il leur tardait tous de poser le pied sur la terre ferme du Sunland, puis de s'enivrer et de courtiser les jolies femmes de là-bas, mais ce détour ne semblait pas leur poser problème. Cela rallongeait le voyage, c'est certain, mais la promesse d'une compensation financière leur fit ravaler leurs protestations. Dans quelques jours, les hommes se promettaient une sacrée fête à Casablanca, mais, dans l'intervalle, ils n'avaient aucune objection à naviguer un peu plus loin, et un peu plus longtemps.

Le lendemain du jour où nous avons changé de cap, le ciel a commencé à se couvrir. Ça m'inquiétait un peu, étant donné que nous étions quand même assez loin des côtes du Sunland. Pour rejoindre la terre, il nous faudrait au moins vingt heures de navigation plein est, et nous étions trop loin maintenant pour faire demi-tour et retourner au sud, vers les îles du Cap-Vert. Le jour suivant, nous avons enfin atteint l'endroit correspondant aux coordonnées fournies par Stewart. Les nuages, qui jusque-là n'avaient été qu'un mince voile gris au-dessus de nos têtes, ont été remplacés par de gros cumulonimbus sombres et menaçants. Le changement de temps s'est effectué à une vitesse quasi surnaturelle. J'étais certain qu'il se mettrait à pleuvoir, et peut-être même à grêler, mais non, seuls les éclairs se sont manifestés ; par groupe de deux ou trois, ils zébraient le ciel et l'horizon autour de nous. Les hommes se sont mis à courir dans tous les sens et à crier que la foudre allait nous toucher, que la goélette serait endommagée, puis coulée, et que nous allions tous mourir. Nous avions déjà subi des tempêtes auparavant, et vu des éclairs frôler le bateau, mais rien qui ressemblait à pareil déchaînement de la nature. Pour peu, on aurait pensé que Thor lui-même lançait ces éclairs contre nous et, quelques jours après, je me suis demandé si ça n'avait pas été effectivement le cas. « La colère des dieux se déchaîne sur nous ! » criaient les hommes. Malgré le vent qui soufflait fort, le *Caribbean Queen* ne bougeait pas d'un poil ; il s'est immobilisé exactement à l'endroit qu'indiquaient les coordonnées de Stewart et n'a plus bougé de là, comme si nous avions jeté l'ancre. Mais que dis-je, c'était pire encore : la goélette était figée sur la surface de l'eau ; il n'y avait pas le moindre roulis, pas le moindre tangage.

C'est à ce moment que j'ai vu Stewart et la femme quitter ma cabine et s'avancer sur le pont, jusqu'au grand mât. Stewart transportait leur précieuse malle dans ses bras, celle qui avait une sculpture représentant un papillon. Il l'a posée devant le grand mât et a reculé de quelques pas, pour aller rejoindre la femme. En silence, ils ont levé les yeux vers le ciel et ont attendu.

– Qu'est-ce que vous faites là ? leur ai-je crié à travers le vent et les éclairs. Par tous les dieux de la mer, qu'est-ce qui se passe ?

Ils n'ont rien répondu, ne m'ont même pas adressé un regard. Ils fixaient toujours le ciel dans l'attente d'un quelconque signe, d'une quelconque réponse. Les éclairs continuaient de frapper à divers endroits, sans jamais toucher la goélette. Mais ils se rapprochaient dangereusement de nous, tout en se multipliant. Les puissantes décharges traversaient le ciel à répétition et de façon simultanée, ce qui créait une espèce de barrière luminescente autour du bateau. « Nous sommes prisonniers des dieux ! Nous ne reverrons plus jamais la terre ! » hurlaient certains hommes en pointant le doigt vers le ciel, tandis que d'autres tombaient à genoux et suppliaient Odin et Thor de nous accorder leur pitié.

Soudain, la pluie s'est mise à tomber, drue, serrée et glaciale. Le tonnerre a poussé un dernier grondement, puis s'est tu. Les éclairs se sont espacés, et le vent est tombé. Nous pensions tous que le cauchemar était terminé, mais c'est alors qu'un puissant éclair, plus puissant que tous ceux qui nous avaient malmenés jusque-là, s'est abattu au centre de la goélette et a frappé la malle de Stewart et de la femme. Ces derniers ont été projetés plus loin sur le pont lorsque la décharge a touché la malle. On a entendu le bois craquer, puis il y a eu une lumière pourpre et le bateau a pris feu. Les hommes ont bien tenté d'éteindre les flammes, mais en vain ; elles se sont rapidement propagées au reste du navire. On aurait dit une bête vivante qui dévorait le bois de notre bâtiment comme l'aurait fait un termite géant. L'unique canot de sauvetage a été mis à l'eau, ce qui allait permettre à plusieurs hommes de s'éloigner du bateau avant que celui-ci, ravagé par le feu divin, ne finisse par sombrer dans les profondeurs de l'océan. L'équipage n'a pas tardé à quitter le navire. Corsaire ou pas, j'ai souhaité abandonner le navire en bon capitaine, c'est-à-dire le dernier. Tout juste avant de sauter à la mer, je me suis arrêté quelques secondes sur le pont, ce qui m'a permis d'apercevoir le canot de sauvetage, au loin, qui se dirigeait vers l'est, vers la côte. Ces fous s'éloignaient de nous, plutôt que de revenir nous porter secours. *Je m'assurerai qu'ils soient pendus haut et court!* ai-je songé en ressentant le plus grand mépris pour ces lâches. À bord, j'ai vu qu'il restait deux autres personnes.C'était ce gredin d'Alan Breck Stewart et la femme. Leur précieuse malle se trouvait près d'eux, sur l'un des bancs. J'imagine que j'ai dû avoir une hallucination à ce moment, car j'ai remarqué que la malle n'avait subi aucun dommage, même si elle avait été frappée de plein fouet par la foudre. J'ai cligné des yeux, incapable de croire à ce que je voyais: la ciselure en forme de papillon a soudain pris une couleur pourpre et s'est... détachée de la malle. *Je suis mort*, ai-je conclu alors. Et ce que j'ai pu observer ensuite n'a fait que confirmer mes craintes: le papillon a pris son envol et a fait un tour complet au-dessus de la malle, puis s'est posé sur l'épaule de la femme. Un papillon de couleur pourpre. Qui scintillait dans la nuit. J'étais bien plus que mort ; j'étais déjà rendu au paradis... ou peut-être bien en enfer.

Étrangement, aucun de mes hommes d'équipage n'a péri au cours du naufrage. Seul le *Caribbean Queen* a coulé à pic. Les hommes et moi, nous nous sommes éveillés ce matin sur une plage ensoleillée de l'île de

Santiago. Les courants nous ont sans doute transportés jusqu'ici, puis rejetés sur la plage. Mon journal de bord se trouvait à mes côtés, lorsque j'ai repris conscience. À ma grande surprise, ses pages étaient sèches et en parfait état. Contrairement à nous, il n'avait pas été ramené par la mer. Sous le journal, j'ai découvert une bourse pleine d'argent. Elle ne pouvait avoir été laissée là que par Alan Stewart.

Je me souvenais avoir fait un rêve avant de m'éveiller, mais en était-ce vraiment un? Dans ce rêve, Stewart m'aidait à regagner la côte du Sunland. Il m'avait porté dans ses bras, puis déposé sur la plage en compagnie des autres marins. Les coordonnées de longitude et de latitude qu'il m'avait données sur le bout de papier, et qui m'avaient coûté mon navire, étaient tracées dans le sable, près de moi. Il m'a fait promettre de les garder secrètes, promesse que je respecte ici en ne les écrivant pas dans ce journal. « Un jour, a-t-il dit, elles seront connues de tous, mais pas maintenant. »

– Pourquoi nous avoir conduits à cet endroit? lui ai-je alors demandé dans le rêve. Et pourquoi les enfers se sont-ils ainsi déchaînés sur nous?

Il a répondu ceci:

– Le bien et le mal sont bien souvent séparés, et vont dans des directions différentes, mais, en plein océan, il arrive parfois qu'ils se croisent, puis se côtoient. Ils sont alors portés par les vagues jusqu'au même rivage. Il en va ainsi du temps et de l'espace : « Les siècles, tour à tour, ces gigantesques frères, différents par leur sort, semblables en leurs vœux, trouvent un but pareil par des routes contraires. »

Propos intéressants, mais fort obscurs. Je ne me suis pas arrêté là, j'avais une autre question pour lui :

– Que cachez-vous à l'intérieur de cette mystérieuse malle ?

– Un cadeau, a cette fois dit Stewart, toujours dans le rêve. Pour vous tous.

Je ne comprenais pas le sens de ses paroles, mais je l'ai tout de même reconnu. C'était un peu tard, je le concède, mais je ne crois pas qu'un homme tel que lui m'en gardera rancune. C'était le prince Kalev que j'avais devant moi. Alan Beck Stewart était Kalev de Mannaheim.

– Ce cadeau, c'est de l'amour, a-t-il expliqué avec un sourire. Que de l'amour, mon brave... et c'est tout ce qu'il nous faudra pour vaincre nos ennemis.

Au bout d'un moment, les degrés, les minutes et les secondes de la longitude et de la latitude se sont effacés sur le sable, puis ont été remplacés par des mots, qui ont fini par former des phrases. Deux phrases, pour être plus précis. Ce que j'ai appris plus tard, c'est qu'il s'agissait là d'une citation de l'écrivain Victor Hugo. La citation disait ceci : « Tout crépuscule est double, aurore et soir. Cette formidable chrysalide que l'on appelle l'univers tresaille éternellement de sentir à la fois agoniser la chenille et s'éveiller… le papillon. »

1

Aujourd'hui, en ce jour
du 24 novembre 2008,
le monde a changé...

Celui de l'ombre, surtout. Et peut-être aussi celui de la lumière. En moins de deux ans, les armées humaines se sont unies aux forces alters pour combattre les elfes noirs et faire disparaître ces derniers de la surface de la Terre. Bon nombre de kobolds et de nécromanciennes, alliés des sylphors, ont aussi été pourchassés, puis éliminés par un nouveau groupe de limiers : les mannalters, une unité d'élite composée des meilleurs pisteurs humains et des commandos alters du colonel Xela. Depuis 2006, les peuples de l'ombre et leurs alliés respectifs ont connu deux années d'affrontements sans merci, qui se sont déroulés autant sous l'éclat de la lune que sous celui du soleil.

Le 5 octobre 2008 a eu lieu l'invasion du Canyon sombre par les forces armées humaines ; celui-ci était alors considéré comme le repaire principal des elfes noirs en Amérique. Presque trois semaines plus tard, Xela et ses alters prenaient d'assaut la fosse nécrophage d'Orfraie pour la bataille finale. Notez que ces événements se sont déroulés après le 5 mai 2007, date à laquelle les alters Nayr et Xela, mieux connus sous les identités humaines de Ryan Thomson et du colonel Alex Atkins, ont révélé au monde entier la présence des elfes noirs sur la Terre. Bien avant mai 2007, Nayr et le puissant service de renseignements qu'il dirigeait avaient fait circuler une rumeur selon laquelle des extrémistes verts s'étaient regroupés pour donner naissance à un nouveau mouvement terroriste appelé le O.D.E.R., pour One Dark Elves Revolution. Bien sûr, c'était faux. En vérité, le groupe terroriste n'a jamais existé, et les attentats qu'on lui a attribués entre novembre 2006 et mai 2008 ont été planifiés et exécutés par les commandos de Xela, à la demande de Nayr. C'est de cette façon que Nayr et ses alters sont parvenus à prouver aux hommes que les sylphors représentaient pour eux une importante menace. Ils n'ont eu aucune difficulté à convaincre les peuples de la Terre que les elfes étaient de perfides démons, venus des mondes inférieurs, et qu'ils n'avaient qu'un objectif en tête : conquérir la planète et réduire l'humanité à l'esclavage – ce qui n'était pas entièrement faux, d'ailleurs. C'est donc grâce à Nayr et à son initiative que les hommes se sont unis et ont finalement déclaré la guerre aux elfes noirs. Ils ont bien sûr découvert quelques tanières sylphors – non sans l'aide des commandos du colonel Xela –, et constaté que Nayr et son service de renseignements disaient vrai. Les premiers affrontements entre hommes et sylphors ont mené à ce que les gens de l'époque ont appelé « la Guerre des six mois » ou encore « l'Épuration elfique de 2008 ». Les armées de tous les pays se sont regroupées en une seule force de frappe, qui a fait sans relâche la chasse aux elfes, jusqu'à ce que l'espèce soit totalement annihilée. Évidemment, Nayr et Xela se sont abstenus de mentionner aux hommes qu'il existait une seconde race de démons qui évoluait parmi eux, une race occulte dont ils faisaient eux-mêmes partie : les alters nocta. Avant leur extermination, les sylphors et les kobolds ont tenté d'en informer les humains, dans le but évident de briser l'alliance que ceux-ci avaient conclue avec les alters. Les elfes ont voulu adopter la même stratégie que les alters, c'est-à-dire dénoncer la nature maléfique de leurs ennemis, mais les hommes ne les ont pas crus, tant on leur avait dit qu'il s'agissait d'êtres fourbes. Sans le savoir, les humains ont donc aidé les alters à exterminer complètement les elfes noirs. Les elfes, les kobolds et les nécromanciens se sont bien battus, mais ils n'ont pas pu résister aux assauts combinés des humains et des alters, les uns attaquant pendant le jour, les autres pendant la nuit. Dans les livres d'histoire, on indique que l'élimination des elfes noirs et de leurs serviteurs a précédé de peu l'accomplissement de la prophétie et l'avènement de la Lune noire.

Une voix accompagne doucement le réveil d'Arielle: « *Le papillon quittera alors sa chrysalide, déploiera ses ailes et prendra son envol.* » La première chose que sent la jeune fille, c'est quelque chose de chaud. Sur la peau de son visage, tout d'abord, puis sur ses mains et contre sa poitrine. La voix continue: « *On suivra son voyage tranquille dans tout le royaume. Accompagné d'Odhal, il guidera les hommes vers le sanctuaire légué par les dieux, là où chaque question trouvera enfin sa réponse.* » Arielle sent un mouvement entre ses bras et se souvient que Brutal y repose. C'est le petit corps poilu de l'animalter qui diffuse cette chaleur sur le haut de son corps. L'animalter s'est éveillé lui aussi et son sang, tout comme celui de sa maîtresse, recommence à circuler dans ses veines. « *La victoire des forces de la lumière sera totale après le passage des trois Sacrifiés, lorsque les deux élus ne feront plus qu'un.* » Le processus de congélation généré par les caissons cryogéniques semble s'achever et tous deux sortiront bientôt de leur état d'hibernation, au grand soulagement d'Arielle, qui craignait ne jamais revoir le jour. *Après le passage des trois Sacrifiés, lorsque les élus ne feront plus qu'un...*, se répète l'adolescente. *À ce moment, et à ce moment seulement, les forces de la lumière remporteront la victoire. Qui sont ces trois Sacrifiés, ces pauvres malheureux qui seront envoyés à la mort pour assurer la victoire des hommes contre les forces de l'ombre?* La question demeure sans réponse, mais Arielle est néanmoins persuadée que ces trois sacrifices la toucheront directement. *Des amis ou des parents,* se dit-elle.

Ceux et celles qui devront être sacrifiés le seront à cause de moi, parce que je suis l'élue.

Il n'y a plus que le silence maintenant à l'intérieur d'Arielle, jusqu'à ce qu'elle perçoive des bruits sourds provenant de l'extérieur du caisson. Ce sont encore des voix, mais elles sont bien réelles cette fois, et non issues de son esprit ou d'un songe quelconque. Les voix paraissent surexcitées. Il y en a au moins trois, et elles appartiennent à des hommes à en juger par leur intonation. Les hommes parlent tous en même temps, échangeant des consignes, puis des encouragements. Soudain, Arielle entend un sifflement, comme celui que produit l'air lorsqu'il s'échappe des compresseurs dans les garages. Le sifflement est suivi d'un déclic, puis d'un autre. Quelques secondes s'écoulent, et résonne ensuite un long grincement métallique qui paraît s'étirer sans fin. La sensation de chaleur qu'a ressentie Arielle, il y a quelques instants à peine, est aussitôt chassée par une vague de froid; un froid mordant, douloureux, qui crispe sa chair et tous ses muscles. La jeune élue n'a pas encore ouvert les yeux, ses paupières étant toujours scellées par le givre, mais devine que l'on a ouvert la porte du caisson cryogénique. La brise glaciale qui s'est infiltrée alors dans le caisson lui a transi le corps. Arielle se met à grelotter, tout comme son chat animalter, qu'elle serre toujours entre ses bras.

– Les couvertures chauffantes! crie une voix. Ils sont en état d'hypothermie. Il faut les réchauffer, vite!

Arielle est prise de vertiges. Elle sent ses jambes défaillir sous elle, et craint de s'écrouler sur le sol, mais elle est rapidement rattrapée par une solide paire de bras qui se glissent sous elle et la soulèvent de terre. Sa tête retombe lourdement contre l'épaule de l'homme qui la transporte. La jeune fille essaie de rester consciente, mais les vertiges sont toujours présents; en plus de la nausée, elle sent monter la fièvre. Elle tient toujours Brutal dans ses bras, mais on s'empresse de le lui retirer, sans doute pour mieux s'occuper de lui; l'animalter doit certainement souffrir d'hypothermie, lui aussi.

– Tout va bien, Arielle, lui murmure l'homme qui la transporte. C'est moi, Sim.

Arielle n'arrive pas encore à ouvrir les yeux, mais elle n'a nul besoin de voir le visage de l'homme pour savoir qu'il dit vrai: c'est bien l'oncle Sim, le ton rassurant de sa voix ne trompe pas. Sim se hâte d'envelopper la jeune fille dans une couverture chauffante, tout en la gardant serrée contre lui. Il pose une de ses mains tièdes sur les paupières de la jeune fille pour y faire fondre le givre. Une fois qu'Arielle a entrouvert les yeux, Sim lui demande si tout va bien.

– J'ai... froid, répond-elle.

– Je sais, dit Sim. Mais ça va passer.

– Bru-Brutal..., réussit à articuler Arielle, malgré le grelottement et la raideur de sa mâchoire.

Les muscles de son visage ne sont pas les seuls à être engourdis par le froid; elle sent bien ses bras et ses jambes, autant que ses doigts et ses orteils, mais arrive à peine à les bouger.

– Brutal va s'en sortir, la rassure Sim. Jason et Geri s'occupent de lui.

Arielle a beau examiner la pièce avec attention, elle n'a aucune idée de l'endroit où ils se trouvent. Elle aperçoit ensuite Jason Thorn, le jeune fulgur, et Geri, le doberman animalter, agenouillés sur le sol. Tous deux sont penchés sur le petit corps poilu et inerte de Brutal, et ne ménagent aucun effort pour réanimer le pauvre animalter. Il y a trois autres hommes dans la pièce. Arielle reconnaît l'un d'entre eux : il s'agit de Tomasse Thornando, le chevalier fulgur qui les a aidés, Brutal, Razan et elle, à s'évader des cachots du manoir Bombyx. La jeune fille est incapable d'identifier les deux autres individus. D'autres chevaliers fulgurs, peut-être ? Des compagnons de Thornando ? Ils sont vêtus d'un uniforme noir et portent un attirail ressemblant à celui des forces spéciales de la police, les S.W.A.T. : lunettes, gants, veste pare-balles, ainsi qu'un ceinturon de cuir auquel sont attachés différents étuis. Le plus large contient un pistolet 9 mm ; les autres, plus petits, servent à loger des munitions. Chacun des hommes est armé d'un pistolet-mitrailleur, semblable à ceux que l'on voit dans les films. À leur oreille est accroché un petit émetteur-récepteur équipé d'une oreillette et d'un micro, ce qui leur permet de communiquer en tout temps, sans avoir à lâcher leurs armes. Ils sont postés près d'une porte fermée, au fond de la pièce, et affichent tous les deux un air à la fois concentré et inquiet. L'oreille tendue vers la porte, ils sont à l'affût du moindre bruit qui pourrait provenir de l'extérieur. Que craignent-ils au juste ? Et que surveillent-ils ?

Arielle se demande s'ils se trouvent toujours dans le bunker 55. Le refuge des sylphors de 1945 a pourtant été détruit, non ? À moins que Sim et les autres n'aient attendu soixante ans pour se rendre en Allemagne et creuser sous le Reichstag afin de parvenir jusqu'à eux. La présence de l'oncle Sim et de Thornando prouve qu'ils sont en l'an 2006 ou plus tard. La jeune élue se rappelle s'être éveillée pendant un court moment durant son sommeil cryogénique, et avoir vu Elizabeth en compagnie d'un autre individu, un homme qui était vêtu d'une armure rutilante et qui ressemblait à un elfe guerrier. Où était-elle alors ? *Sûrement pas dans le bunker 55*, se dit Arielle. Mais peut-être qu'elle avait rêvé, ou encore qu'elle avait été victime d'une hallucination. Était-il possible qu'elle ait conservé dans son sang des traces de la substance hallucinogène dont s'était servi Masterdokar pour la garder captive dans le monde imaginaire où vivaient Hélène Stewart et le docteur Stevenson, et duquel elle avait réussi à s'échapper grâce à l'aide de son père, Loki, et du docteur Jekyll ? *Non, tout ça est terminé*, conclut-elle. *Je me trouve à un autre endroit, j'en suis certaine. Quelqu'un ou quelque chose a déplacé les caissons, c'est la seule explication possible.* Il y a un instant à peine, cet endroit ne lui disait rien, mais maintenant c'est différent : le décor, l'architecture ne lui sont pas étrangers. Arielle remarque soudain un projecteur lunaire dans un coin de la pièce. *Un repaire de sylphors, forcément*, songe-t-elle.

Et cette odeur… elle l'a déjà sentie auparavant. *On dirait une odeur… de chair morte*, réalise-t-elle tout en se rappelant où et quand elle a senti cette odeur pour la première fois : c'était à la fosse nécrophage d'Orfraie, lorsqu'elle s'y était rendue pour délivrer sa mère ainsi que Jason Thorn.

– Nous sommes en Bretagne, n'est-ce pas ? demande-t-elle à Sim. Dans la fosse d'Orfraie ?

Son oncle n'a pas le temps de répondre ; il est interrompu par une autre voix familière :

– Ma-ma-ma parole, mais je suis à poil ! Et on gèle i-i-ici ! Qu'est-ce que vous attentez pour me-me-me passer un uniforme ? Et attention, les gars : surtout p-p-pas un uniforme de fi-i-ille !

Arielle reconnaît la voix de Brutal. C'est avec un sourire de soulagement qu'elle baisse les yeux vers son animalter, qui est lui aussi recouvert d'une couverture chauffante. Il a repris sa forme humanoïde et grelotte sous la couverture. Le regard d'Arielle et celui de son fidèle animalter se croisent enfin.

– *B-b-buenos di-di-dias*, maîtresse ! lui dit-il en claquant des dents. Je-je me sens comme un re-re-repas surgelé qu'on-qu'on vient de sortir du con-con-congélateur ! Et-et toi ?

– Je crois que j'ai attrapé un rhume, répond Arielle, toujours dans les bras de Sim.

Résonne alors une succession de coups de feu, suivie de plusieurs explosions. Ils proviennent de l'extérieur de la pièce. Les deux inconnus en uniforme de S.W.A.T. s'empressent d'armer leur pistolet-mitrailleur et se préparent à tirer. *C'est donc ça qu'ils attendaient*, pense Arielle.

– Ils approchent! s'écrie l'un des deux hommes.

– Préparez-vous! leur ordonne l'autre.

Arielle adresse un regard soucieux à son oncle.

– Qu'est-ce qui se passe?

– Beaucoup de choses, répond Sim. C'est la guerre, Arielle.

D'autres explosions se font entendre et provoquent des secousses qui font vibrer les murs de la pièce. Des nuages de poussière – du plâtre mélangé à de la terre – s'échappent du plafond et tombent comme de la neige sur Arielle et ses compagnons.

– Tu crois que tu peux arriver à tenir debout? lui demande l'oncle Sim.

L'élue acquiesce. Les vertiges ont disparu et la fièvre a diminué; elle n'a plus l'impression d'avoir la tête dans un étau. Ce rétablissement rapide, elle le doit sûrement à sa constitution d'alter. Sous sa forme humaine, elle ne se serait pas remise aussi facilement. Peut-être même qu'elle n'aurait jamais survécu au processus de cryogénie et à ces soixante années de « congélation ».

– Je veux une arme, déclare-t-elle alors que son oncle la dépose par terre.

La dernière arme qu'elle a tenue (une épée fantôme empruntée à un sycophante), elle l'a abandonnée dans le bunker 55, après s'en être servie pour se débarrasser de Masterdokar, avec l'aide d'Abigaël et de Brutal.

– J'ai une épée pour toi, annonce Jason Thorn, après avoir laissé Brutal aux bons soins de Geri.

Le jeune chevalier se rapproche de la jeune fille et lui demande:

– Dis-moi, tu sais où se trouve Bryni ? J'étais certain de la retrouver avec vous.

– Elle va-va bien, répond Brutal à la place d'Arielle.

L'animalter se souvient des derniers instants passés avec la Walkyrie : « Sur ma force et ma volonté repose la trame de toutes les destinées humaines, a-t-elle déclaré après avoir posé sa tête contre l'épaule de Brutal et fermé les yeux. Je sais que, moi, Brynahilde, je servirai cette cause avec honneur, car c'est pour cet unique accomplissement que j'ai été recrutée. Maintenant, aujourd'hui, je m'en souviens. » Elle a disparu peu après, pour aller retrouver le Jason Thorn de 1945, toujours prisonnier des sylphors. C'est là-bas qu'elle accomplirait sa mission, soit de préserver le jeune chevalier de la folie et du vieillissement jusqu'à ce qu'Arielle et sa bande le délivrent de la fosse en 2006.

– Je la reverrai ? demande Jason.

– D'une certaine façon, elle se-se-sera toujours avec toi, répond Brutal, toujours secoué de frissons.

Jason acquiesce, se contentant de cette réponse pour le moment, puis tend une épée fantôme à Arielle, qui s'empresse de la prendre. Dès que la jeune élue referme sa main autour de la poignée, la lame grise et terne reprend vie et s'illumine de son incandescence bleutée. Arielle examine les deux tranchants de l'épée, puis la fait tournoyer habilement dans sa main afin de mesurer son poids et sa maniabilité. À voir comment les autres réagissent, elle comprend qu'ils devront bientôt faire face à un nouveau péril. Même si elle n'a aucune idée de la nature de ce dernier, la jeune fille doit tout de même s'y préparer.

– Qu'est-ce qu'il nous faudra affronter derrière cette porte ? demande-t-elle. Un troupeau de sylphors ?

– Peut-être bien, répond Sim. Ou un commando de mannalters.

Arielle n'est pas sûre d'avoir bien entendu.

– Des mannalters ?

Sim lui révèle que les mannalters sont des unités spéciales composées d'humains et d'alters. Il lui répète que c'est la guerre, depuis plusieurs mois. Des alters qui maîtrisaient la possession intégrale sont parvenus à infiltrer les gouvernements et ont convaincu les dirigeants de presque tous les pays de faire la guerre aux elfes noirs. Les alters ont fourni aux hommes des preuves indiscutables de la présence sylphor, en plus de leur démontrer leur caractère démoniaque. Des dizaines d'actes terroristes ont été faussement attribués aux elfes, les alters ayant pris soin au préalable de leur inventer un mouvement terroriste appelé le O.D.E.R. La peur, voilà ce que Nayr et Xela, les chefs alters, ont utilisée pour s'allier les humains. Et cela a fonctionné à merveille, et au-delà de toute attente. En effet, les politiciens et les militaires se sont montrés encore plus zélés dans leur chasse aux démons que les alters eux-mêmes. Les repaires sylphors sont tombés un à un, et rapidement, car la majorité des attaques a été lancée pendant le jour, au moment où les sylphors étaient le plus vulnérables. La fosse d'Orfraie est le dernier bastion des sylphors et de leurs serviteurs. Lorsque la fosse sera conquise, ce qui ne devrait tarder, les elfes auront perdu la guerre et leur race sera définitivement éteinte.

Arielle paraît étonnée.

– Tu as bien dit que cette guerre durait depuis *plusieurs mois*?

Sim hésite un moment, puis déclare:

– Nous sommes en 2008, Arielle.

La jeune élue demeure silencieuse. Elle semble hésitante: doit-elle en rire ou en pleurer?

– Non, c'est impossible, affirme-t-elle. Nous... nous devions revenir en 2006, le 13 novembre, et...

– Brutal et toi, vous vous trouviez dans ce caisson depuis 1945, lui explique Sim. Votre réveil était programmé pour l'année 2006, c'est vrai, mais quelqu'un a détruit la console de contrôle au moment où elle s'apprêtait à enclencher le processus de décongélation. La mémoire autonome des caissons s'est alors effacée, et plus aucune date de réveil n'y était programmée. Tout à l'heure, pour vous libérer de la cryogénie, nous avons dû entrer une nouvelle date, de façon manuelle, précise-t-il.

Alors, deux ans se sont écoulés depuis les derniers combats au manoir Bombyx. Deux ans depuis qu'Arielle a invoqué ses ancêtres pour la première fois, et qu'elle a quitté son époque pour l'année 1945 en compagnie de sa grand-mère Abigaël. La jeune élue a peine à y croire. Que sont devenus ses amis, Elizabeth, Rose et Émile? Sont-ils toujours vivants? Et les autres habitants de

Belle-de-Jour, transformés en kobolds ? Ont-ils été guéris ? Ont-ils pu retrouver leur état normal ?

– Et que faisons-nous ici ? se demande-t-elle à voix haute. J'étais convaincue que nous allions nous réveiller à Berlin.

Sim lui répond que les alters ont découvert les caissons cryogéniques en 1965, parmi les décombres du bunker 55. Ils les ont transportés en Amérique et les ont entreposés dans un hangar secret, mais les sylphors ont trouvé un moyen de s'y introduire et de récupérer les caissons. Ces derniers ont ensuite été déposés dans la salle des coffres du Canyon sombre, et y sont restés jusqu'à la fin du mois de septembre 2008. Une semaine avant le 5 octobre – date à laquelle les sylphors ont été vaincus au Canyon sombre –, les elfes noirs ont fait transporter les caissons à la fosse d'Orfraie afin d'éviter qu'ils ne tombent entre les mains des forces alters et humaines.

Une question surgit soudain dans l'esprit d'Arielle : *Mais où est le second caisson, celui dans lequel repose Razan ?* La jeune fille observe de nouveau la pièce, avec encore plus d'attention. Il n'y a aucun autre caisson ici, que le sien.

– Et Razan, où est-il ? demande-t-elle à Sim.

– Razan ? répète Geri en fronçant les sourcils.

La simple évocation de ce nom paraît offenser le doberman.

– Nous ne le savons pas, explique Sim. Pas encore, du moins. Nous croyons qu'il se trouve ici, dans la fosse, mais nous n'avons pas découvert dans quelle pièce les elfes le gardent. À supposer qu'il soit toujours entre les mains des elfes. Il se peut fort bien que Nayr et ses alters se soient emparés de lui.

– Pourquoi tu parles de Razan ? intervient Geri sur un ton méfiant. Je croyais que c'était Noah qui se trouvait dans l'autre caisson ?

Arielle comprend l'hostilité que manifeste le doberman envers l'alter. Son maître est Noah et non pas Razan. Pour lui, ainsi que pour tous les autres, Razan représente l'ennemi. Et pour Arielle, que représente-t-il au juste ? Est-il un allié ou un adversaire ? Elle ne le sait plus trop. Ayant hérité d'un statut de renégat chez les siens, Razan est devenu un ennemi des alters, et comme le dit le vieil adage, « l'ennemi de mon ennemi est mon ami ». Mais cela signifie-t-il qu'Arielle doive faire totalement confiance à Razan ? Bien sûr que non.

– Ils sont là tous les deux, choisit-elle de répondre : Noah *et* Razan. Il faut les retrouver. En sauvant l'un, on sauvera l'autre.

La jeune fille est consciente que l'alter de Noah exerce une certaine attraction sur elle ; elle se sent attirée par lui, c'est vrai, mais elle demeure vigilante : Tom Razan est un alter, et cela fait obligatoirement de lui quelqu'un de dangereux. *En es-tu si certaine ?* pense-t-elle. *Souviens-toi de ce que la voix a dit lorsqu'elle s'est adressée à toi, dans le caisson, pendant ton court moment de réveil : « À toi, jeune mortelle, cette fleur sera inutile, car celui qui porte le nom de Razan n'est pas un alter.* » Si cette mystérieuse voix a dit vrai, alors Tom Razan n'est pas un alter. Mais s'il n'est pas un alter, que peut-il être ? Un autre genre de démon ? Un homme ? Un dieu ? Arielle devra éclaircir ce point plus tard, mais songe que son questionnement a au moins eu le mérite de lui rappeler qu'elle a en sa possession trois choses fort importantes: l'edelweiss noir, trouvé dans la salle aux trésors du bunker, le *vade-mecum* des Queen, qui lui a été remis par Abigaël, et finalement *Révélation*, le verset manquant de la prophétie copié sur microfilm, qu'ils ont retiré du corps réduit en cendre de Masterdokar. La jeune élue aura-t-elle à se servir bientôt de ces précieux objets? Elle n'en doute pas une seule seconde.

De nouveau, des bruits de coups de feu se succèdent de l'autre côté de la porte. Encore et encore. Les deux hommes en habit de S.W.A.T. ne bougent pas. Ils demeurent solides sur leurs jambes et pointent leurs pistolets-mitrailleurs en direction de la porte.

– Qui sont-ils? demande Arielle en désignant les deux hommes.

– Des hommes de Laurent Cardin, répond l'oncle Sim, qui se prépare lui aussi à l'offensive. Cardin est un riche homme d'affaires. Son fils a été tué par un prisonnier alter, en 1992. L'alter a réussi à s'échapper d'une salle d'interrogatoire située sous la villa de Cardin. En sortant de la cave, il est tombé sur Anthony, le fils de Cardin. Avant de prendre le large, l'alter a pris soin de tailler le pauvre garçon en pièces. Et comble de malheur, l'an dernier, c'est la fille de Cardin, Lisa, qui a été victime des démons. Thornando m'a confié qu'elle a été battue, puis transformée en kobold après être tombée sur un groupe de sylphors, alors qu'elle revenait à pied d'une fête donnée à son école. Depuis ce temps, Cardin et son associé Karl Sigmund sont les principaux bailleurs de fonds pour les fulgurs d'Amérique et d'Europe. Cardin et Sigmund se sont eux-mêmes constitué une milice pour lutter contre les démons. Les mercenaires qu'ils ont engagés sont d'anciens policiers ou militaires. Les deux hommes que tu vois faisaient partie des forces spéciales de la police.

Ils en ont l'allure, en tout cas, se dit Arielle.

Sim reprend :

– Après le déclenchement de la guerre entre les alters et les sylphors, les miliciens de Cardin et de Sigmund se sont ralliés aux chevaliers fulgurs de France. Les deux groupes se sont réunis au mont Saint-Michel, où est située l'abbaye Magnus Tonitrus, le repaire des fulgurs de la loge Europa. Jason, Geri, Thornando et moi y étions déjà. Dès que nous avons appris que les elfes avaient amené les caissons à la fosse d'Orfraie, nous avons mis sur pied ce groupe d'intervention, afin de vous porter secours. Et nous voilà. Le plus dur a été de trouver une façon de s'introduire dans la fosse sans éveiller les soupçons des alters qui surveillent en permanence l'entrée du maelström intraterrestre. Heureusement que Sigmund, l'associé de Cardin, disposait de deux trépans mobiles XV-23, récupérés dans un repaire sylphor abandonné. C'est grâce à ces véhicules équipés de chenilles et de foreuses que nous avons réussi à nous introduire ici. Nous avons dû abandonner le nôtre dans une autre section du niveau. Le trépan est bien camouflé, et nous pensons l'utiliser pour quitter la fosse. Mais il faudra faire vite, car si les alters découvrent l'appareil, soit ils s'en empareront, soit ils le rendront inutilisable.

– Alors, c'est tout ce qui reste de votre équipe? s'inquiète soudain Brutal en faisant le recensement des troupes.

Sim répond par la négative, puis ajoute:

– Cardin et Sigmund commandent un autre groupe, composé de miliciens et de fulgurs, mais lorsque nous avons découvert qu'il n'y avait qu'un seul caisson ici, ils ont proposé d'inspecter les autres niveaux. À bord de leur trépan, ils ont foré un second passage jusqu'aux niveaux inférieurs. Nous n'avons reçu aucune nouvelle d'eux depuis notre dernier contact radio, il y a environ trente minutes.

Après avoir revêtu l'uniforme alter que Geri a apporté pour lui, Brutal s'équipe aussi d'une épée fantôme et va se placer auprès de sa maîtresse. Ensemble, la jeune élue et son animalter lèvent leurs armes bien haut et se préparent à combattre côte à côte.

– OUVREZ CETTE PORTE! hurle une voix à l'extérieur de la pièce.

On entend toujours des coups de feu, mais ils sont moins nombreux et s'espacent de plus en plus. Retentissent ensuite des ordres impétueux, donnés par ceux qui ont exécuté les tirs en rafales. *Ils se rapprochent,* se dit Arielle.

– OUVREZ CETTE PORTE, SALOPERIES DE SYLPHORS! SI VOUS NOUS OBLIGEZ À L'ENFONCER, NOUS N'AURONS AUCUNE PITIÉ, PAROLE DU COLONEL XELA!

Brutal se tourne alors vers Arielle, et cette dernière remarque que le visage poilu de l'animalter porte encore des traces de givre. Le malheureux est toujours affligé de grelottements, mais une chance pour lui, il a cessé de claquer des dents :

– Un jour de congé, ça serait bien, non ?

2

Razan sait très bien que cette expérience extrasensorielle n'est pas qu'un simple rêve...

Il s'agit plutôt d'un songe; quelqu'un l'a contacté à travers le temps et l'espace. Contrairement à son corps physique, qui est toujours prisonnier du caisson cryogénique – quelque part à Berlin ou ailleurs, suppose-t-il –, l'esprit de Razan est attiré vers l'extérieur. Un extérieur qui se situe hors de ce monde, hors de Mannaheim, hors du royaume des hommes. L'alter reconnaît les premières étapes du trajet, pour les avoir déjà parcourues auparavant, lorsque Noah Davidoff est décédé dans cette cave, chez Saddington. À la mort de sa personnalité primaire, Razan avait lui aussi quitté Mannaheim pour entreprendre son voyage vers l'Helheim.

La balade forcée qu'il entreprend maintenant ressemble à son odyssée vers le royaume des morts, mais, au lieu de le conduire chez Loki et Hel, on l'entraîne plutôt vers le Bifrost, un pont aux couleurs de l'arc-en-ciel qui relie Midgard à un autre royaume, un royaume situé plus haut, beaucoup plus haut sur l'if Ygdrasil, à l'extrémité de sa plus grosse branche. C'est bel et bien vers l'Asaheim, le royaume des dieux Ases, qu'ils font route à présent. « Ils », car Noah Davidoff accompagne l'alter depuis quelques instants déjà. Razan ne distingue pas encore le corps astral du garçon, mais arrive à sentir sa présence. Tous les deux ont été convoqués par les dieux Ases, les dieux de la souveraineté et de la puissance. Laquelle de ces divinités donnera-t-elle audience à Razan et à Noah ? Sans doute celle qui les a sollicités tous les deux. Est-ce Odin ou son fils guerrier, Thor ? L'auteur de cet appel, plutôt que de se déplacer lui-même, a fait venir Razan et Noah directement de Midgard, grâce au pont Bifrost. Seuls quelques dieux de puissance sont capables d'une telle prouesse ; ils n'ont pas à traverser tous les royaumes pour discuter avec leurs sujets, ils n'ont qu'à requérir leur présence. Odin et Thor font partie de ces dieux tout-puissants qui n'ont qu'à commander pour obtenir tout ce qu'ils désirent.

Après avoir quitté le Bifrost, Razan et Noah franchissent les murailles de l'Asaheim sans la moindre difficulté, sans doute parce qu'ils sont considérés comme des invités plutôt que comme des visiteurs inattendus. Leur voyage astral se termine dans l'Asgard, là où résident les dieux. Dès qu'ils entrent dans l'enceinte du palais Gladsheim, appelé « le Séjour-de-la-joie », Razan et Noah sont autorisés à abandonner leur forme spectrale, qui leur a permis de voyager plus rapidement – un peu comme les transports express –, et reprennent leur aspect physique. À l'entrée du palais, ils sont pris en charge par deux einherjars. Ainsi désigne-t-on les guerriers humains tombés au combat et qui se joignent à l'armée céleste d'Alfadir, autre nom du dieu Odin. Les einherjars conduisent Razan et Noah dans une pièce si vaste et si grandiose qu'il ne peut s'agir que du Walhalla, que l'on décrit parfois comme « le hall qui brille autant que l'or ». C'est dans cette magnifique salle, dont les murs sont tapissés de boucliers dorés et de lances rutilantes, que les guerriers morts au combat se réunissent pour festoyer, après y avoir été accueillis par Odin lui-même. Mais, aujourd'hui, il n'y a pas de fête. La pièce est déserte. Il n'y a que vide et silence. Razan et Noah avancent lentement, sans dire un mot. L'unique bruit vient de leurs pas, qui résonnent sur le marbre du plancher, bruit qui se répercute dans tout le Walhalla. À l'extrémité de l'immense salle, Razan parvient à distinguer trois silhouettes, celles d'une femme et de deux hommes. Ils se tiennent tous les trois debout, côte à côte, et fixent les nouveaux arrivants d'un air grave. La femme est la première à bouger : elle fait un pas en avant, s'éloignant ainsi des hommes, puis marche en direction de Razan et de Noah. Tous les trois se rencontrent à mi-chemin, au centre du Walhalla. Razan et Noah reconnaissent la jeune femme, même si elle a beaucoup changé. Elle paraît plus grande et plus vigoureuse, et ses cheveux ont allongé et se sont éclaircis. Avant, sa chevelure était blonde. Maintenant, elle est presque blanche.

– Salut, les jumeaux, dit Ael. À ce que je vois, le covoiturage s'est bien passé. Je suis quand même surprise que vous ne vous soyez pas entretués.

– Toujours aussi charmante, répond Razan. Alors, c'est ici que tu te cachais, Blondie ? J'étais pourtant certain que tu pourrissais dans l'Helheim.

– Même chez les dieux, on favorise le recyclage. Et vous savez quoi ? Ils m'ont même accordé l'Élévation walkyrique, vous vous rendez compte ? Mais j'ai dû trimer dur, croyez-moi. Deux ans d'apprentissage, sans interruption.

– Même pas pour dormir ?

– Même pas pour dormir. On ne dort pas ici, on existe !

Razan examine la jeune fille avec davantage d'attention.

– Je constate en effet que tu as pris quelques centimètres, et gagné quelques muscles. On dirait une superbe athlète norvégienne. Dis-moi, où as-tu réussi à te procurer des stéroïdes ? Je croyais qu'on en trouvait juste dans l'Olympe !

Ael lui sourit, et se tourne ensuite vers Noah.

– Tu ne dis rien, beau garçon ?

– C'est un grand timide, lance aussitôt Razan en ricanant.

– Je suis heureux de te revoir, Ael, déclare finalement Noah.

– Vous vous demandez ce que je fais ici, pas vrai ? leur demande la jeune alter.

Razan secoue la tête.

– Sans vouloir te vexer, je me demande plutôt ce que, *moi*, je fais ici.

– Tu vas bientôt le savoir, répond Ael. Suivez-moi tous les deux.

La jeune alter conduit Razan et Noah auprès des deux hommes, ceux qu'elle a quittés il y a un instant pour venir les accueillir. En vérité, ce ne sont pas des hommes, et Razan en prend conscience assez rapidement. Le premier est un dieu, l'un des plus puissants. Il est très grand, très costaud et très blond, lui aussi. Ses cheveux sont tressés, et il est coiffé d'un casque métallique auquel sont greffées deux grandes ailes à plumes blanches. Sous sa cotte de mailles, il porte une tunique brune, en cuir, plutôt modeste. Ses bottes sont en cuir également, et à sa taille pend une épée fantôme à gros pommeau, comme celles des Vikings. Mais ce qui attire surtout l'attention de Razan, c'est la seconde arme du dieu : un marteau mjölnir d'une beauté et d'un éclat sans égal, le plus majestueux qu'il ait jamais pu observer. *Mjölnir, « le Concasseur »*, songe-t-il. *Celui-là, c'est le vrai, le modèle original. Loin de ressembler au maillet pour gamins qu'utilisent les fulgurs.* Le marteau est glissé dans un étui attaché à un large ceinturon. Le ceinturon ne recouvre pas seulement la taille du dieu, mais aussi une partie de son abdomen. *Megingjarder*, note cette fois Razan : *la ceinture de force qui double la puissance de celui qui la porte.* Et celui qui la porte en ce moment n'est autre que son légitime propriétaire : le dieu Thor, fils d'Odin et de Jord, qui s'annonce par le grondement du tonnerre et la lueur des éclairs. Dieu de la force guerrière, il est aussi le protecteur des chevaliers fulgurs, qui sont ses fidèles serviteurs sur la Terre.

Le deuxième homme, légèrement moins imposant, mais tout aussi charismatique, est un Lios Alfe, ou elfe de lumière, un de ces êtres que l'on nomme aussi les « liosylphes ». Celui qui se trouve devant eux fait partie de la noblesse elfique ; les ornements de ses vêtements en font foi. En bandoulière, il porte un grand arc doré, serti de diamants, ainsi qu'un carquois tout aussi somptueux, garni de flèches d'argent. Comme tous les autres elfes de lumière, il est beau ; les traits de son visage sont parfaits et sa peau paraît douce et sans imperfection. Ses longs cheveux blonds tombent sur ses épaules et, contrairement à la majorité de ses semblables, il semble assez costaud.

– Mon nom est Lastel, se présente l'elfe. Grand général des armées d'Alfaheim.

Razan et Noah le saluent d'un signe de tête.

– Un cousin éloigné de Legolas, pas vrai ? lui demande Razan.

– Nous n'avons pas beaucoup de temps, intervient aussitôt le dieu Thor sur un ton impatient.

Apparemment, le fils d'Odin n'apprécie pas particulièrement l'humour de Razan. Noah baisse immédiatement la tête, en signe de respect et de soumission, espérant ainsi excuser le comportement de son alter. Quant à Razan, il ne bouge pas d'un poil et continue de fixer Thor dans les yeux : pas question pour lui de plier l'échine !

– La prophétie d'Amon est sur le point de se réaliser, annonce le dieu du tonnerre. Bientôt, les hommes seront débarrassés des sylphors et des alters.

La voix du dieu a quelque chose de surnaturel, mais aussi, curieusement, de profondément humain ; elle est chaude et grave, en plus d'être vibrante et d'avoir un beau timbre.

– Alors, je disparaîtrai aussi, dit Razan.

– Non ! rétorque aussitôt Thor. Toi, tu survivras.

Razan trouve la réplique amusante.

– Je suis exceptionnel dans mon genre, ça, je le sais, mais…

– Tu n'es pas un alter, voilà pourquoi, déclare le général Lastel.

Razan est sidéré par les propos de l'elfe.

– Vous rigolez ?

Noah non plus ne semble pas comprendre.

– Mais s'il n'est pas un alter…

– C'est un humain, explique le dieu Thor.

Un humain? L'indignation puis la colère transforment aussitôt les traits de Razan Il n'aime pas du tout se faire traiter d'humain ; pour lui, c'est l'insulte suprême.

– Si ton but est de me provoquer, monsieur Cent-mille-volts, tu es sur la bonne voie.

– Razan ! le réprimande aussitôt Ael. Tu t'adresses à un dieu !

– Et alors ?

– Dis-moi, Razan, que se passe-t-il lorsque tu te mets en colère ? lui demande Thor sur un ton de défi.

– Personne ne veut voir ça, répond Razan.

L'audace de Razan provoque le rire du dieu.

– Allez, jeune homme, fais-nous le numéro du berserk !

Thor s'esclaffe de plus belle, puis ajoute :

– Tu ne t'es jamais demandé pourquoi tu te retrouvais parfois dans cet état ? C'est un don, Razan. Un don offert aux hommes valeureux. Les alters n'ont jamais bénéficié de cette habileté de berserk. Jamais !

– C'est à cause de Noah..., rétorque Razan, sur un ton moins assuré cette fois.

Le dieu a réussi à ébranler sa confiance, à semer le doute en lui.

– C'est lui qui a cette maladie, continue Razan. Il me l'a transmise et...

– Balivernes ! le coupe Thor, qui a cessé de rire. L'état berserk n'est pas une maladie ! Où as-tu pris cette idée ? Et celle de t'inventer un prénom ?! Tu voulais avoir un nom d'homme, Razan, c'est ça ? Ou devrais-je plutôt t'appeler *Tom* Razan ?

Razan ne sait pas quoi répondre ; il demeure confus, mais refuse d'admettre qu'il fait lui aussi partie de cette race de primates faibles et puants que sont les hommes.

– Non... je... je ne suis pas un homme !

– Tu es plus humain que n'importe quel autre membre de cette race, soutient Lastel. Tu es un descendant direct des premiers humains, Ask et Embla, le Frêne et l'Orme. Tu avais pour père Markhomer, qui lui-même était un ancêtre d'Ask, le premier homme, cousin des elfes, et fondateur du royaume ancestral de Mannaheim. Et c'est la même chose pour Arielle Queen. Sylvanelle, son ancêtre, avait pour arrière-grand-père Erik Thorvaldsson, dit Erik le Rouge, de la seconde lignée d'Embla, la première femme, cousine des nixes du Nord.

Ael s'approche de Razan et prend sa main dans la sienne.

– Thor et le général Lastel ont raison, lui dit-elle. Tu es un être humain, mais qui a été caché sous des apparences et des attributs d'alter, pour ta propre protection.

– Pour ma propre protection ?

– Pendant plusieurs siècles, je t'ai gardé auprès de moi, lui révèle Thor. C'est dans mon palais d'Asgard, le Bilskirnir, que tu as secrètement vécu ton exil. Mais depuis que les deux lignées d'élus existent, je te renvoie sur terre lorsqu'un nouvel élu Davidoff voit le jour et, chaque fois, tu t'incarnes en lui et tu te contentes de jouer le rôle de son alter.

Thor pousse un grand soupir, puis poursuit :

– Écoute bien ceci, compagnon : jamais un Davidoff n'a eu de véritable alter ; c'était toujours toi, avec une nouvelle mémoire, toute fraîche et toute vierge. Pour éviter que les forces de l'ombre ne découvrent ton identité, nous avons tous les deux jugé préférable, toi et moi, de te priver de ta mémoire lorsque tu t'incarnes sur terre. Nous avons ensemble convenu de te la redonner uniquement le jour où nous serions certains que la prophétie s'accomplirait. Il est essentiel que tu puisses revenir en homme libre et triomphant lorsque les démons seront enfin vaincus. À chaque nouvelle génération d'élus, toi et moi espérons que la prophétie se réalisera, et que nous pourrons te redonner ta mémoire originale, celle qui fait de toi qui tu es. Aujourd'hui, le jour de la prophétie est enfin arrivé ; sois donc assuré que je tiendrai ma promesse et te redonnerai tes souvenirs si chers et ta personnalité si attachante.

– Allez-y, dites-le-moi ! exige soudain Razan. Dites-moi qui je suis, et pourquoi je suis si *attachant* !

Razan connaît déjà la réponse, mais il veut l'entendre de la bouche même du dieu Thor. Il n'y a que de cette façon qu'il pourra envisager d'y croire, ne serait-ce qu'un seul instant.

– Tu es beaucoup plus qu'un homme, en vérité, répond Thor. Tu es le prince en exil, celui dont parlent les légendes. Midgard est ton royaume. Les humains te doivent allégeance, car tu es leur souverain. Oublie Tom Razan dorénavant ; lorsque tu retrouveras ta mémoire, tu redeviendras Kalev de Mannaheim, fils de Markhomer… et seul élu mâle de la prophétie.

– Nazar Ivanovitch Davidoff et Tom Razan ont fait leur temps, renchérit le général Lastel. De leurs cendres, tu renaîtras, mon cher Kalev.

– Kalev renaîtra de nos cendres ? répète Razan, indigné. C'est bien ce que vous avez dit ? Alors, ça signifie que le trouillard et moi devrons disparaître pour laisser la place à votre copain ?

Des deux garçons, c'est Noah qui semble le plus effrayé par cette perspective.

– Nous ne pouvons pas simplement disparaître, proteste-t-il. Il y a Arielle, les deux élus, les médaillons, la prophétie…

Noah se souvient de ce que lui a dit Bryni lorsqu'elle est venue le retrouver dans sa cellule de la Tour invisible, alors qu'il était prisonnier de Xela et de Nayr : son prénom, Nazar, vient de l'hébreu et il signifie « couronné ». Il sait maintenant pourquoi. « Si nos noms sont prédestinés, a ajouté la Walkyrie, alors tu deviendras certainement roi un jour. »

– Ce sacrifice est nécessaire, mon pauvre Noah, explique le général Lastel sur un ton qui se veut paternel. Tu dois céder l'espace à Kalev de Mannaheim, afin de faciliter sa réincarnation finale sur la Terre. C'est lui le second élu de la prophétie, mon garçon. Il l'a toujours été : en tout temps, en tout lieu, et à chaque génération, conclut l'elfe de lumière.

– Mais toi, Razan, tu ne disparaîtras pas entièrement, précise Ael.

– Pas *entièrement* ? fait Razan. Ah, d'accord, c'est rassurant..., ajoute-t-il avec ironie.

– Tu te souviendras, c'est tout, poursuit la jeune Walkyrie. Tu conserveras les souvenirs de Razan, mais à ces derniers s'ajouteront ceux de Kalev.

– Ma personnalité fusionnera avec la sienne, c'est ce que tu essaies de me dire, Blondie ?

Ael acquiesce, mais cela ne convainc pas Razan, qui ne cache pas ses doutes :

– J'ai plutôt l'impression que mon agréable personnalité se *diluera* dans la sienne. La différence est importante, tu en conviendras.

Ael n'est pas de son avis :

– Tu compliques tout pour rien.

– Vraiment ? Alors, imagine un peu ceci : si ce Kalev est un idiot ? Qu'est-ce qui va m'arriver à moi, hein ? Je vais aussi devenir idiot ?

– Kalev est un grand homme ! rétorque Thor, indigné. Ta personnalité n'en sera qu'améliorée.

Tu changeras, c'est vrai, mais pour le mieux. Tu peux nous faire confiance à ce sujet !

Razan observe tour à tour la jeune alter, l'elfe général et le dieu aux cheveux tressés avant de déclarer avec son arrogance habituelle :

– À bien y penser, je préfère le capitaine Tom Razan tel qu'il est. Et ça va rester comme ça, que ça vous plaise ou non. Pour ce qui est de votre petit copain Kalev, vous n'avez plus qu'à lui dire *sayonara* !

Après lui avoir souri gentiment, Lastel lui répond :

– Je comprends tes réticences, Razan, mais ce n'est pas comme ça que ça fonctionne. Du moins, pas dans la demeure des dieux. Ici, ce sont les immortels qui décident. Et ils décident de tout, en particulier du sort des mortels.

– Sérieusement ?

– Sérieusement.

3

Les alters réussissent à enfoncer la porte et s'introduisent dans la pièce.

Le colonel Xela a pris la tête du groupe. En plus du colonel, l'unité comprend une douzaine de commandos alters, qui sont tous armés jusqu'aux dents. Les alters sont équipés d'épées fantômes, mais celles-ci demeurent dans leurs fourreaux respectifs; ils préfèrent se servir de leurs AK-47 aussi nommés kalachnikov, des armes automatiques de fabrication russe, réputées pour leur efficacité. Dès qu'ils mettent un pied dans la pièce, les commandos se placent en rangs, les uns à côté des autres, et s'accroupissent derrière de grands boucliers rectangulaires, semblables à ceux qu'employaient les légions romaines. Ces boucliers sont recouverts d'une épaisse plaque de protection pare-balles. Une fois bien à l'abri derrière leurs boucliers, les troupes de Xela ouvrent le feu en direction des hommes de Cardin. Arielle et Brutal parviennent de justesse à éviter une rafale de projectiles, et courent s'abriter derrière le caisson cryogénique. En face d'eux, de l'autre côté de la pièce, ils aperçoivent Jason et Geri qui roulent sur le sol. Le fulgur et le doberman s'empressent de renverser une des tables en métal qui se trouvent dans la pièce et se tapissent derrière, juste à temps pour échapper à une pluie de balles qui va se loger dans le mur de béton derrière eux. *Mais où sont l'oncle Sim et Thornando?* se demande Arielle. La jeune élue s'écarte légèrement de la paroi du caisson, celle qui la protège des balles, et parvient à jeter un coup d'œil dans la pièce. L'oncle Sim et le chevalier fulgur se trouvent plus loin en avant, à la même hauteur que les hommes de Cardin. Ces derniers essaient tant bien que mal de résister aux assauts de Xela et de ses alters, mais semblent avoir été blessés: l'un au bras, l'autre à la jambe. Ils ont essuyé plusieurs tirs des alters, mais ont réussi à se faufiler derrière une cloison, d'où ils arrivent à riposter. Sim et Thornando se trouvent un peu plus à découvert que les deux hommes. Accroupis près d'une pièce de machinerie, ils s'efforcent eux aussi de tenir les alters à distance. Les salves lancées successivement par l'oncle Sim, Thornando et les hommes de Cardin parviennent à garder les alters à distance, mais plus pour très longtemps encore. Arielle plonge une main dans son manteau et la pose sur le *vade-mecum* des Queen, tout en se demandant si le moment est bien choisi pour appeler ses ancêtres à l'aide. *Peut-être serait-il préférable d'attendre*, se dit-elle en se souvenant que les invocations dynastiques ne fonctionnent que pendant un très court laps de temps. Une voix résonne alors dans l'esprit d'Arielle. Celle-ci la reconnaît rapidement, pour l'avoir déjà entendue auparavant. Cette voix appartient à l'une de ses ancêtres, Jezabelle, qui s'adresse à elle depuis le XIXe siècle: « *Tu dois utiliser le* vade-mecum *avec sagesse et parcimonie*, la prévient Jezabelle. *Sache que tu ne peux nous invoquer qu'une seule fois par nuit, Arielle, car ces appels exigent une telle quantité d'énergie vitale que nous finirions toutes par en mourir si elles avaient le malheur de se répéter. Alors, choisis bien, jeune fille.* »

Selon Arielle, la situation actuelle n'a rien de bien réjouissant; elle pourrait même coûter la vie à l'oncle Sim et à ses amis. La jeune élue a beau examiner la question sous tous ses angles, elle finit par admettre que ses compagnons et elle sont prisonniers de cet endroit. C'est véritablement une impasse. Il n'y a aucune issue possible, à part la porte que Xela et ses commandos ont enfoncée pour entrer dans la pièce, et devant laquelle ils sont toujours postés. *Mais je ne suis pas obligée d'invoquer toutes les Queen*, se souvient Arielle. *Je peux en appeler quelques-unes à l'aide, et attendre avant de convoquer les autres.* Les paroles d'une autre de ses ancêtres, Annabelle, lui reviennent en mémoire: « *Si tu es en possession du livre et que tu prononces le nom d'une Queen, celle-ci se matérialisera auprès de toi et pourra t'assister pendant un certain temps.* »

Les commandos alters, toujours accroupis derrière les boucliers pare-balles, commencent à avancer lentement. Ils s'éloignent du mur nord, celui où est située la porte, et s'engagent plus profondément dans la pièce. Leur objectif: se rapprocher des positions où sont retranchés Sim, Thornando et les hommes de Cardin. Ces derniers continuent d'arroser leurs ennemis de projectiles. Bien qu'abondantes, les balles n'atteignent pas les alters ; elles ricochent plutôt sur leurs boucliers et vont se ficher dans les murs et le plafond. Brutal est adossé au caisson et rentre la tête dans les épaules chaque fois qu'un ricochet lui frôle les oreilles.

– Passer soixante ans endormi dans un bac à glaçons et se réveiller pour être confronté à ça ! grogne-t-il avec une moue désabusée.

Arielle doit agir vite : les commandos atteindront bientôt l'endroit où se trouve l'oncle Sim. S'ils lui tombent dessus, celui-ci ne pourra leur résister longtemps. La main toujours posée sur le *vade-mecum*, Arielle entame sans tarder son invocation dynastique :

– En ce temps, en ce lieu, en mon nom, je requiers la présence de mes ancêtres. De corps et d'esprits, je souhaite que Darielle, Éva-Belle et Marie-Belle Queen se rassemblent ici !

Un vent léger pénètre dans la pièce et se faufile entre les alters. La brise contourne ensuite l'oncle Sim, les hommes de Cardin et le caisson cryogénique, puis va doucement envelopper le corps d'Arielle.

– Pour elles, pour moi, pour en sauver une, pour en sauver mille ! continue l'adolescente qui se sent envahie d'une nouvelle force, d'un nouveau pouvoir. De partout, de tout temps, séparées et ensemble, nous lutterons et nous vaincrons !

Trois jeunes femmes apparaissent alors auprès de la jeune élue, dans une brève rafale de vent.

– Je suis Darielle Queen, de l'année 1367, se présente la première.

– Éva-Belle Queen, annonce la deuxième, de l'année de 1547.

– Marie-Belle Queen, conclut la dernière, de l'année 1792.

– Et moi, je suis Arielle Queen, de l'année... 2008.

Les trois ancêtres d'Arielle dégainent ensemble leurs épées fantômes. Darielle brandit un large glaive qu'elle manie aisément d'une seule main, tandis qu'Éva-Belle a besoin des deux siennes pour tenir son imposante épée bâtarde. Marie-Belle utilise plutôt une rapière à garde allemande, qui est plus légère et plus maniable que les épées dont se servent ses deux consœurs.

– Soyons rapides et efficaces, mesdemoiselles ! déclare Marie-Belle afin de rappeler aux deux autres qu'elles ont peu de temps pour donner un coup de main à leur descendante.

Dans quelques minutes à peine, la magie de l'invocation dynastique cessera et elles devront retourner à l'endroit d'où elles viennent, c'est-à-dire à leur époque d'origine.

– Salut, les filles ! leur dit Brutal pour les accueillir à son tour. Heureux que vous ayez accepté l'invitation ! À ce que je vois, la mode a beaucoup changé en quelques siècles, fait-il remarquer tout en examinant leurs vêtements.

Les uniformes que portent les trois ancêtres d'Arielle sont tous de couleur sombre, mais c'est là leur unique point commun. Sous sa cape, Darielle est vêtue d'un pourpoint noir et d'une paire de chausses, tout droit sortis du XIVe siècle. Quant à Éva-Belle, elle porte un justaucorps et une culotte, de couleur noire aussi, le tout recouvert d'une espèce de robe à manches longues appelée « houppelande ». Marie-Belle est également habillée d'une culotte noire, qui est surmontée d'un gilet. À la place d'une cape ou d'une robe, elle porte un long frac en cuir, qui commence à ressembler aux manteaux que portent les élues Queen de l'ère contemporaine, telles que Jezabelle, Abigaël et Arielle. Les ceinturons n'échappent pas à la règle: ils sont tous différents, mais chacun d'eux est équipé d'injecteurs acidus, dont les composantes varient d'aspect et de technologie selon l'époque où ils ont été conçus.

– Tu nous as appelées pour combattre des alters ou des sylphors? demande Marie-Belle.

– Des alters, répond Arielle. Mais attention, ils ont des armes modernes.

– Par « armes modernes », tu entends quoi?

– Des kalachnikovs, je crois, précise Arielle. Modèle AK-47. J'ai vu ça dans un film de guerre.

Devant l'incompréhension générale, elle ajoute:

– Des pistolets-mitrailleurs.

– Des *quoi*? fait Darielle, qui n'a que son glaive fantôme pour affronter les commandos alters.

– Armes modernes ou pas, réplique Éva-Belle, ils ne feront pas le poids contre mon épée bâtarde!

– Ni contre ma rapière! enchaîne Marie-Belle.

– Ni contre mon glaive! renchérit Darielle.

L'enthousiasme des trois femmes est contagieux, et Arielle se laisse emporter par lui.

– Vous avez raison : ensemble, nous sommes invincibles ! Allons-y !

Avec ses deux mains, Éva-Belle brandit son épée bien haut et s'empresse de quitter sa position derrière le caisson cryogénique.

– Que l'esprit de la quean nous accompagne ! s'exclame-t-elle en s'élançant la première vers les alters.

Elle est rapidement imitée par les autres membres de sa lignée, qui poussent toutes le même cri de guerre : « Que l'esprit de la quean nous accompagne ! ». Marie-Belle est la seconde à se précipiter dans la mêlée, suivie de près par Darielle. Arielle ne tarde pas à rejoindre ses ancêtres. Seul Brutal retarde son attaque d'une seconde : il regarde avec fascination comment les quatre jeunes femmes s'y prennent pour esquiver les nombreuses rafales de mitraillettes. Elles sont toutes très agiles, et possèdent une vitesse d'exécution surnaturelle. Brutal a de la difficulté à suivre tous leurs mouvements, tant ils sont rapides. Arielle, sa maîtresse, paraît encore plus souple et vive que les autres. *Pas si mal pour une jeune recrue,* songe l'animalter. À voir la tête que font Xela et ses commandos, il est clair qu'ils ne comprennent rien à ce qui se passe. Les adolescentes sont trop rapides pour eux : elles bougent vite, et de façon furtive. D'un seul bond, elles arrivent à sauter par-dessus les boucliers et à se jeter sur les alters. Il leur suffit d'enchaîner les assauts à l'épée pour terrasser la moitié de leurs adversaires. *Alors, c'est vraiment elle*, conclut Brutal, qui ne peut détacher ses yeux de sa maîtresse. L'animalter continue à suivre chacune de ses manœuvres avec admiration. *Il n'y a plus de doute possible maintenant*, se réjouit-il*: Arielle Queen est vraiment l'élue de la prophétie, celle qui nous sauvera tous.*

4

Une silhouette lumineuse prend soudain forme auprès de Thor.

Il s'agit d'un jeune homme. Il paraît grand et solide. Peu à peu, la lumière se fait moins éblouissante, mais le garçon demeure enveloppé d'une sorte de halo, semblable à une aura, qui se diffuse autour de lui et dans tout le Walhalla.

– Qui c'est, ce gars? demande Razan. Mon fantôme d'amour?

– C'est toi, sous la forme d'un songe, explique le dieu Thor. Ce souvenir vient du passé, mais il est tiré de ta propre mémoire. Avant de retourner dans le royaume des hommes sous l'identité de Razan, tu t'es adressé un message avec l'espoir que tu puisses un jour te le transmettre à toi-même. C'était tout juste avant que ta mémoire véritable ne soit remplacée par une autre, encore vierge de tout souvenir.

Razan ne peut s'empêcher de rire.

– Alors, ce message a été fait par moi... pour moi?

Thor acquiesce en silence.

– Tu es prêt à l'entendre ?

– Ça va me faire un choc? demande Razan d'un air pince-sans-rire.

– Si tout se passe bien, mon ami, cela devrait te redonner ta personnalité d'origine.

– Je vous l'ai déjà dit : je suis Tom Razan, et ça me convient parfaitement.

Cette fois, c'est Ael qui prend la parole. Son intervention vise à calmer les esprits. Elle s'adresse à Razan en prenant soin d'adopter un ton à la fois apaisant et rassurant :

– Je comprends ta réaction, mais écoute au moins ce que Kalev veut te dire.

Pourtant, l'attitude de la jeune femme ne manque pas d'étonner Razan.

– C'est bien toi qui parles, Blondie? Mais depuis quand tu te soucies des autres, hein ? Je t'aimais mieux avant. Avant qu'ils ne te transforment en Xena la guerrière. Tu es du côté des gentils, maintenant ? Ce n'est pourtant pas ton genre, je te préférais dans le rôle de la petite chipie. Tu te souviens du temps où toi, Nomis et moi formions le trio infernal ? La nuit, alors que tout le monde dormait, nous faisions la loi à Belle-de-Jour.

– Tu te trompes, Razan, proteste Ael. Je suis toujours la même, je n'ai pas changé.

Razan s'empresse d'ajouter, avec un sourire en coin :

– Je connais un jeune et fringant cow-boy qui risque d'être déçu par ta transformation extrême, ma chérie...

Razan parle bien sûr de Jason Thorn, le chevalier fulgur. Cela fait près de deux ans que la jeune alter n'a pas songé à lui. Cette constatation bouleverse Ael plus qu'elle ne l'aurait pensé. La jeune femme refuse cependant de laisser voir son trouble, mais Razan n'est pas dupe.

– Je savais bien que tu en pinçais encore pour lui, Blondie !

Comment expliquer qu'Ael ait oublié Jason Thorn aussi facilement ? Elle-même se pose la question : *Que s'est-il passé pendant ces deux années ?* se demande-t-elle. *Est-ce l'influence du Walhalla ? Ou peut-être celle des dieux ? À force de côtoyer les divinités de l'Asgard, j'en suis peut-être venue à oublier ma véritable nature... et mes véritables sentiments ? Mais quels sont-ils, ces véritables sentiments ? Et quelle est-elle, cette véritable nature ? Ne suis-je donc pas une Walkyrie à présent ? Une guerrière implacable qui a promis fidélité à Kalev et au dieu Thor ?*

– Il t'a bien attrapée, ce coquin de Jason, pas vrai ? renchérit Razan. Et hop ! Un coup de lasso ! Un seul !

– Tais-toi, Razan, l'implore Ael. Je suis une Walkyrie. Et on m'a chargée de veiller à la sécurité du prince Kalev. Je lui serai entièrement dévouée...

– Entièrement dévouée, hein ? se moque Razan. Tu vas lui beurrer son pain ? Lui couper sa viande ?

– CELA SUFFIT ! rugit brusquement Thor avec une voix d'outre-tombe.

La puissance de sa voix est telle qu'elle paralyse tous ceux qui l'entendent.

– J'en ai assez de ces enfantillages ! ajoute-t-il. Il est temps d'en finir, les hommes ont besoin de leur roi !

Le corps illuminé de Kalev, jusque-là immobile, s'anime soudain aux côtés du dieu Thor. L'aura du jeune souverain perd de sa brillance, ce qui rend plus précis les contours de sa silhouette ainsi que les traits de son visage. Malgré des différences importantes en ce qui concerne la physionomie, on peut tout de même déceler une certaine ressemblance – ou, à tout le moins, une parenté – avec Noah et Razan.

– Je suis heureux..., commence Kalev sur un ton solennel, et avec une voix aussi caverneuse que celle de Thor, son protecteur divin.

– Tant mieux pour toi, mon grand ! rétorque aussitôt Razan. Rien de tel que le bonheur !

Mais la silhouette de Kalev ne bronche pas. *Normal*, se dit Razan. *Kid Halogène, ici présent, n'est qu'un souvenir ressurgi de ma mémoire, et présenté sous la forme d'un message vidéo en trois dimensions.*

La projection du jeune souverain de Mannaheim continue à délivrer son message à Razan, sans afficher la moindre gêne :

– Je suis heureux parce que si ce message t'est présenté aujourd'hui, c'est que le jour de la prophétie est proche et que je serai bientôt de retour. Dix-huit fois auparavant, j'ai renoncé à mes souvenirs si précieux et je me suis réincarné sur la Terre afin d'y jouer le rôle d'un malheureux alter. Dix-huit fois, les prétendus élus ont échoué, bien malgré moi, dans leurs tentatives d'accomplir la prophétie. Dix-huit fois, donc, je suis revenu me réfugier auprès de mon ami Thor, dans son palais clandestin. Sache, mon fidèle Razan, qu'une fois ce message terminé, j'entreprendrai mon dix-neuvième voyage vers Midgard. Pour une dix-neuvième fois, je renaîtrai sous les traits d'un alter, vierge de corps et d'esprit. Nazar Ivanovitch Davidoff sera le prochain « véhicule ».

Kalev fait une pause, puis reprend :

– Avant chaque départ, j'ai préparé le même message, celui qui t'est transmis en ce moment. Si tu entends aujourd'hui ce message, c'est que le jour de la victoire approche et que mes alliés, Thor et le général Lastel, t'ont rappelé auprès d'eux, dans le Walhalla, et qu'ils sont prêts à me rendre ma mémoire. Ne t'inquiète pas, Razan, réjouis-toi plutôt, car le moment de la délivrance est proche. Grâce à moi, grâce à nous, notre peuple, celui des hommes, sera délivré du mal qui sévit à Midgard. Avant de te présenter mon message, mes alliés devaient te dévoiler la vérité à notre sujet ; une vérité qui nous concerne tous les deux, puisque toi et moi ne faisons qu'un. Il te faut accepter ce fait, si nous voulons réussir à chasser les démons qui se sont emparés du royaume de notre père et, ensuite, y rétablir l'ordre. Bientôt, lors de mon retour triomphant sur la Terre, l'âme de Nazar Ivanovitch Davidoff sera complètement annihilée. C'est un sacrifice nécessaire. Mais toi, par contre, tu m'accueilleras et tu te souviendras, pour ton plus grand soulagement. Quel honneur pour toi, n'est-ce pas ? Nous serons de nouveau réunis, pour ne former qu'un seul être, qu'un seul esprit. Je m'éveillerai et incorporerai ta mémoire à la mienne. Razan, il te faut comprendre et accepter qu'à partir de maintenant ton corps et ton esprit m'appartiennent. En fait, ils me sont rendus, j'en suis l'unique propriétaire. Facilite-nous les choses, ami : ouvre-moi ton cœur, cède-moi ton esprit. Ensemble, nous redeviendrons Kalev de Mannaheim.

Dès que Kalev se tait et que le message prend fin, deux gardes einherjars apparaissent derrière Noah et Razan et se saisissent d'eux. Les deux garçons essaient tant bien que mal d'échapper à leur prise, mais leurs efforts sont vains ; les einherjars sont beaucoup trop forts pour eux.

– Je comprends maintenant pourquoi tes ancêtres ont tous perdu la boule, déclare Razan à Noah qui continue lui aussi de résister. Leurs âmes ont toutes été souillées par ce parasite de Kalev !

Pour une fois, Noah est d'accord avec son rival.

– Il s'introduit dans l'esprit des Davidoff et fait croire qu'il est leur alter ! affirme-t-il d'un ton rageur en fixant son regard noir sur le dieu Thor. Et il y demeure jusqu'à ce qu'il réalise que la prophétie ne s'accomplira pas. Après avoir consumé l'énergie vitale de ses hôtes jusqu'à la dernière limite, Kalev les abandonne et retourne se terrer dans le palais de Thor. Tous deux attendent que naisse la prochaine génération d'élus. Alors, le gentil prince est renvoyé sur terre afin de prendre de nouveau possession d'un *véhicule* Davidoff, comme il les désigne lui-même.

– C'est pathétique, renchérit Razan avec une moue dégoûtée. Ces agissements ne sont pas dignes d'un souverain, et encore moins d'un dieu !

Thor ne paraît pas s'offenser des propos de Razan et du jeune Davidoff. Imperturbable, le dieu de la force guerrière se tourne vers la silhouette de Kalev. C'est alors que le prince reprend vie et répète les dernières paroles qu'il a prononcées, en adoptant le même ton et en refaisant les mêmes gestes, exactement comme si l'on avait rembobiné le message pour le faire rejouer : « Facilite-nous les choses, ami : ouvre-moi ton cœur, cède-moi ton esprit. Ensemble, nous redeviendrons Kalev de Mannaheim. »

« *En vérité, nous n'avons jamais cessé de l'être, mon ami…*, déclare soudain la voix du prince Kalev à l'intérieur de Razan. *Il est inutile de me résister ; tôt ou tard, je récupérerai ce qui m'appartient de droit. Plus vite tu céderas, plus vite je pourrai retourner à Midgard, auprès de la belle Arielle Queen. Ensemble, elle et moi, nous réunirons les médaillons demi-lune et réaliserons la prophétie, car le deuxième élu n'est autre que nous, Razan : Kalev de Mannaheim, le prince en exil, le noble et digne fils du roi assassiné. Au fil des siècles, les elfes noirs et les alters ont toujours cru que les élus mâles de la prophétie étaient issus de la descendance de David le Slave. Certains des meilleurs oracles ont même prétendu que ce rôle serait parfois confié à un alter des Davidoff, comme dans ton cas, Razan. Salvana, l'oracle de Lothar, affirmait à qui voulait l'entendre que l'élu de la prophétie n'était autre que l'alter de Noah Davidoff. Mais cette pauvre folle n'était pas différente des autres oracles et nécromanciennes qui l'avaient précédée : jamais elle n'a su faire la différence entre le contenant et son contenu. Ce qui est bien, en vérité, car ils n'ont jamais soupçonné ma présence en toi, pas plus qu'à l'intérieur des autres alters Davidoff. Aucun de ces soi-disant oracles n'a compris que la prophétie se réaliserait à travers moi, leur ennemi de toujours; car j'étais bien caché, dans le plus profond de vos cœurs, dans l'endroit le plus inaccessible de vos âmes. Étant privé de toute mémoire, de tout souvenir se rapportant à ma vie antérieure, je ne représentais plus aucune menace pour moi ou pour mes alliés. Bien retranché dans un abysse profond de ma propre mémoire, je me suis forgé chaque fois une nouvelle personnalité. Souviens-toi de ceci, Razan: c'est à cette amnésie volontaire que les autres alters et toi devez votre existence. N'est-ce pas là le camouflage idéal, quand on y pense? Celui que même le fugitif ne peut reconnaître? Celui qui l'empêche de se trahir lui-même?»*

D'autres gardes einherjars viennent prêter main-forte à ceux qui se trouvent déjà dans le Walhalla. Il en faut au moins quatre pour parvenir à maîtriser Razan, dont la force est décuplée par une violente colère. C'est une fureur de guerrier berserk qui l'anime en ce moment, et non une simple fureur d'homme.

– Je ne te céderai jamais ma place! s'écrie Razan à voix haute. Tu m'entends? Si tu veux reprendre possession de ce corps, tu devras me tuer avant!

Thor s'éloigne de la silhouette luminescente de Kalev pour s'approcher de Razan.

– Je sens le combat en toi. La mort de ta personnalité alternative est inévitable, mon ami.

Sois fort et empresse-toi de soumettre l'esprit rebelle de Razan. C'est ta seule chance de nous revenir entier, Kalev.

– Je ne suis pas Kalev ! proteste aussitôt Razan avec véhémence. Ne m'appelez pas comme ça !

Mais Thor n'en reste pas là, contrairement au souhait de son vis-à-vis :

– C'est pourtant ton unique nom, prince des hommes. Et bientôt, crois-moi, tu te réjouiras de le récupérer.

« *Prononce notre nom, Razan, et tu seras enfin libéré*, l'implore la voix de Kalev. *Prononce notre nom et je reviendrai pour notre salut à tous les deux ! Ainsi, nous pourrons achever notre mission, accomplir notre destinée, qui est de chasser les démons de notre royaume. Si tu ne le fais pas pour moi, fais-le pour les hommes. Fais-le pour Arielle. Un cadeau de ta part, pour l'humanité. De l'amour, Razan, que de l'amour. Et c'est tout ce qu'il faudra pour vaincre nos ennemis.* »

– Je suis ton dieu, déclare Thor en posant une de ses larges mains sur l'épaule de Razan. Crois-moi quand je te dis que c'est la vie d'Arielle Queen que tu sauveras en disparaissant aujourd'hui.

Le regard de Razan se fixe sur celui du dieu. *Alors, toute ma vie n'a été qu'une mascarade ?* songe-t-il. *J'ai enduré tout ça juste pour dissimuler l'existence de ce Kalev, pour le protéger de ses ennemis ?*

– C'est la triste vérité, répond le dieu qui peut lire dans les pensées de Razan. Mais ton sacrifice n'aura pas été vain. Grâce à toi, la prophétie connaîtra enfin son second élu, et le royaume des hommes sera sauvé.

– Et si je n'accepte pas de laisser ma place à Kalev ?

Thor hausse les épaules.

– Alors, Arielle Queen mourra, je te l'ai dit.

– Et c'est censé me convaincre ? réplique Razan sur un ton de défi. Qu'est-ce que j'en ai à faire, moi, d'Arielle Queen, hein ? Cette gamine capricieuse est la dernière de mes préoccupations !

Thor l'observe pendant quelques secondes avant de se tourner vers le général Lastel. Lorsqu'il revient à Razan, le visage parfait du dieu est barré d'un sourire narquois.

– On ne peut jamais mentir à un dieu, mon ami. Tu es amoureux de cette jeune fille.

Cette fois, c'est Razan qui ne peut s'empêcher de sourire.

– Et le dieu en question, c'est toi ? Humm, t'as plutôt l'air d'Astérix avec ton chapeau de carnaval, se moque-t-il en faisant allusion au casque ailé de Thor.

– INSOLENT ! rétorque aussitôt le dieu d'une voix puissante.

Thor serre les poings aussi fort que les mâchoires.

– COMMENT OSES-TU ! ajoute-t-il avec autant de force que précédemment.

Razan secoue la tête en grimaçant.

– Le rince-bouche, tu connais ? Ça fait des miracles.

C'en est trop pour le dieu qui lève pour la première fois la main sur Razan. Celui-ci est solidement frappé au visage par le poing massif de Thor. Il a l'impression d'avoir été atteint par un bloc de béton. Les gardes einherjars le lâchent et s'éloignent de lui pour aller prêter main-forte à celui qui essaie de retenir Noah. Ce dernier ne cesse de se débattre, et commence à donner du fil à retordre à ses assaillants.

– Lâchez-moi !

Sans plus personne pour le soutenir, Razan s'effondre sur le sol, mais demeure conscient. Il parvient à se remettre sur ses genoux, mais au prix de grands efforts.

– Bon sang, articule-t-il tout en se massant la mâchoire, quelqu'un peut me dire qui sont les bons et qui sont les méchants ? Je croyais que, dans l'histoire, c'était Loki, le pire salaud !

Ael l'aide à se relever.

– C'est terminé maintenant, déclare-t-elle. Il est temps d'abandonner, Razan.

– Thor a raison, ajoute Lastel de plus loin : si la prophétie ne se réalise pas, les alters gagneront la guerre contre les elfes et asserviront les humains, sans parler de tous ceux qu'ils tueront. Arielle fera partie de ceux-là.

– Et si ce ne sont pas les alters qui la tuent, rugit Thor, c'est moi qui le ferai, de mes propres mains !

Razan échange un bref regard avec Noah qui est toujours aux prises avec les gardes einherjars. Il songe qu'il pourrait effectuer une attaque combinée avec l'aide de Noah. Mais, tout d'abord, il doit l'aider à se débarrasser des einherjars afin que tous deux puissent ensuite se charger d'Ael, puis du général Lastel. Le dieu au casque ailé, Razan se le réserve pour le dessert.

«*Inutile de tenter quoi que ce soit.*» C'est Kalev qui parle à l'intérieur de Razan. Apparemment, il a deviné ses intentions. «*Je t'arrêterais avant*», ajoute-t-il sur un ton à la fois confiant et menaçant.

Impossible! soutient Razan en pensée. *Tu n'es pas assez puissant!*

Le rire sardonique de Kalev résonne alors: «*Maintenant je le suis. Tu te croyais invincible, Tom Razan, mais en vérité c'est moi qui ai toujours été le plus fort.*»

– Et le plus fou aussi..., dit Razan, à voix haute cette fois. C'est toi qui as assassiné les ancêtres d'Arielle, pas vrai? À chaque fois, c'était toujours toi... Lorsque tu comprenais que la prophétie n'était plus réalisable, tu récupérais le plein contrôle de ton *véhicule* Davidoff et tu assassinais de sang-froid l'élue Queen de ton époque. Et ça s'est répété: au fil des siècles, tu as pris le contrôle des élus Davidoff pour te débarrasser de chacune des descendantes de la lignée des Queen, et ce, dès que Thor et toi étiez certains que la prophétie s'accomplirait à une autre époque. C'est toi qui as tué Sylvanelle la quean, sous les traits de Mikita, fils de David le Slave, et c'est aussi toi qui as assassiné Éva-Belle Queen, en te faisant passer pour Ola Davidoff...

«*Là, tu te trompes,* le corrige Kalev. *On peut m'accuser de plusieurs choses, mais certainement pas d'avoir assassiné les membres de la lignée Queen. Cela aurait été suicidaire de ma part.*

Ce sont les Davidoff eux-mêmes qui ont tué ces pauvres femmes. Chacun d'eux est programmé pour éliminer la descendante Queen de sa génération, mais ne peut y parvenir que si l'élue Queen a donné elle-même naissance à une fille, assurant ainsi la continuation de sa lignée. Roman Davidoff n'a pas ressenti le moindre remords le jour où il a assassiné Annabelle Queen, poursuit Kalev. *Pas plus que son petit-fils, Nikolaï, lorsqu'il a transpercé Catherine-Isabelle d'une flèche. Voyant qu'Isabelle respirait toujours, Nikolaï est même allé jusqu'à la noyer dans les eaux du lac Champlain. Frederick Davidoff a descendu Jezabelle Queen d'une balle en pleine poitrine, dans une rue d'Oregon City, et Mikaël a fait empoisonner Abigaël Queen, en 1966. Rappelle-toi : tout le monde a cru que l'auteur de ce meurtre sordide était le médecin d'Abigaël, et qu'il avait agi seul. En réalité, le médecin travaillait pour Mikaël. Ah ! ce Mikaël Davidoff !* lance Kalev avec une certaine nostalgie. *Un sacré personnage ! J'ai vite compris qu'il était fou à lier ! D'après que j'ai entendu dire, il aimait bien vous emmener à la pêche, Noah et toi. Paraît qu'il a eu beaucoup de plaisir avec vous deux, tu t'en souviens, Razan ?»* conclut le prince avec un petit rire mesquin.

– Je vais te tuer ! grogne Razan entre ses dents.

Une fois bien solide sur ses jambes, il bondit sur les einherjars qui retiennent Noah et parvient à en repousser trois. Dans l'intervalle, Noah réussit à libérer un de ses bras, ce qui lui permet de se soustraire enfin à la prise des deux autres gardes.

– Je vais te tuer et te découper en petits morceaux ! crie Razan à Kalev. Espèce de monstre !

Il se prépare à la contre-attaque des einherjars, puisque ceux-ci ne paraissent nullement ébranlés par sa récente intervention. Ils ont été écartés de Noah, certes, mais semblent avoir conservé toute leur force et toute leur énergie. Razan croit discerner un sourire de jubilation sur leur figure lorsqu'ils reviennent tous vers Noah et lui. Les einherjars se regroupent rapidement autour des deux garçons et parviennent à les encercler. Ael et le général Lastel ne voient pas la nécessité d'intervenir, sachant très bien que les einherjars n'ont besoin d'aucune assistance pour venir à bout de ce léger contretemps. Le dieu Thor écarte néanmoins les einherjars et s'avance jusqu'à Noah qu'il frappe à la poitrine. Le garçon est projeté à plusieurs mètres. Thor agrippe ensuite Razan par son manteau et le soulève de terre. Alors que le jeune homme pend, impuissant, au bout de son bras ferme et robuste, le dieu s'adresse à lui en ces termes :

– Ne te méprends pas sur mon compte, mortel. Il fut un temps où j'étais bon et bienveillant, mais l'heure n'est plus à la complaisance. L'heure est à la guerre et Kalev est mon soldat. À lui seul, il est mon armée. J'ai besoin de lui, nous avons *tous* besoin de lui, les humains en particulier. Alors, qui choisis-tu de sauver, mortel ? La race humaine ou toi ?

– Rien à faire de la race humaine ! réplique Razan.

Kalev repose la question à Razan, mais à l'intérieur de son esprit. Thor peut, lui aussi, entendre les paroles du prince : « *Qui choisis-tu de sauver, Razan ? Arielle ou toi ?* »

Razan sait qu'il doit à présent faire un choix. Ils ont fait ce qu'ils ont pu, Noah et lui, mais il vient un moment où il faut accepter la défaite.

« *Alors, que décides-tu ?* » insiste Kalev.

Après une seconde de silence, Razan cesse de résister ; il laisse tomber ses dernières barrières, celles qui le protégeaient encore contre la domination de Kalev, puis répond :

– Il faut sauver la gamine…

Ces seules paroles de consentement suffisent à Kalev pour surgir à l'intérieur de Razan et reprendre toute la place qu'il occupait jadis, et qu'il considère comme la sienne de plein droit. En une fraction de seconde, le fils de Markhomer se réapproprie son corps ainsi que sa mémoire. Il suffit d'un battement de paupières pour que la personnalité de Razan fusionne avec celle de Kalev de Mannaheim.

– Ah ! quelle sensation magnifique ! s'exclame le prince avec la voix de Razan.

Il fait bouger ses bras et ses mains, comme s'il réapprenait à contrôler son corps.

– Je suis enfin de retour, et pour de bon cette fois ! se réjouit-il, alors qu'il observe avec fascination chaque nouveau mouvement qu'il parvient à exécuter.

Oui, le prince Kalev de Mannaheim est définitivement de retour. Quant au capitaine Tom Razan, il a bel et bien disparu, semble-t-il, pour le bien de l'humanité, et aussi pour celui… d'Arielle Queen.

5

Les commandos alters sont rapidement mis hors d'état de nuire par les élues Queen. De leur groupe ne reste que le colonel Xela, qu'Arielle souhaite capturer vivant.

La porte derrière Xela, qui donne sur le couloir, est rapidement fermée puis verrouillée, afin d'éviter que d'autres troupes alters ne rejoignent leur colonel.

– C'est inutile, déclare ce dernier. Il en viendra d'autres. Beaucoup d'autres. Et ce n'est pas cette minable porte qui les retiendra, croyez-moi. Vous ne sortirez pas d'ici vivants, mes amis.

Sim et les deux hommes de Cardin se placent derrière Xela et le forcent à s'agenouiller.

– On verra ça, répond Arielle en plaçant la pointe de son épée fantôme sous le menton de l'alter. Où est l'autre caisson? l'interroge-t-elle ensuite. Celui qui contient Razan?

– Un caisson? fait innocemment le colonel. Jamais entendu parler de caisson.

Thornando force Xela à mettre les mains derrière le dos, tandis que les deux S.W.A.T. lui passent des menottes en nylon aux poignets. Lorsque vient le moment de les ajuster, les hommes de Cardin serrent plus que nécessaire, ce qui arrache une grimace de douleur à Xela.

– Doucement, les gars ! se plaint le colonel. Ça fait mal !

Arielle doute que ces menottes soient suffisantes pour le retenir et le soupçonne même d'avoir simulé la douleur ; il est improbable que ce genre d'entraves puisse réellement le gêner. C'est un alter, après tout, et pas n'importe lequel. *Il se montre plus fragile qu'il ne l'est en réalité,* se dit la jeune élue. *Mauvais signe.*

– Arrête de mentir, Xela, insiste-t-elle, et dis-nous où les alters gardent Razan !

Darielle, Éva-Belle et Marie-Belle viennent se placer autour du colonel.

– Et pourquoi je le saurais, moi, hein ? fait Xela en ricanant.

– Parce que si tu ne le sais pas, intervient Darielle, tu n'es plus utile à personne, et on se débarrasse de toi. C'est assez simple, non ?

– Et c'est censé me convaincre de parler ?

– Ma maîtresse t'a posé une question, vermine ! déclare Brutal qui s'est joint au groupe.

Jason et Geri le suivent de peu.

– Et je te conseille de répondre si tu ne veux pas avoir affaire à moi ! le menace Brutal en sortant ses griffes.

– Ou à moi ! renchérit Jason en dégainant ses mjölnirs et en les faisant tournoyer habilement dans ses mains.

– Ou pire : à moi ! grogne Geri en ouvrant la gueule suffisamment grand pour laisser voir ses longs crocs acérés.

L'alter les observe un moment, puis éclate de rire.

– Vous faites une jolie bande de tortionnaires ! se moque-t-il. Je ne dirai rien à personne, vous m'avez bien compris ? Et surtout pas à vous, les bêtes de foire, même si vous menacez de me tuer, de me griffer à mort, de me fracasser les doigts à coups de marteau ou encore de me dévorer vivant ! Je suis un militaire ! Un haut gradé ! Comment pouvez-vous penser une seule seconde que je suis capable de trahir mes hommes, et surtout ma race ? Vous oubliez qui je suis ! Je suis Xela ! hurle-t-il, les yeux fous. Xela le Boucher !

Le colonel se relève d'un bond et parvient sans effort à rompre les menottes de nylon. Il ramène ses deux bras vers l'avant et, d'un geste brusque, agrippe Geri, puis Jason, et les projette tous les deux à l'autre bout de la pièce. S'ensuit alors une bataille de titans : les quatre élues Queen se jettent immédiatement sur l'alter, mais celui-ci parvient à esquiver cette première charge en roulant sur le sol jusqu'aux hommes de Cardin. Tout en se remettant sur ses jambes, Xela saisit une dague fantôme dans sa botte et s'en sert pour blesser mortellement les deux hommes à la gorge. Ces derniers laissent tomber leurs armes et s'effondrent par terre. Ils perdent beaucoup de sang. Arielle se sent impuissante : ces hommes vont mourir, là, sous ses yeux, et elle ne peut rien faire pour les sauver. L'instant d'après, les S.W.A.T.

ferment les yeux et rendent ensemble leur dernier soupir. Cela remplit la jeune fille d'une nouvelle colère et, son épée fantôme bien haut dans les airs, elle bondit à son tour en direction de Xela. Encore une fois, l'alter est plus rapide qu'elle et évite habilement son attaque, tout comme il a paré celles de ses trois aïeules avant elle. À vrai dire, le colonel alter se déplace sans qu'aucune d'entre elles ne puisse l'atteindre. Il a choisi une nouvelle victime et s'en prend cette fois à Thornando. Le fulgur se trouve seul et à découvert. Xela le désarme facilement et l'envoie rouler sur le plancher, d'un seul coup de poing au visage. Il exécute alors un saut de plusieurs mètres et atterrit près de l'oncle Sim. L'alter agrippe solidement le pauvre homme de ses deux mains et le soulève de terre, afin de se servir de lui comme bouclier contre les élues Queen. Ces dernières l'encerclent et essaient tant bien que mal de l'attaquer sous différents angles, mais le colonel se protège avec le corps de Sim. Xela manie l'oncle d'Arielle comme une poupée de chiffon, le déplaçant à son gré de droite à gauche, ou de bas en haut, en fonction des attaques lancées par les quatre adolescentes. Brutal saute également dans la mêlée. En s'accroupissant, il tente de blesser l'alter à la jambe, mais celui-ci réagit aussitôt et lui assène un violent coup de pied au visage, le faisant reculer de plusieurs mètres. Xela s'esclaffe de plus belle.

– Vous êtes tous si sûrs de vous, lance-t-il. Mais regardez comme vous êtes faibles en comparaison de la puissance alter !

Derrière eux, la porte vole en éclats. C'est le cauchemar: d'autres commandos alters, armés d'épées fantômes plutôt que de kalachnikovs, surgissent dans la pièce et se portent au secours de leur colonel. Cette fois, les élues Queen sont débordées. Arielle regrette de ne pas avoir appelé davantage de ses ancêtres en renfort.

Une fois qu'il a repris ses sens, Brutal se joint à Geri et à Jason qui se précipitent vers les nouveaux alters. Le chat, le doberman et le chevalier fulgur engagent sans tarder le combat avec les commandos et essaient de les repousser vers la sortie, mais en vain. D'autres alters s'introduisent dans la pièce, s'ajoutant aux troupes déjà présentes. Plutôt que de faire reculer leurs adversaires comme ils le souhaitaient, Jason et les deux animalters sont forcés de battre en retraite et de retourner à l'endroit d'où ils viennent, c'est-à-dire au fond de la pièce. Plus loin en avant, Xela se sert toujours de l'oncle Sim pour se défendre contre les offensives répétées et vigoureuses des jeunes élues Queen. Il secoue le corps de Sim d'une façon si violente et si sauvage qu'Arielle a peur pour son oncle. Elle craint qu'à ce rythme il ne tienne pas le coup longtemps, et elle a raison: Sim est un homme solide et robuste, mais son corps, malmené de cette façon, paraît de plus en plus désarticulé. Ses membres bougent d'une façon qui n'est pas naturelle; ils tournent et pivotent dans tous les sens. Xela, de son côté, multiplie les manœuvres afin de s'assurer que le corps de Sim se trouve toujours entre lui et les lames menaçantes des élues Queen. Arielle n'est pas certaine que son oncle soit encore conscient, et cela l'inquiète terriblement. Il vient un moment où elle est obligée de demander à ses trois ancêtres de cesser le combat. Celles-ci obéissent sur-le-champ et interrompent leurs attaques. Il ne leur reste que très peu de temps à passer en compagnie d'Arielle. Bientôt, le temps imparti à leur invocation s'achèvera, et elles devront retourner toutes les trois vers leur époque d'origine. Darielle, Marie-Belle et Éva-Belle abaissent ensemble leurs épées fantômes et fixent Arielle. Elles commencent déjà à perdre de leur densité. Les trois filles ont l'air aussi abattues que leur jeune descendante, et leur regard est éloquent : « Nous aurions aimé faire plus, Arielle. Nous sommes désolées. » Les commandos alters se dépêchent d'encercler les quatre adolescentes ; ils ne se doutent pas qu'ils perdront bientôt trois d'entre elles.

– Courage ! dit Darielle dont le corps est maintenant translucide.

– Force ! ajoute Éva-Belle.

– Et amour ! termine Marie-Belle, qui est sur le point de disparaître tout comme les deux premières.

Les trois jeunes filles pivotent alors de cent quatre-vingts degrés et tombent face à face avec quelques-uns des alters qui les entourent. Tout juste avant de se volatiliser complètement, elles transpercent trois d'entre eux avec leurs épées fantômes, puis, sous le regard stupéfait des autres, finissent le boulot en leur tranchant la tête d'un seul coup de lame. « Ça fera toujours ça de moins ! » résonne la voix de Darielle alors que son corps n'est plus visible. C'était le tout dernier coup de main que Marie-Belle, Éva-Belle et elle pouvaient donner à leur descendante. À présent, elles ont définitivement quitté l'an 2008. Arielle a l'étrange sentiment qu'elle les reverra bientôt, et dans des conditions qui ne seront pas des plus favorables. « *Le mal existe en toi, comme il existe en chacune des sœurs reines* », déclare alors la voix de Loki dans son esprit. C'est exactement ce que le dieu lui a dit dans l'Helheim, avant qu'elle ne quitte le palais de l'Elvidnir sur les ailes de Hraesvelg, le Mangeur de cadavres.

Xela cesse enfin de secouer l'oncle Sim et le laisse tomber sur le sol, sans aucune considération, comme s'il s'agissait d'un vulgaire objet. Des dizaines de commandos alters se joignent bientôt à lui. Apparemment, la fosse d'Orfraie regorge de ces soldats. Leur invasion a réussi, semble-t-il.

Alors qu'elle est entourée par les alters, la jeune élue s'agenouille tout de même auprès de son oncle et tente de lui faire reprendre conscience. « *Souviens-toi de ceci, Arielle : un jour, je t'offrirai un des dix-neuf Territoires en récompense, et tu l'accepteras* », poursuit la voix de Loki. Sim ne réagit pas ; du sang coule de sa bouche. Le pauvre homme n'a aucune blessure sur le corps ; ce sang provient donc d'une hémorragie interne, ce qui n'est pas du tout rassurant. Arielle ne peut plus retenir ses larmes. « *Tu te joindras alors à moi, comme toutes celles qui t'ont précédée.* »

– Oncle Sim…, murmure l'adolescente alors que des larmes mouillent ses joues. Pas toi, oncle Sim. Non, pas toi…

Xela écarte ses alters et s'approche d'elle.

– Je crois bien lui avoir fracturé le bassin, lui révèle-t-il froidement, et peut-être aussi la colonne vertébrale. Vous êtes si fragiles, vous, les humains…, conclut-il en ricanant.

– Parle-moi, oncle Sim, continue Arielle sans prêter la moindre attention au colonel alter qui la domine. Parle-moi, je t'en supplie…

Au fond de la pièce, à proximité du caisson cryogénique, les combats se poursuivent. Jason et les animalters luttent toujours contre une demi-douzaine de commandos alters. D'un signe, Xela indique ce groupe de combattants aux alters qui se trouvent près de lui.

– Qu'est-ce que vous attendez ? les sermonne-t-il. Allez leur donner un coup de main, bon sang ! Et éliminez-moi ces idiots, qu'on en finisse !

Les alters obéissent sur-le-champ et se précipitent vers le caisson cryogénique afin de prêter main-forte aux autres commandos. Ces derniers, débordés, sont sur le point de s'avouer vaincus lorsqu'ils sont rejoints par leurs camarades. Galvanisés par l'arrivée de ces renforts, ils reprennent la lutte avec une nouvelle vigueur. Malgré la puissance et l'agilité des animalters, et l'aisance de Jason Thorn à manier ses marteaux mjölnirs, les alters sont maintenant assez nombreux pour espérer remporter le combat. Après avoir évité plusieurs attaques d'épées fantômes ainsi que des coups de griffes et de dents, sans parler de quelques assauts redoutables de mjölnirs, ils parviennent enfin à encercler leurs adversaires. Au prix de nombreux efforts, certains d'entre eux réussissent à désarmer Brutal et Geri, puis à les immobiliser. Les autres alters ne tardent pas à exiger la reddition de Jason. Le fulgur doit rappeler ses puissants marteaux, sinon les commandos exécuteront Brutal et Geri qu'ils tiennent en respect avec le bout de leurs lames fantômes. Jason n'a d'autre choix que d'accéder à leur requête, et ce, malgré les protestations de Geri et de Brutal qui refusent de le laisser abandonner aussi facilement. Le jeune fulgur rengaine néanmoins ses mjölnirs. Ainsi que le lui demandent également les alters, il défait son ceinturon, puis retire ses gants de fer – sans lesquels il est impossible de manier les marteaux –, et les remet à ses adversaires. Les bras en l'air, Jason va ensuite rejoindre Geri et Brutal, qui sont toujours soumis aux lames tranchantes de leurs ennemis.

Le bilan des récents affrontements ne laisse rien présager de bon pour la suite des événements : les deux hommes de Cardin, pourtant de solides gaillards, ont été rapidement éliminés par Xela, tout juste avant que ce dernier ne mette K. O. Tomasse Thornando, le jeune fulgur espagnol, d'un violent coup au visage. Depuis, Thornando n'a pas bougé ; il est toujours inconscient. Quant à l'oncle Sim, lui aussi victime des mauvais traitements du colonel alter, il a été gravement blessé, à un point tel qu'il ne survivra peut-être pas. Jason et les animalters représentaient leur dernier espoir, mais tous les trois ont été pris et ne peuvent plus rien faire pour Arielle et les autres. La jeune élue pourrait intervenir, tenter une manœuvre surprise ou encore une contre-attaque en règle, mais cela serait étonnant, car elle est surveillée de près par Xela. Sa dague fantôme à la main, celui-ci est prêt à frapper à tout moment. S'il ne s'en est pas encore pris à Arielle, c'est qu'il se réjouit de la voir pleurer auprès de son oncle. Si faible et si pathétique est l'élue en ce moment ; Xela ne peut qu'en retirer du plaisir ! Pour une rare fois, Arielle et ses compagnons ont échoué ; ils sortent perdants de cette bataille. Désormais, l'avenir ne leur réserve que deux possibilités : soit les alters les font prisonniers, soit Xela décide de les faire exécuter.

Mais Arielle ne se soucie aucunement de ce qui pourrait lui arriver. Ce qui vient de se passer à proximité du caisson cryogénique, elle n'en a pas eu réellement conscience. La jeune élue ne s'inquiète que pour une seule personne en ce moment : son oncle. Elle est toujours penchée au-dessus de lui.

Le pauvre Sim parvient à bouger la main, puis le bras. Il entrouvre les yeux et pose son regard sur sa nièce, tout en prenant sa main dans la sienne.

– Ma chérie…, murmure-t-il. Je suis si… fatigué.

– Je suis là, oncle Sim, répond Arielle. Je suis avec toi. Je ne te laisserai pas.

Sim sourit.

– Il le faudra, pourtant.

– Non, jamais. Je reste ici.

« *Tu dois lui dire au revoir...* », déclare soudain une voix d'homme à l'intérieur d'Arielle. Cette voix n'a plus besoin de présentation ; l'adolescente la reconnaît immédiatement, c'est celle de son père, le dieu Loki : « *Bientôt, Ari, tu retrouveras certains de tes compagnons dans l'Helheim, mais pas celui-là. Simon Vanesse, celui que tu appelles "oncle Sim", ne sera pas de ce voyage. Les dieux de l'Asgard ont jugé qu'il méritait la paix dorénavant. Ses nombreux sacrifices et son dévouement lui donnent droit au repos éternel, et je ne m'y opposerai pas. Les Walkyries de ce cher Odin l'accueilleront bientôt dans le Walaskjalf, une salle du grand Walhalla, destinée à recevoir les héros ainsi que les braves guerriers tombés au combat. Les Walkyries ne seront pas les seules à attendre ton oncle là-bas. Une autre personne lui tendra la main et lui fera l'accolade. Une personne qui t'est chère à toi aussi, ma fille. Elle accompagnera Simon pour toujours, car elle aussi a mérité le repos éternel du guerrier. C'est ta mère, Gabrielle Queen.* »

– Non, il ne peut pas partir..., souffle Arielle. Même si c'est pour aller retrouver ma mère.

Puis, en s'adressant à son oncle, elle ajoute :

– Tu ne peux pas m'abandonner maintenant, oncle Sim. J'ai encore besoin de toi, de ton aide, tu dois me guider.

« *Ne sois pas égoïste, ma fille*, lui dit Loki. *Laisse dormir les morts.* »

Sim secoue lentement la tête.

– Tu n'as plus besoin de moi, Arielle Queen, murmure-t-il. Tu es plus forte que moi... plus forte que nous tous.

– Non, ce n'est pas vrai !

Les larmes coulent de nouveau sur ses joues. Arielle ne peut se résoudre à laisser son oncle mourir ainsi.

– Les sylphors ont presque tous disparu, lui confie Sim. Aujourd'hui même… aujourd'hui même tu devras unir ton médaillon à celui du second élu et accomplir… la prophétie.

Sim a de plus en plus de difficulté à respirer. Son visage pâle et tiré montre qu'il est fatigué et qu'il souffre. Un filet de sang s'écoule maintenant de son nez, mais cela ne l'empêche pas de poursuivre, car il sait qu'il ne lui reste plus beaucoup de temps :

– Ainsi, tu détruiras les alters. Débarrasse-nous enfin de ces démons, Arielle. C'est ton rôle, et c'est pourquoi nous t'avons tous aidée. Il est temps que les forces du mal quittent cette terre… Elle ne leur appartient pas, elle ne leur a jamais appartenu…

– Qui est l'autre élu, oncle Sim ? Est-ce Noah ou Razan ?

« *C'est un roi,* lui dévoile alors Loki. *Votre roi.* »

– C'est celui que tu aimeras…, répond plutôt Sim. Celui que tu aimeras à la toute fin, et pour toujours.

Celui que tu aimeras à la toute fin, et pour toujours, se répète Arielle. Elle repense à son voyage dans le futur, à ce songe où elle a rencontré une jeune fille du nom d'Absalona, Lady de Nordland. Arielle s'est vue elle-même dans cette vision. Elle a vu ce que lui réserve l'avenir, ce qu'elle deviendra et avec qui elle terminera ses jours. L'homme qu'elle regardait amoureusement dans ce songe était défiguré par de nombreuses blessures, et une partie de son visage portait d'importantes marques de brûlure. Il était laid, mais elle paraissait tellement l'aimer !

– Tu connaîtras plusieurs amours, Arielle, avait alors affirmé Absalona. Ton cœur oscillera entre Noah, Tom et le roi Kalev.

Plus tard, elle avait ajouté :

– Si tu fais les bons choix, c'est Kalev que tu finiras par choisir.

– C'est l'élu de la prophétie que je dois choisir, avait rétorqué Arielle. C'est la seule façon de sauver ce monde.

Absalona avait hoché la tête, puis avait déclaré :

– L'élu t'aidera à accomplir la prophétie, c'est vrai. Mais l'aventure ne se terminera pas là. Autre chose viendra ensuite.

Autre chose ? se demande Arielle. *Mais quoi ?*

– Oncle Sim ! s'exclame-t-elle en voyant que le pauvre homme continue à s'affaiblir.

– Elle est là…, murmure Sim. Je la sens, tout près de moi.

– Non, attends ! l'implore Arielle qui le sent partir. NON !

L'homme sourit de nouveau. Il n'y a plus aucune trace de fatigue ni de douleur sur son visage. Arielle n'y voit plus que paix et bien-être. Cela la rassure, mais n'enlève rien à sa tristesse.

– Enfin, elle est venue me chercher… Elle est magnifique.

– Qui est là, oncle Sim ?

Arielle craint qu'il ne réponde pas, qu'il se taise à jamais.

– Gabrielle…, soupire-t-il avant de fermer les yeux pour de bon.

Ce sont ses dernières paroles. C'est ainsi que s'éteint l'oncle Sim, autrefois appelé Simon Vanesse, cet ancien capitaine de l'équipe de hockey de Belle-de-Jour qui est un jour revenu de l'Helheim, le royaume des morts, dans un seul but : protéger Arielle Queen, la jeune élue de la prophétie, ainsi que sa mère dont il allait devenir l'ami.

Lorsque Arielle relève les yeux vers Xela, son regard a changé. À la place de ses yeux ambrés, dont la couleur rappelle celle du miel, il n'y a que deux billes noires, à la fois impénétrables et obscures. Sa peau a considérablement pâli ; ses lèvres et le contour de ses yeux ont pris une teinte bleutée, cadavérique. Sa bouche est maintenant celle d'un animal carnassier, avide de sang et de chair fraîche. Sur sa joue gauche apparaît lentement un symbole qui ressemble à une lettre. On dirait un M runique. « *Ehwaz, la dix-neuvième,* résonne au loin la voix d'Henry Jekyll. *Dans votre langage, elle représente la lettre E, la loyauté.* »

La toute dernière chose que perçoit Xela avant sa mort atroce, c'est le rugissement de lion que lance la jeune Arielle avant de lui bondir dessus et de lui arracher la gorge avec ses dents. L'instant d'après, le corps robuste, mais désormais sans vie, du colonel alter s'écroule sur le sol. La bête féroce qu'est devenue Arielle Queen s'en prend alors aux restes du colonel alter et les réduit en charpie, sous le regard horrifié de tous ceux qui sont présents dans la pièce.

6

À la demande du général Lastel,
les gardes einherjars vont récupérer
le jeune Noah Davidoff,
que le coup de Thor a projeté à
plusieurs mètres.

Les gardes conduisent ensuite Noah auprès du prince Kalev et de ses fidèles partisans. Le garçon est encore étourdi, mais réussit néanmoins à tenir sur ses jambes.

– Alors, c'est fait ? demande-t-il en scrutant les traits du prince. Razan est devenu Kalev de Mannaheim ?

C'est Ael qui répond :

– La réunification est accomplie, effectivement. Pour notre plus grand bien à tous.

Noah hausse un sourcil, tout en laissant échapper un rire.

– Tu y crois vraiment, Ael ?

L'air amusé que prend le garçon vexe la jeune Walkyrie :

– Tu ne comprends rien, Noah, le réprimande-t-elle. Tu n'as jamais rien compris. Comme tous tes ancêtres avant toi !

– Il me reste combien de temps, hein? l'interroge Noah. Combien de temps avant de disparaître à mon tour?

Cette fois, c'est Lastel qui réplique:

– Bientôt… Lorsque vous franchirez de nouveau le Bifrost pour retourner dans votre royaume. Un corps humain ne pouvant accueillir qu'une seule âme primaire, la tienne sera définitivement écartée, puis détruite.

– Je vais mourir, c'est ça?

– Non, fait Lastel. Pour mourir, il faudrait que tu existes. Pendant votre voyage de retour, ton âme sera simplement anéantie. Il n'y aura plus aucune trace de toi nulle part.

Noah acquiesce en silence.

– Je vois. Sincèrement, je m'attendais à mieux comme fin.

– On ne choisit pas son destin, jeune mortel, affirme Thor. Même si ton nom est oublié, ton sacrifice, lui, ne le sera pas.

– Sacrifice, hein? répète Noah. Les sacrifices sont volontaires. Dans mon cas, je parlerais plutôt de « martyre ».

Thor et le général Lastel s'autorisent un petit sourire avant de tourner le dos et de quitter tranquillement le Walhalla. Les einherjars en font autant, abandonnant derrière eux Ael, Noah et le prince Kalev qui, depuis le retour de Noah, n'a pas dit un seul mot.

– Il est temps de partir, leur annonce Ael. Maître. Je suis votre servante, dit-elle ensuite à Kalev en posant un genou sur le sol, devant lui.

– Sache que j'apprécie beaucoup ton dévouement, ma chère, déclare enfin Kalev.

– Ma vie a été épargnée par le dieu Thor afin qu'elle serve à défendre la tienne, maître.

Toujours agenouillée, Ael repense aux paroles qu'elle a entendues avant sa mort, au moment où elle lançait le *Danaïde* contre le troll qui sévissait au manoir Bombyx. À ce moment, elle ignorait encore que la voix était celle de son futur mentor, le dieu Thor: «*Deux années terrestres s'écouleront avant que ne te soit accordée l'Élévation walkyrique. Ce jour-là, valeureuse guerrière, tu seras renvoyée sur la Terre afin de servir et de protéger le prince Kalev de Mannaheim... de retour d'exil.*» Ce jour dont parlait Thor est enfin arrivé. Bientôt, dans quelques instants à peine, Ael retournera dans le royaume des hommes, mais en tant que Walkyrie cette fois, combattant pour les forces de la lumière et non pour celles de l'ombre, comme ses anciens frères et sœurs alters. *Vraiment?* lui demande cette petite voix intérieure qu'elle sait être la sienne et qu'elle aimerait bien faire taire. *Tu crois pouvoir contrôler tes instincts d'alter, ma belle? Alors, c'est que tu te surestimes! Le néant l'emporte toujours sur la lumière, n'as-tu jamais appris ta leçon? Ne sois pas dupe, Ael: tu es un démon, et rien ne pourra changer ça! Je le sais, je le sens. En vérité, tu ne penses qu'à une chose: revoir le cow-boy. Il te manque. Tu aimerais l'embrasser, pas vrai? Te serrer contre lui. Tu rêves qu'il te prenne dans ses bras et qu'il te protège, qu'il te fasse enfin renoncer à ton côté sombre.*

Ces pensées parviennent à ébranler la jeune Walkyrie, à la faire douter de ses convictions, mais elle essaie de ne pas le montrer. *Serais-tu toujours amoureuse de Jason Thorn?* s'interroge-t-elle. *Mais l'as-tu déjà été? Non… non, je ne me souviens pas de ça. Ou plutôt, je ne veux pas m'en souvenir. Mais qu'est-ce qui m'arrive, hein? Allez, reprends-toi, ma vieille.* C'est vrai, elle a une mission à accomplir, une mission importante que lui a confiée le fils d'Odin, et elle n'a pas l'intention d'échouer. Tout en s'efforçant de chasser les idées qui la troublent, Ael se relève et s'empresse d'offrir son bras à Kalev afin de le diriger vers le passage qui les ramènera à Midgard.

Noah, quant à lui, ne bouge pas et demeure légèrement en retrait.

– Et si je décidais de ne pas vous suivre? Les gardes sont partis, après tout.

– Je n'ai pas besoin des gardes, Noah. Je suis une Walkyrie.

– Tu es toute-puissante, c'est ça?

– Je ne connais pas les limites de ma puissance, mais je peux affirmer ceci avec certitude: il est trop tard pour toi maintenant. Dès que Kalev s'incarnera sur la Terre, dans le corps que Razan et toi avez partagé ces dernières années, ton âme sera détruite, complètement annihilée. Que tu restes ici ou que tu partes avec nous, ton destin est désormais scellé. Mais sache que si tu décides de rester, ton départ pour le néant éternel sera beaucoup plus difficile. Tu regretteras d'être resté seul, crois-moi.

– Par «plus difficile», tu veux dire «plus douloureux»?

– Il n'y a aucune souffrance sur le chemin qui mène à la non-existence. Mais crois-moi, personne ne veut être seul lorsque survient le moment de recevoir le dernier salut. Viens avec moi, et ainsi je pourrai te dire… au revoir.

Ael sourit au jeune homme, puis reporte toute son attention sur Kalev. Ensemble, ils se dirigent d'un pas lent vers le Bifrost, dont ils voient de nouveau l'éclat multicolore depuis qu'ils sont sortis du Walhalla. Après avoir réfléchi, Noah décide de les suivre. Il est conscient que très peu d'options s'offrent à lui dorénavant. « *Ne t'inquiète pas, jeune descendant de David le Slave* », le rassure soudain une voix familière, mais sur laquelle il est incapable de mettre un nom ; elle pourrait aussi bien appartenir à une femme qu'à un homme et semble provenir de nulle part. Ael et Kalev marchent toujours devant Noah. Aucun d'eux n'a réagi lorsque la voix a parlé ; le garçon suppose donc qu'il est le seul à l'entendre. La voix poursuit : « *Tu as encore un rôle important à jouer. Tout n'est pas fini pour toi. Tu n'en as gardé aucun souvenir, mais je t'ai déjà aidé par le passé. Aujourd'hui, je t'aiderai encore. Ensemble, nous tâcherons de t'éviter la non-existence, un châtiment qui t'a été imposé injustement. Es-tu prêt à me faire confiance ?* »

– Ai-je le choix ? murmure Noah pour lui-même.

Kalev est le premier à se laisser envelopper par le rayonnement multicolore du Bifrost. Il disparaît aussitôt, comme s'il avait été avalé par la lumière. Il se trouve à l'intérieur du passage et, pour lui, le voyage vers la Terre a déjà commencé.

Ael attend que Noah l'ait rejointe avant de s'y aventurer à son tour.

– J'aurais aimé que ça se passe différemment pour toi, Noah, lui dit-elle.

– Ce n'est pas ta faute, répond le jeune homme. Tout était joué d'avance. Je préfère que ça se termine de cette façon, plutôt que de finir cinglé comme tous les autres Davidoff. Certains ont cru que je ferais comme mes ancêtres, poursuit Noah, et que je tuerais l'élue Queen de mon époque. Aujourd'hui, je suis heureux de constater qu'ils se sont trompés.

La Walkyrie se contente de sourire. Après l'avoir observée un moment, le garçon ajoute :

– Ael, sérieusement, comment peux-tu servir ce Kalev de Mannaheim ? Je t'ai connue plus revêche que ça, non ? Thor et Kalev t'ont fait un lavage de cerveau ou quoi ?

Là encore, Ael ne répond pas. *Il a raison,* lui dit sa voix intérieure, *cette docilité, ça ne te ressemble pas, ma vieille. Tu penses et agis comme les adeptes d'une secte. Réveille-toi, bon sang!* Oui, c'est vrai : en temps normal, elle n'aurait jamais accepté de se soumettre aussi facilement, mais elle a changé et, ça, la partie alter de sa conscience ne peut le nier.

– Pendant de nombreuses années, j'ai servi Loki et Reivax, déclare finalement Ael tout en se dirigeant vers les portes ouvertes du Walhalla. Et à plus d'une reprise, j'en ai payé le prix. Les alters sont un peuple bâtard, sans dieu à vénérer, sans maître pour les guider, ajoute-t-elle. On leur a promis tant de récompenses en échange de leur loyauté, mais chaque fois ils ont été dupés. Cela m'attriste et me dégoûte à la fois. Les alters disparaîtront, tout comme les elfes noirs, car aucun de ces deux peuples de l'ombre ne réussira à prendre Midgard et à conquérir le royaume de Mannaheim. En conséquence, je fais le choix de renoncer à mes origines alters pour suivre une voie différente. Je ne suis plus l'une des leurs, même si mon être charnel conserve la même apparence physique. L'amour me sera toujours interdit, il me serait fatal, et je l'accepte et m'en réjouis, car ce n'est pas pour répandre l'amour que l'on me renvoie à Midgard, mais bien pour y faire la guerre. Depuis que l'Élévation walkyrique m'a été accordée, je suis une guerrière de l'Asgard, et je vénère le dieu Thor et sers son fidèle compagnon, le prince Kalev. C'est là mon unique destin. Car après le règne des alters et des sylphors viendra celui du maître des maîtres.

La jeune recrue walkyrie est plus que jamais prête à partir et à aller rejoindre Kalev, le prince des hommes, celui qu'elle a juré de protéger au prix de sa vie. Elle écarte donc les bras et se laisse investir par le puissant éclat du Bifrost.

– Viens avec moi, Noah, dit-elle. Ainsi, je pourrai t'accompagner jusqu'aux dernières limites de l'univers et t'accorder le dernier salut, conclut-elle avant de se fondre dans la lumière et de se laisser aspirer par le passage.

«*Le dernier salut...*», répète la voix d'Ael à l'intérieur de Noah.

Le jeune homme se retrouve seul dans le Walhalla. Pendant un instant, il fixe les sept couleurs éclatantes du Bifrost, qui brillent entre les deux portes laissées ouvertes. Noah juge que le passage reliant le royaume des dieux Ases à celui des hommes ressemble davantage à une chute d'eau qu'au pont décrit dans les livres de mythologie. Après quelques secondes d'hésitation, il fait ses premiers pas vers la cascade lumineuse.

« *Ne crains rien* », lui dit la voix de son mystérieux protecteur; une voix qu'il a toujours l'impression de connaître. « *Ton voyage ne fait que commencer. Ton corps légitime et ta réelle existence t'attendent de l'autre côté de l'arc-en-ciel. Car l'élu de la prophétie, c'est toi et toi seul…* »

Noah pénètre dans la lumière en baissant la tête et en courbant les épaules, comme lorsqu'on se glisse sous les eaux froides et vives d'une cascade. Le Bifrost entraîne alors le jeune homme vers les cieux de l'Asgard, puis plus haut, et encore plus haut, jusqu'à ce que le ciel soit remplacé par le cosmos, puis enfin par la cime d'Ygdrasil, l'axe du monde. C'est là-bas, tout en haut, que l'attend Ael la Walkyrie pour le guider vers le néant éternel et lui dire au revoir.

Noah détecte rapidement la présence de la jeune fille. Elle est tout près, mais il ne la voit pas. Ici, dans le Bifrost, il n'y a que de la lumière. Une lumière douce et apaisante, à l'intérieur de laquelle on se sent protégé de tout : des conditions climatiques, de la maladie, de la souffrance, de la vieillesse, de ses ennemis et de la mort. Noah s'y sent plutôt à l'aise ; il baigne dans la lumière, comme s'il était doucement transporté par le courant d'une rivière. Il profite du moment présent, de la chaleur et du confort qui l'entourent, sans se soucier de sa destination. Il songe qu'il est peut-être déjà mort, et qu'il flottera ainsi, éternellement, sur les flots de l'infini. Mais il se trompe, et la voix mi-masculine mi-féminine qui lui a parlé avant son départ le lui confirme : « *Ce chemin ne mène pas à l'oubli, mais à l'éveil. La Walkyrie a hâte de te dire au revoir, mais c'est plutôt la bienvenue qu'elle devrait te souhaiter.* »

– Qui êtes-vous ? demande Noah.

« *Nous sommes ceux qui viendront après, nous sommes l'avenir, nous sommes à la fois le sanctuaire et l'enfer. Et nous ne sommes pas seuls. Tous les quatre, nous sommes légion.* »

Noah a déjà entendu ces paroles. C'était un peu avant son départ pour 1945, alors qu'il était retenu prisonnier par Nayr et Xela dans la Tour invisible, un repaire alter érigé secrètement dans une forêt brumeuse du mont Washington. C'est le voisin de cellule de Noah, Lukan Ryfein (un randonneur réputé pour avoir escaladé la Tour), qui a prononcé pour la première fois ces mots – à la seule différence qu'il parlait à la première personne du singulier et non du pluriel : « Je suis celui qui viendra après, je suis l'avenir, je suis à la fois le sanctuaire et l'enfer. Et je ne suis pas seul. Tous les quatre, nous sommes légion. » Noah revoit encore le visage de Ryfein, ainsi que son horrible sourire. C'est le même homme qui lui a révélé que Nayr et Xela lui avaient menti en affirmant qu'il serait un jour l'assassin d'Arielle : « Tu ne dois pas tuer Arielle Queen, avait plutôt insisté Ryfein. Vous sauverez le monde ensemble, tu m'entends ? ENSEMBLE ! Ces précieux médaillons que vous portez, il sera bientôt temps de les réunir ! C'est ce que les alters craignent par-dessus tout : qu'un jour les deux élus unissent enfin leurs médaillons, comme l'annonce la prophétie. »

« *C'est là ton véritable destin, jeune Davidoff* », reprend la mystérieuse voix alors que Noah se laisse toujours porter par la réconfortante lumière du Bifrost.

– Et comment suis-je censé l'accomplir, ce *véritable* destin ? réplique le garçon tout en essayant de distinguer, dans la lumière, la silhouette de son interlocuteur.

Mais il n'y a rien ni personne. Noah sent pourtant la présence de plusieurs entités autour de lui. Il se souvient que, dans le Bifrost, l'ancre est levée et que l'âme navigue seule ; il n'y a donc aucun corps physique qui voyage, uniquement des âmes, et leur éclat surnaturel se perd dans la pureté de la lumière.

– Bientôt, je disparaîtrai à jamais, poursuit le jeune homme. Je n'existerai plus. Quoi que je fasse, Ael m'a expliqué que c'était… inévitable.

« *C'est faux. Pour cela, il te faudrait renoncer volontairement à la vie.* »

– Mon corps appartient désormais à Kalev.

« *Mais pas ton esprit*, répond la voix. *Nazar est ton nom, tu en es l'unique propriétaire ; Nazar Ivanovitch Davidoff, le couronné… C'est toi le futur roi de Midgard. Kalev de Mannaheim appartient au passé, tout autant que son père vaincu. Les hommes d'aujourd'hui ont besoin d'une nouvelle lignée de souverains. Une lignée plus forte, plus digne, plus honorable. Sois bon et offre-leur ta propre lignée, celle de David le Slave, lui-même descendant de la lignée des grands Varègues de Novgorod. Toi, Nazar, fils des Rùs, joins-toi aux Quatre et, ensemble, je te le promets, nous ferons de Midgard un véritable paradis. Sous notre égide, Mannaheim deviendra l'un des plus magnifiques royaumes, et aussi l'un des plus prospères, là où il fait bon vivre, mieux que dans la grande Alfaheim et dans la majestueuse Asaheim.* »

– Mais Kalev…

« *Kalev s'appropriera ta couronne et régnera à ta place sur le monde des hommes. Mais pas pour très longtemps, car nous, les Quatre, le priverons rapidement de son trône en l'assassinant. Tu vois, jeune Davidoff? Si tu acceptes de venir avec nous, tu ne sauveras pas seulement ta propre vie, mais aussi celle de tous tes sujets.* »

– Et je serai roi de Midgard ? C'est bien ce que vous dites ?

« *De Midgard et de tous les autres royaumes terrestres qui se rangeront sous la bannière immémoriale de Mannaheim ! Tu seras roi de la Terre tout entière, mon garçon ! Bien sûr, tes ennemis t'accuseront d'avoir usurpé le trône du souverain légitime, mais ne crains rien : tu auras la force de rejeter leurs blâmes, puis de les faire taire. Ils se rallieront à toi… ou périront.* »

Noah est confus.

– Alors, les hommes ont besoin de moi ?

« *Tu as rencontré Kalev, n'est-ce pas, et tu l'as observé ? Souhaites-tu réellement que ce vaurien prétentieux devienne le roi des hommes, mon garçon ?* »

Noah hésite un instant avant de répondre.

– Non, dit-il finalement.

« *Eh bien, il en ira certainement de même pour tes frères humains. Pense à eux : ils méritent mieux que Kalev ! Ils te méritent, toi !* »

– Que dois-je faire ?

« *Il te faut à tout prix retourner sur la Terre et accomplir la prophétie. Pour cela, tu devras éviter dès maintenant de t'approcher de la Walkyrie. Ne lui adresse plus la parole. Reprends le chemin de la Terre et ne laisse surtout pas Kalev te voler ta couronne et ton trône. Voilà ce qu'il te faut réussir ! Tu devras te battre pour ce qui t'appartient, mais, plus important encore, te battre pour le salut de ton peuple, celui des hommes !* »

Dès qu'il entend ces paroles, Noah est propulsé vers l'avant, bien malgré lui. « *Ton peuple, celui des hommes…* », répète la voix alors qu'il file comme une flèche. Ce n'est pas Noah qui dirige cette poussée ; il n'a absolument aucun contrôle sur elle. En l'espace d'une seconde, il se retrouve auprès de Kalev, qui voyage vers Mannaheim. À la vitesse où ils se déplacent tous les deux, ils auront bientôt atteint le royaume des hommes. « *Te battre pour le salut de ton peuple, celui des hommes !* »

– Je n'ai pas dit mon dernier mot, Kalev ! s'écrie Noah en fonçant, bras ouverts, sur le prince.

Cette fois, il n'essaie pas de refréner la force mystérieuse qui le pousse vers l'avant ; il se laisse plutôt porter par elle et espère qu'elle gagnera en puissance et qu'elle le rapprochera encore plus du prince. Son vœu est exaucé : il parvient enfin à rejoindre Kalev et l'entoure de ses bras ; cette manœuvre lui permet de s'agripper à lui, comme le ferait un parachutiste en s'accrochant à un autre, pendant leur descente.

– Mais qu'est-ce que tu fais là, toi ? ! s'exclame Kalev, incapable de croire que Noah ait réussi à le rattraper.

Le prince tente par tous les moyens de se débarrasser de son nouveau fardeau, qui se colle à lui comme un véritable parasite.

– Je ne te laisserai pas retourner là-bas sans moi ! lui répond Noah, qui fait autant d'efforts pour conserver sa prise que le prince n'en déploie pour s'éloigner de lui.

« Il te faut à tout prix retourner sur la Terre et accomplir la prophétie. »

– C'est moi qui accomplirai la prophétie ! affirme Noah alors que leur chute se poursuit.

– Jamais ! proteste Kalev. C'est moi, et seulement moi !

Fixées l'une à l'autre, les deux âmes luttent férocement pour déterminer laquelle d'entre elles sera la première à rejoindre Mannaheim et à s'incarner sur la Terre. L'âme qui devancera l'autre et renaîtra la première dans le royaume des hommes aura la possibilité de choisir dans quel corps elle le fera. Noah et Kalev, les deux adversaires qui combattent en ce moment même dans le Bifrost, souhaitent tous deux occuper le même corps, soit celui qui, tour à tour, leur a appartenu. C'est aussi ce corps qui leur permettra d'approcher Arielle Queen afin de la séduire, et qui accordera à son propriétaire le droit de se déclarer second élu et d'accomplir la prophétie. Ce corps tant convoité, c'est celui de Nazar Ivanovitch Davidoff sous sa forme alter, celui qu'a occupé Razan pendant toutes ces années, avant qu'on ne le force à retrouver la mémoire et à redevenir Kalev de Mannaheim.

– Je suis le fils de Markhomer ! dit Kalev. Le seul et unique descendant du premier souverain !

– Et moi, je fais partie d'une autre lignée, rétorque Noah, tout aussi légitime que la tienne ! Je suis Nazar, de la maison de David le Slave, digne descendant des Varègues de Novgorod !

Kalev éclate de rire.

– Tu es un usurpateur et un idiot, voilà ce que tu es ! Tu t'es laissé convaincre par les forces de l'ombre que du sang royal coulait dans tes veines. Mais elles t'ont menti et se sont moquées de toi ! David le Slave était un paysan, un pauvre serf, sans terre ni argent ! Et il a engendré une lignée de déments, de fous furieux ! Tu es le résultat de plus de mille ans de folie, mon pauvre Nazar !

– Je ne suis pas fou ! s'écrie Noah.

Les deux garçons continuent de tourbillonner tous les deux dans le vide, accrochés l'un à l'autre.

– Ah non ? fait Kalev. Alors, pourquoi as-tu essayé de t'en prendre à Arielle le jour de son quatorzième anniversaire ?

– Je n'ai jamais fait ça !

– C'est bien cet affrontement qui t'a valu cette horrible cicatrice, n'est-ce pas ? La petite s'est bien défendue, à ce que je vois !

– Jamais je n'aurais fait de mal à Arielle. Et cette cicatrice est le résultat d'un simple accident.

– Tu as essayé de l'embrasser, et lorsqu'elle t'a repoussé, tu l'as frappée. Elle a essayé de s'enfuir, mais tu lui as couru après. Elle a réussi à mettre la main sur une dague fantôme et à te blesser au visage, ce qui a calmé tes ardeurs et lui a permis de s'échapper.

Alors que leur chute dans le Bifrost se poursuit, Noah secoue vigoureusement la tête.

– Non ! s'écrie-t-il. Ce n'est pas moi ! Je n'aurais pas pu faire ça ! J'en suis incapable. J'aime Arielle !

– Qui l'a fait, alors ?

– Razan... C'était Razan. Ou peut-être même que c'était toi !

– Tu sais très bien que c'est faux ! répond Kalev. Depuis toujours, Razan et moi sommes amoureux d'Arielle. C'est grâce à cet amour que tu t'es toi-même rapproché d'elle. Quant à Razan, il a toujours cru que son attirance pour elle n'était pas réelle, que c'était à toi qu'il la devait, et c'est pourquoi il l'a toujours combattue. Il croyait à tort qu'il en mourrait, le pauvre imbécile !

– C'est moi qui suis amoureux d'Arielle ! Pas lui, et surtout pas toi !

– Il y a toujours de l'amour pour Arielle dans le cœur de Razan et dans le mien. Et depuis que lui et moi ne faisons qu'un, cet amour est encore plus fort. Mais mon désir de vengeance supplante tous nos autres sentiments, les miens et ceux de Razan confondus. Notre cause est plus importante que tout ! Je m'incarnerai sur la Terre pour venger mon père et reconquérir son royaume. C'est en son nom qu'Arielle et moi régnerons sur les hommes !

Kalev profite du fait que Noah est à la fois bouleversé et distrait par ses propos pour lui asséner un violent coup au visage. Ébranlé, le jeune Davidoff relâche sa prise pendant un court instant, ce qui suffit à Kalev pour lui écarter les bras et échapper enfin à son emprise. Flottant dans les airs, les deux garçons s'éloignent rapidement l'un de l'autre, à la grande satisfaction du prince. Paraissant toujours aussi troublé, Noah ne tente aucune manœuvre pour revenir vers lui. Sous eux, la sortie du Bifrost approche à grande vitesse. Ce n'est plus qu'une question de temps avant qu'ils ne retrouvent tous les deux leur monde d'origine. Kalev a de l'avance. C'est lui qui plongera le premier à l'intérieur du cercle noir servant de portail au royaume des hommes. Nul doute qu'à sa sortie il choisira de s'incarner dans le corps de Razan, qui est toujours enfermé dans un des caissons cryogéniques. Alors qu'il s'approche du cercle, le prince s'esclaffe bruyamment.

– Le roi, c'est moi ! s'exclame-t-il avant de disparaître dans l'ombre du cercle.

Noah ne réagit pas. Au lieu de répondre, il ferme les yeux et met ses bras en croix sur son torse. C'est dans le silence le plus complet qu'il se laisse avaler par le néant du portail. À défaut de pouvoir renaître dans son propre corps, il cherche à retrouver Arielle. S'il doit passer ses derniers jours sur la Terre sous la forme d'un esprit errant, il veut les passer auprès d'elle. À sa sortie du Bifrost, Noah se dirige instinctivement vers l'endroit où se trouve la jeune fille. Elle est en Bretagne, sous terre, dans une salle de la fosse nécrophage d'Orfraie. Une fois arrivé là, Noah détecte la présence d'autres personnes dans la pièce. Ce sont surtout des alters. Geri est là également, de même que Jason Thorn. Et Brutal n'est pas loin. L'oncle Sim est étendu sur le sol, mais son corps est inoccupé. *Son âme a levé l'ancre, il est mort*, conclut Noah avec tristesse. *Il n'est pas le seul. Deux autres humains sont décédés, et il y a aussi des cadavres d'alters.* Le jeune homme songe qu'il pourrait toujours essayer de s'incarner dans un de ces corps, mais réalise, après avoir réfléchi, que ce serait probablement inutile, et peut-être même dangereux. Leurs fonctions vitales se sont arrêtées depuis trop longtemps. Noah sait qu'il réussira à se réincarner dans un être vivant, mais il est presque certain de ne pouvoir ressusciter la chair d'un être déjà mort. Alors qu'il commence à perdre espoir, il perçoit une autre présence. Une autre personne se trouve dans la pièce. Elle n'est pas morte, mais inconsciente. Son corps semble viable; le cœur et les poumons fonctionnent toujours, ce qui permet au sang et à l'oxygène de circuler. Mais que se passera-t-il si Noah choisit de s'incarner à l'intérieur de ce corps? Quel sort sera réservé à l'âme qui y vit déjà? Elle est inconsciente, c'est vrai, mais disparaîtra-t-elle entièrement si Noah prend sa place ? Ou restera-t-elle tout simplement endormie ? Pour Noah, le désir de revoir Arielle est plus fort que tout. Plutôt que de ne rien faire, il décide de tenter le tout pour le tout : il s'incarnera dans le corps disponible. *Advienne que pourra,* songe-t-il tout en entreprenant son périple vers le monde des vivants.

7

Nayr et son équipe de communication ont établi leur quartier général au premier étage de la fosse d'Orfraie, dans une pièce adjacente à celle qui accueille le maelström intraterrestre.

Depuis l'invasion de la fosse par les forces alters et humaines, l'ouverture du maelström est gardée en permanence par une troupe d'élite. Sa mission : contenir toute tentative de fuite des sylphors. Il faut à tout prix les empêcher de s'échapper afin de les garder captifs de leur propre repaire ; c'est essentiel à la réussite des opérations. La seule autre issue permettant de sortir de la fosse se trouve au dernier niveau : il s'agit de la fontaine du voyage, que l'on nomme aussi l'Evathfell. Elle permettrait, en effet, aux derniers elfes noirs retranchés dans le niveau carcéral de quitter Mannaheim pour l'un des huit autres royaumes. Mais Nayr doute fort que ses adversaires choisiront cette voie. Les sylphors ne sont pas assez fous pour abandonner le royaume des hommes et tenter un repli vers les autres mondes de l'Ygdrasil. La raison en est fort simple : partout, les elfes noirs sont considérés comme des indésirables. Leurs têtes sont mises à prix dans la majorité des royaumes, et surtout dans l'Helheim, car Loki ne leur a jamais pardonné leur mutinerie. En vérité, les elfes noirs ne tiendraient pas le coup très longtemps à l'extérieur de Mannaheim. Mieux vaut pour eux demeurer ici, dans la fosse, et combattre les humains et les alters plutôt que de se mesurer aux forces des autres mondes, tels que les dieux, les elfes de lumière et les géants. Leurs chances de survie de ce côté-ci de l'Evathfell ne sont pas très bonnes, c'est vrai, mais elles sont de loin supérieures à celles qu'ils auraient en s'aventurant hors des frontières terrestres.

Les alters, quant à eux, poursuivent leur avancée dans la fosse. À présent, ils contrôlent presque tous les niveaux, excepté le niveau carcéral et celui qui est situé juste en dessous, là où se trouve l'Evathfell. C'est à ces deux endroits que sont concentrées les dernières poches de résistance sylphors. Peut-être une centaine d'individus en tout, selon les derniers rapports, dont une dizaine de nécromanciennes et un détachement de kobolds. Ce n'est plus qu'une question d'heures avant que ne soient atteints les objectifs de l'opération EP08, pour « Elvish Purge 2008 », et que les elfes noirs et leurs laquais ne soient définitivement éliminés de la surface de la Terre. À part ceux qui se sont retranchés dans les derniers niveaux de la fosse d'Orfraie, il n'existe plus aucun autre sylphor, kobold ou nécromancien dans le royaume de Mannaheim. Leur extermination par les alters et leurs alliés humains a été propre, rapide et sans bavure.

Nayr se trouve actuellement au premier niveau de la fosse, avec son équipe de communication. Quelques heures plus tôt, une unité d'éclaireurs a contacté l'alter de la Maison-Blanche par radio pour lui faire part d'une découverte intéressante. Tout à fait par hasard, pendant l'inspection du deuxième niveau de la fosse, les éclaireurs sont tombés sur un étrange objet qui, selon eux, ressemblait à un gros coffre en métal, de la grosseur d'un cercueil. Nayr a immédiatement répondu qu'il souhaitait voir l'objet en question et a ordonné aux membres de l'unité de le transporter jusqu'au premier niveau de la fosse.

Après avoir examiné le coffre, Nayr en a conclu qu'il s'agissait de l'un des deux caissons cryogéniques que la CIA et lui avaient découverts à Berlin en 1965, sous le Reichstag, durant leurs fouilles du bunker 55. Plus tard la même année, une équipe de sylphors voyageant à bord d'une foreuse de transport gimli s'était introduite dans le hangar secret où se trouvaient les caissons cryogéniques et les avaient subtilisés.

Mais en voilà au moins un qui est de retour, songe Nayr en passant une main sur la surface lisse du caisson. L'alter parvient à distinguer un visage derrière le hublot givré. Celui d'un homme. *Non, d'un adolescent, plutôt*, se ravise-t-il. *Et c'est étrange, j'ai l'impression de le connaître. Mais oui, on dirait bien que c'est... Noah Davidoff?*

Nayr a alors le réflexe de plonger la main dans la poche intérieure de son veston afin de s'assurer que le médaillon demi-lune des Davidoff s'y trouve toujours. Le bijou est en possession des alters depuis que Xela et ses commandos ont capturé Noah Davidoff, dans le garage du manoir Bombyx, lors de leur intervention contre les sylphors en novembre 2006. Une fois Noah maîtrisé, les commandos lui ont arraché son médaillon, puis l'ont conduit en hélicoptère jusqu'à la Tour invisible, où l'attendait une cellule. Dès leur arrivée, ils ont remis le médaillon demi-lune à Nayr, qui le conserve précieusement sur lui depuis ce jour. L'alter se souvient de la conversation qu'il a eue avec Noah, peu de temps après le réveil du garçon, dans sa cellule. Nayr avait commencé par se moquer de la prophétie, et du fait que les élus devaient réunir leurs médaillons pour vaincre les alters. Il avait ensuite sorti le précieux bijou de sa poche et l'avait montré à Noah, à travers la porte en plexiglas qui le séparait du jeune homme. Tout en fixant son prisonnier avec un sourire narquois, il lui avait demandé : « Mais qu'arrive-t-il si les élus ne possèdent qu'un seul des médaillons ? » Noah s'était approché du plexiglas et avait répondu que les élus s'arrangeraient alors pour récupérer le médaillon manquant. Après lui avoir dit qu'il admirait sa confiance, l'alter de Ryan Thompson avait affirmé que plus jamais il ne remettrait la main sur son médaillon. Il se rappelait même lui en avoir fait le serment. *J'espère ne pas m'être trompé*, songe-t-il en continuant d'observer les traits figés de Noah à travers le hublot du caisson cryogénique.

– J'y vais, patron ? demande le technicien qui attend de l'autre côté du caisson.

– Affirmatif, mais sois prudent, répond Nayr. Il ne faut surtout pas l'abîmer.

En ouvrant le petit compartiment électrique situé à l'arrière de l'engin, le technicien peut enfin atteindre le thermostat manuel ainsi que la mémoire résiduelle du système réfrigérant. C'est à l'intérieur de cette mémoire que demeurent programmées en permanence les instructions de réveil cryogénique du caisson. En apercevant les chiffres inscrits sur le compteur, le technicien informe son chef que la date de réveil est échue depuis au moins deux ans. Devant l'air contrarié que prend Nayr, il s'empresse d'ajouter qu'il croit pouvoir reprogrammer le compteur pour y entrer une nouvelle séquence de données. Selon son évaluation, le processus de réveil devrait s'enclencher sans trop de problèmes ; les circuits et les transistors, tout comme les piles, paraissent en très bon état, même s'ils datent de plusieurs décennies.

– Tu peux tout reprogrammer pour la date d'aujourd'hui ? lui demande Nayr.

– Aussi facile que mettre ma montre à l'heure, patron, répond le technicien avec une bonhomie qui énerve l'alter de la Maison-Blanche. Souhaitez-vous que la phase de décongélation débute maintenant ?

Nayr ne répond pas tout de suite. Il jette un coup d'œil à travers le hublot, d'un air songeur, puis revient au technicien.

– Pourquoi pas? dit-il avant de tourner les talons pour s'en aller.

Le technicien s'attelle immédiatement à la tâche.

– Et allons-y pour la décongélation des surgelés! lance-t-il avec bonne humeur.

Dès qu'il replonge la main à l'intérieur du compartiment pour accéder au compteur, l'homme sent que quelque chose ne va pas. En effet, le caisson vibre légèrement. En peu de temps, la vibration se transforme en d'intenses secousses. Redoutant une défaillance importante du système, ou même une explosion, le technicien s'éloigne précipitamment de l'engin. Le bruit des secousses et des torsions métalliques attire l'attention de Nayr, qui s'apprêtait à quitter la pièce. L'alter de la Maison-Blanche s'arrête avant de franchir la porte et se retourne vers le caisson. Il est rapidement rejoint par sa garde personnelle: quatre alters, armés uniquement d'épées fantômes, mais hautement entraînés, si l'on se fie à leur gabarit.

– Qu'est-ce que tu as fait?! s'exclame Nayr.

– Je… je ne comprends pas! crie le technicien à l'autre bout de la pièce.

Le caisson s'agite de tous les côtés, comme une machine à laver qui s'emballe.

– Je n'ai rien touché! Je vous le jure, patron!

Permets-moi d'en douter, gros idiot! grogne Nayr dans son for intérieur, tout en revenant sur ses pas. Il est suivi de près par les alters de sa garde.

– N'approchez surtout pas, patron! lui conseille le technicien. Quelque chose obstrue les conduits. La pression ne cesse d'augmenter. J'ai l'impression que ça pourrait bien exploser, et...

L'homme n'a pas le temps de finir sa phrase. Malheureusement pour lui, son évaluation se révèle des plus justes: le caisson cryogénique est secoué par une violente explosion, qui projette en tous sens des parties de son revêtement en métal. La porte est le plus gros morceau qui est arraché au caisson suite à la déflagration. La pièce de métal file comme un obus à travers la pièce. Nayr et ses gardes ont tout juste le temps de se jeter au sol pour éviter la masse compacte, avant que celle-ci ne défonce le mur derrière eux. Le technicien n'a pas été épargné: il est étendu par terre, immobile. Sa combinaison de travail est parsemée de taches de sang; son corps a été transpercé en de multiples endroits par des pièces du caisson, telles que des conduits rompus, des fragments de l'armature, des écrous, et même certaines des composantes électriques sur lesquelles il prévoyait travailler. Les différentes pièces ont fendu l'air comme des projectiles lors de l'explosion, et ont atteint mortellement le technicien, ne lui laissant aucune chance de survie.

Nayr et ses gardes se relèvent péniblement. Ils sont entourés d'un nuage de fumée, causé évidemment par le feu qui s'est allumé dans le caisson. La fumée a envahi la pièce, mais se concentre en hauteur – du moins pour l'instant. La charpente a été gravement endommagée par l'explosion; c'est pourquoi les gardes proposent à Nayr de quitter immédiatement la pièce, au cas où tout s'écroulerait, mais il refuse de les suivre. Il veut savoir ce qui s'est passé, mais, surtout, il souhaite constater de ses propres yeux la mort de Noah Davidoff. Le corps du garçon, congelé ou non, n'a pas pu survivre à une telle explosion. *Et même si c'était le cas*, se dit Nayr, *même si par je ne sais quel miracle il a survécu, il est impossible qu'il ait pu ensuite échapper au feu ardent qui consume le caisson, et qui s'attaquera bientôt à toute la pièce.* À mesure qu'il s'avance vers les restes du caisson, la fumée se fait de plus en plus dense, et il finit par se dire que ses hommes ont peut-être raison : mieux vaut filer d'ici pendant qu'il en est encore temps. *Non, tu dois voir son corps. Tu dois voir ses restes calcinés. Pour être certain qu'il est mort et que plus jamais il ne pourra te prendre le médaillon. Et si le médaillon est à toi, si tu le gardes pour toujours, alors les alters ne seront plus menacés d'extermination et seront donc assurés de régner sur Midgard jusqu'à la fin des temps. Sans le médaillon de Noah, Arielle Queen ne pourra accomplir la prophétie.*

L'alter de la Maison-Blanche s'agenouille pour faciliter sa progression, car il y a davantage d'oxygène au niveau du sol. Les alters de sa garde personnelle sont quelque part derrière lui. *Ils ne m'ont pas suivi, les idiots.* En les entendant crier son nom, il se retourne, mais il ne les voit plus. Ils sont cachés par le nuage de fumée qui emplit toute la pièce. Nayr se maudit en se disant qu'il aurait dû les écouter. Cette fumée n'est pas suffisante pour l'asphyxier, mais il craint que le plafond et les murs ne finissent par s'effondrer. Cela pourrait lui causer des blessures importantes, et peut-être même le tuer. La chaleur se fait plus intense. L'alter sent qu'il se rapproche de son but. Incapable de continuer à genoux, il s'accroupit, pour finalement s'étendre sur le ventre. L'air se fait de plus en plus rare. Nayr s'avance en rampant, mais doit rapidement s'arrêter, car la chaleur devient vite insupportable et menace de brûler sa chair. Il n'est pas loin du caisson. Il aperçoit les flammes ardentes et la carcasse de ce dernier à travers la fumée. Tout à coup, au centre des débris et des flammes, il distingue deux silhouettes, celles d'un homme et d'une femme. L'alter est convaincu d'avoir une hallucination. Il aimerait s'approcher davantage pour mieux les voir, mais c'est impossible. *Comment font-ils pour résister à une telle chaleur?* se demande-t-il sans quitter le couple des yeux. Nayr réalise soudain qu'ils ont quitté le caisson et s'avancent vers lui. Ni la femme ni l'homme ne semblent incommodés par la fumée. Ils ont l'air parfaitement à l'aise, comme si, pour eux, le feu et la fumée n'existaient pas.

Abandonnant derrière eux le caisson en flammes, l'homme et la femme marchent jusqu'à Nayr et s'immobilisent devant lui. Ils dominent tous les deux l'alter à présent, mais celui-ci, toujours à plat ventre, ne parvient à voir que leurs bottes.

– Qui… qui êtes-vous? demande Nayr qui arrive à peine à respirer.

Plutôt que de répondre, l'homme s'accroupit près de lui tout en sortant une dague fantôme de son manteau. Après l'avoir observé un instant avec dépit, il saisit solidement sa dague et la lui plante profondément entre les omoplates. La lame fantôme atteint directement le cœur, ce qui tue Nayr sur le coup. L'alter de la Maison-Blanche meurt sans prononcer le moindre son ou la moindre plainte.

– Qui je suis ? répète l'homme. J'ai été Noah, et parfois Razan. Mais, aujourd'hui, je suis Kalev de Mannaheim !

Il tend le bras et fouille le veston de Nayr. Dans la poche intérieure, il découvre enfin ce qu'il cherche : le médaillon demi-lune des Davidoff. Kalev passe la chaîne autour de son cou, puis se relève et retourne auprès d'Ael. L'aura protectrice de la Walkyrie les protège tous les deux du feu et de la fumée.

– On sort par la grande porte ? demande Kalev à sa jeune garde du corps.

– Non, répond Ael. Les hommes de Nayr attendent sûrement de l'autre côté. Nous devons éviter les affrontements pour l'instant et nous faire discrets, sinon les alters lanceront le plus gros de leurs troupes à notre poursuite. L'explosion a fait s'effondrer une partie du mur, là-bas. Si je ne me trompe pas, nous devrions pouvoir passer dans l'autre pièce, celle où se trouve le maelström intraterrestre.

Kalev approuve le plan de la Walkyrie.

– Parfait, dit-il en se mettant à marcher vers l'endroit désigné par Ael. Le maelström nous permettra de retrouver Arielle Queen plus facilement. Il ne faut pas tarder. Regarde, j'ai récupéré le médaillon demi-lune. Ça fait de moi l'élu de la prophétie. Ensemble, Arielle et moi, nous éliminerons enfin les alters.

La Walkyrie suit Kalev de près afin qu'il continue à bénéficier de la protection de son aura. Dans la pièce, le feu brûle toujours et la fumée laisse de moins en moins de place à l'oxygène. Sans ce bouclier invisible qui les entoure tous les deux, Kalev et Ael seraient déjà morts.

Une fois arrivé à la partie effondrée du mur, le prince constate que la Walkyrie avait raison : au centre de la pièce adjacente, dans la pierre du sol, tourbillonne l'entrée en forme d'entonnoir du maelström. Curieusement, celle-ci n'est pas surveillée. Il n'y a aucun garde alter dans les parages.

– L'explosion..., explique Ael. Il n'y a pas meilleur moyen de diversion. Les gardes se sont regroupés à l'entrée de l'autre pièce, et se demandent tous comment faire pour porter secours à Nayr.

– Espérons qu'ils se creuseront la tête longtemps, répond Kalev.

Le jeune prince est sur le point de s'engager dans l'ouverture et de passer dans l'autre pièce lorsque Ael l'arrête.

– Il y a quelque chose que vous devez savoir, lui dit-elle.

Après un moment d'hésitation, la Walkyrie ajoute :

– Noah ne s'est pas présenté au rendez-vous. Je n'ai pas pu lui adresser mon dernier salut dans le Bifrost. Quelqu'un a dû lui parler durant le voyage, quelqu'un qui est parvenu à le convaincre de retarder son départ vers le néant éternel.

Kalev approuve, au grand étonnement de la jeune Walkyrie :

– Il est sans doute de retour sur terre.

– Je ne comprends pas, dit Ael. Selon ce que m'a enseigné Thor, l'âme de Noah devait être entièrement détruite aussitôt que vous prendriez possession de son corps sur la Terre. S'il est toujours vivant, ça ne peut signifier qu'une chose : quelqu'un de puissant le protège. Il s'agit probablement de la même personne qui l'a convaincu de revenir sur terre. À mon avis, il n'y a qu'un seul dieu qui soit assez puissant pour réaliser ce tour de force, et qui déteste suffisamment Thor pour ne pas craindre de contrecarrer ses plans et de provoquer sa colère. Ce dieu… c'est Loki.

Kalev laisse s'écouler quelques secondes, puis approuve de la tête.

– Un jour, il faudra que les dieux cessent de s'ingérer dans les affaires des hommes, dit-il.

En désignant le maelström intraterrestre, le prince demande ensuite :

– Ce passage, tu sais où il mène ?

– Au sixième niveau de la fosse, répond Ael, mais, grâce à mes pouvoirs de Walkyrie, je crois pouvoir modifier son point de sortie.

– Très bien. Allons-y alors, et essayons de retrouver Arielle Queen.

Kalev ne perd pas de temps : il entre dans l'autre pièce et, sans aucune hésitation, plonge à l'intérieur du maelström. Pris dans le tourbillon, il fait un tour complet avant d'être avalé entièrement par l'entonnoir du vortex. Une fois le prince disparu, Ael bondit à son tour dans le passage. En un rien de temps, elle est entraînée dans les profondeurs de la fosse, à la suite de son nouveau maître.

8

Les alters, tout comme leurs prisonniers, restent sans voix devant cette scène de boucherie.

Jason, Brutal et Geri n'en croient pas leurs yeux. Ils sont pétrifiés. Quelle est cette chose, ce monstre immonde, qui a pris la place de leur amie Arielle ? Brutal se force à réagir. Il est le premier à sortir de sa torpeur et a immédiatement le réflexe de s'avancer pour porter secours à sa maîtresse – en admettant qu'il s'agisse toujours de sa maîtresse, et non d'une créature démoniaque –, mais il est aussitôt arrêté par un des commandos alters qui lui rappelle, d'un mouvement de lame, qu'une épée fantôme est toujours prête à s'enfoncer dans sa chair au moindre mouvement suspect.

– *Ed nem shaaveg dos imon ed alerta…*, chante Arielle à l'autre bout de la pièce.

Sa voix est méconnaissable ; elle est à la fois profonde et lointaine, comme si elle venait d'outre-tombe. *Ce n'est pas une voix humaine*, se dit Brutal, alors traversé d'un frisson. *On dirait une voix de démon, provenant du fin fond du Niflheim.*

– *Ed dos got manna her ima evna...*, poursuit Arielle tout en fixant le vide devant elle d'un air égaré. *Ed tor...* (Elle hésite une seconde.) *Ed tor fetastel edi fé nomir...*

– Ce sont des chants de magie et de puissance, murmure Jason aux animalters. Mais on dit que seules les créatures divines peuvent interpréter ces chants. De toute évidence, ce n'est pas le cas.

Personne n'ose bouger; humains et alters fixent Arielle en silence, avec le même mélange de peur et de doute dans le regard. On dirait qu'ils sont à proximité d'une bombe qui menace à tout moment d'exploser. Après avoir constaté *de visu* avec quelle violence l'adolescente a attaqué Xela, ils sont convaincus qu'une rage latente bouillonne toujours en elle, et qu'elle finira tôt ou tard par se manifester de nouveau, la poussant à tout ravager sur son passage.

– Ce M sur sa joue, c'est un M runique, explique Jason alors qu'Arielle continue de chanter. En futhark, ce symbole est appelé *Ehwaz*. Dans notre alphabet, il est représenté par la lettre E.

Arielle enchaîne les chants les uns après les autres. Bientôt, elle entame son neuvième refrain, toujours dans cette langue que personne ne connaît.

– On dit que chaque rune possède un chant de puissance, dit encore le chevalier fulgur. Mais il n'y a que dix-huit chants en tout.

Citant la mythologie, il récite:

– « Le dix-huitième chant fera découvrir ce qu'Odin n'a jamais enseigné. »

– Et qu'est-ce qu'Odin n'a jamais enseigné? demande Brutal.

– On ne le sait pas, idiot, le rabroue immédiatement Geri, puisque justement il ne l'a *jamais* enseigné !

Les alters lancent un regard sévère à leurs prisonniers. Ils voudraient bien qu'ils finissent par la boucler.

– On n'a jamais découvert ce que dit le dernier chant de puissance, murmure Jason. Mais certains érudits fulgurs prétendent qu'il renferme à lui seul les paroles des six derniers chants, associés aux six dernières runes.

Car, selon Jason, il existe bien vingt-quatre runes au total, et non dix-huit. Si les dix-huit premières runes sont associées à un chant de puissance, il est légitime de penser que les six autres le sont aussi. Ces dernières runes et leurs chants ont été désignés au fil des siècles comme « les Clefs de Skuld ». Mais il n'en est fait mention nulle part ; c'est pourquoi les érudits ont émis l'hypothèse que le dix-huitième chant, une fois découvert, pourrait bien révéler le secret le mieux gardé de la mythologie nordique, c'est-à-dire que l'histoire des hommes et de Midgard ne se terminerait pas sur un mystère, contrairement à ce qu'affirment les spécialistes. Les érudits fulgurs espèrent que les runes et leurs chants témoigneront des derniers événements de la mythologie, qu'ils nous raconteront sa conclusion, en quelque sorte. Victor Thorbéo, ancien dirigeant des chevaliers fulgurs de la loge Afrika, affirmait ceci au sujet du dix-huitième chant : « Lorsque le chant que personne ne connaît sera entendu, et que le témoignage des six dernières runes sera révélé, l'histoire des hommes et de Midgard, qu'on croyait inachevée, connaîtra enfin son dénouement.»

La voix démoniaque cesse soudain de s'exprimer par l'intermédiaire d'Arielle. La jeune fille a terminé son quinzième refrain, puis s'est interrompue. *Et si cette horrible chose était vraiment Arielle?* songe Brutal. *Non, c'est impossible. Je connais bien ma maîtresse, et elle ne ressemble en rien à cette créature qui, pendant une minute, grogne comme un animal et, l'instant d'après, fredonne comme une illuminée.* Après avoir observé Arielle un bref moment, Jason reprend la parole:

– Elle s'est arrêtée au quinzième chant. Apparemment, elle n'ira pas plus loin.

– Vas-tu enfin la fermer?! s'écrie un des alters tout en bousculant le jeune fulgur. J'en ai assez de t'entendre!

Arielle relève les yeux et promène son regard noir de prédateur sur le groupe d'hommes et d'alters. Elle fait un premier pas vers eux, tout en montrant les dents.

– Ai-je été assez fort pour le déloger?... déclare soudain une voix près d'Arielle.

C'est Thornando, le chevalier fulgur. Il a repris conscience. Tous les yeux se tournent vers lui. Il a même réussi à attirer l'attention d'Arielle qui le regarde avec la curiosité d'un animal.

– J'ai un sacré mal de tête..., dit-il en s'asseyant. Ouf! enfin, je respire du véritable oxygène.

Brutal réalise que quelque chose a changé chez le chevalier, mais n'arrive pas à savoir quoi exactement. Après avoir examiné l'endroit où il se trouve, Thornando s'interroge:

– Mais qu'est-ce que je fais ici ? Et où est le caisson ?

– Gare à tes fesses, Thornando ! le prévient Brutal.

L'animalter s'empresse de lui montrer Arielle afin qu'il sache d'où vient le danger. Celle-ci se trouve non loin du fulgur espagnol. Elle marche vers lui à pas feutrés, avec la prudence d'un prédateur.

– Thornando ? répète le chevalier avec surprise. Brutal, pourquoi tu m'appelles comme ça ?

L'animalter ne répond pas. D'un signe discret, il rappelle cependant au fulgur qu'Arielle (ou plutôt la créature qui l'a remplacée) s'approche dangereusement de lui.

Thornando tourne la tête vers l'adolescente et l'observe en fronçant les sourcils.

– Arielle, c'est bien toi ?...

La jeune fille ne répond pas, mais continue d'avancer vers le jeune fulgur. Elle le fixe sans afficher la moindre émotion, avec ses petits yeux noirs et vides. À son air, on devine que Thornando est tracassé ; lui aussi a compris que quelque chose ne tourne pas rond avec l'élue de la prophétie.

– Parle-moi, Arielle, insiste-t-il alors qu'elle n'est plus qu'à un mètre de lui. Je suis tellement heureux de te revoir. Je m'inquiétais pour toi, tu sais.

Ça y est ! se réjouit Brutal. *J'ai mis le doigt dessus : Thornando a perdu son accent. Mais oui, c'est ça : il parle sans aucun accent espagnol !*

En voyant qu'Arielle ne réagit pas, Thornando opte pour une autre tactique. Il surprend tout le monde en déclarant :

– Vénus, tu ne me reconnais pas ? C'est moi… Nazar.

Nazar ? Mais qu'est-ce que c'est que ça encore ?! s'interroge Brutal, dépassé.

– Nazar Ivanovitch Davidoff ! précise Thornando, toujours pour Arielle.

L'évocation de ce nom ne semble pas troubler la jeune fille. Agissant comme si elle n'avait rien entendu, elle lève les bras et ouvre les mains de façon agressive. Ses doigts recroquevillés, au bout desquels pointent d'affreux ongles noirs et acérés, se transforment en véritables serres de rapace. Si elle s'attaque à lui, le pauvre fulgur ne pourra pas se défendre ; Arielle en fera de la chair à pâté avant qu'il n'exécute le moindre mouvement.

– Il faut faire quelque chose, dit Geri. Elle va le tuer !

– Tais-toi, sale cabot ! lui ordonne l'alter qui, plus tôt, a exigé le silence de la part de Jason.

C'est alors que tout se précipite. Pour le punir d'avoir parlé, l'alter frappe sauvagement Geri sur le museau, pendant qu'Arielle, toutes griffes dehors, se jette finalement sur Thornando, qui est toujours assis sur le sol. Simultanément, un autre groupe d'alters fait son entrée dans la pièce en lançant des cris de victoire : « Nous avons remporté la bataille ! À bas les sylphors ! » Geri et Brutal profitent de cette diversion pour échapper aux lames des alters – qui ont perdu toute concentration – et récupérer leurs propres épées fantômes. Il leur suffit de quelques attaques habilement menées pour se débarrasser de tous les alters qui les tenaient en respect. Jason n'est pas en reste : il se hâte d'agripper son ceinturon et de le boucler autour de sa taille. Après avoir passé ses gants de métal, il attrape ses marteaux mjölnirs et s'apprête à les lancer en direction du nouveau groupe d'alters lorsqu'il constate que Brutal et Geri se sont immobilisés devant lui, les bras en l'air. Après une brève hésitation, les deux animalters laissent tomber leurs épées fantômes en même temps et font un pas en arrière, vers Jason, au lieu d'avancer vers l'ennemi. Le jeune fulgur comprend vite pourquoi : parmi la douzaine d'alters qui viennent d'arriver, un seul a dégainé son épée fantôme (celui qui commande ce détachement, sans doute) et s'est avancé vers eux. Les autres sont demeurés en position, devant la porte, et pointent tous leurs kalachnikovs en direction de Jason et des animalters. Ils n'ont qu'à appuyer sur la détente de leur pistolet-mitrailleur pour abattre sur-le-champ les trois compagnons. *Ils vont nous fusiller*, se dit Jason, *exactement comme le ferait un peloton d'exécution.*

Brutal se tourne alors vers Geri et lui demande :

– Selon toi, le caniche, on est cuits ?

Geri approuve de la tête.

– Cuits et servis, mistigri.

9

Thornando a tout juste le temps d'attraper Arielle par les poignets avant qu'elle ne lui tombe dessus.

Tous les deux roulent sur le sol. La jeune fille montre les dents, en plus de rugir et de se débattre comme une lionne en furie. Heureusement, le fulgur porte toujours ses gants de fer, ceux qui lui permettent de manier les mjölnirs. S'il ne les avait pas, jamais il n'aurait assez de force pour lutter contre Arielle. Thornando tente par tous les moyens de la repousser, mais elle est investie d'une puissance extraordinaire. À plus d'une reprise, Arielle se jette en avant et essaie de mordre le cou du chevalier, mais, chaque fois, ce dernier parvient à éviter la charge. Si elle réussit à refermer ses mâchoires carnassières sur sa gorge, elle lui arrachera les jugulaires et le fera saigner à mort. Voyant que sa proie fait preuve de force et d'habileté, Arielle décide de changer de stratégie et tente plutôt de s'en prendre aux mains gantées qui la retiennent. Le fulgur sait qu'il ne doit surtout pas lâcher les poignets de son assaillante, car il signerait ainsi son arrêt de mort. Mais la tâche devient de plus en plus ardue ; il doit fournir un effort surhumain non seulement pour retenir Arielle, mais aussi pour esquiver ses assauts répétés. Les gants magiques ne suffisent plus à contenir la furie. Bientôt, il le sait, l'élue réussira à se libérer et s'attaquera à lui sans la moindre pitié, tel un fauve affamé.

– Arielle, c'est moi, Noah ! lui répète le chevalier. Je vis à l'intérieur de Thornando, mais je ne suis pas lui !

À sa sortie du Bifrost, Noah s'est donc incarné dans le corps de Tomasse Thornando, le seul qui fût en mesure de l'accueillir. Du fait que ce dernier était inconscient plutôt que décédé, son esprit a aisément été délogé, pour être aussitôt remplacé par l'âme errante de Noah Davidoff.

Apparemment, ça ne fait aucune différence, pour Arielle, que ce soit Thornando ou Noah qui se trouve devant elle ; elle poursuit son agression sauvage avec autant de vigueur que précédemment, jusqu'à ce qu'un des alters intervienne et la tire finalement en arrière, libérant ainsi Thornando – ou plutôt Noah – de ses griffes.

– Ne lui faites pas de mal ! implore Noah en s'adressant aux alters.

Mais ces derniers n'ont pas la moindre pitié pour la furie. N'ayant aucune envie d'être mordus ou griffés par cette bête enragée, les alters la rouent de coups, alors qu'elle se trouve toujours sur le sol.

– Quelle est cette créature ? ! demande un alter en continuant de frapper Arielle.

Les coups de pied ne cessant de pleuvoir, la jeune élue se recroqueville sur elle-même et cache sa tête sous ses bras pour se protéger. Aucune parole ne sort de sa bouche pour supplier les alters d'arrêter. On n'entend aucune plainte, aucun gémissement, que des grognements et des rugissements étouffés. À un moment, Arielle finit par s'immobiliser complètement. Elle demeure étendue par terre, inerte et silencieuse, pendant que les alters continuent de la frapper.

Voyant que personne n'intervient pour aider Arielle, Noah n'a d'autre choix que de s'interposer lui-même entre l'élue et ses agresseurs.

– Ça suffit ! s'écrie-t-il en se relevant.

Il s'apprête à bondir en direction des alters, mais il est brusquement arrêté par le seul d'entre eux qui tienne une épée fantôme.

– Doucement, mon gars, lui dit l'alter en le menaçant de sa lame bleutée. Je te conseille de reculer si tu ne veux pas finir dans un comptoir de charcuterie, entre le jambon et la mortadelle !

Après une seconde d'hésitation, Noah obéit et fait un pas en arrière. Du coin de l'œil, il voit Jason, Geri et Brutal, à l'autre bout de la pièce. Ils se trouvent tous les trois dans la même position que lui et ne peuvent intervenir, car certains des alters les tiennent en joue avec leur pistolet-mitrailleur.

– Et si on les tuait, patron ? demande un alter. Ce serait une bonne chose de réglée, non ?

– Figure-toi que j'y avais pensé, répond celui qui a l'épée. Préparez-vous, les gars ! ordonne-t-il ensuite aux autres alters armés de kalachnikovs.

À mon signal, vous faites feu en direction de la furie, puis vous abattez le fulgur, là-bas, et ses deux animalters. Moi, je me charge de l'autre chevalier, conclut le chef en rapprochant sa lame fantôme de Noah.

Les alters cessent de s'en prendre à Arielle et arment en vitesse leurs pistolets-mitrailleurs.

– Attendez ! intervient Noah avec la voix chaude de Thornando, mais sans son accent espagnol. Vous pouvez me tuer mais, par pitié, épargnez la jeune fille !

Le chef des alters se met à rire.

– De quelle jeune fille parles-tu ? Ah ! tu veux dire cette espèce de bête enragée qui a essayé de tous nous mettre en pièces, toi y compris ?

– Elle n'est pas dans son état normal..., tente d'expliquer Noah.

– Pas dans son état *normal* ? répète l'alter avec ironie. Sans blague ! Cette cinglée sera la première à mourir ! Allez, les gars, débarrassez-nous vite de l'enfant de la jungle et exercez-vous ensuite sur le fulgur du Far West et ses deux animaux de cirque !

– Hé ! on reste poli quand même ! lance Brutal.

Les alters inclinent le canon de leur arme vers la tête d'Arielle, qui est toujours couchée par terre, au centre de leur groupe. L'élue a perdu conscience à la suite des nombreux coups violents que lui ont assénés à répétition les alters. Du sang s'écoule de sa bouche et de son nez. Plusieurs ecchymoses sont visibles sur son visage ainsi que sur son cou et ses mains.

Le doigt sur la détente, les alters visent le crâne de la jeune fille ; ils s'apprêtent à tirer lorsque quelque chose, au-dessus d'eux, attire leur attention. D'instinct, ils lèvent les yeux vers le plafond et constatent que celui-ci a commencé à bouger. La surface horizontale, normalement immobile, perd de sa densité et se met à tourner. Elle tourne et tourne, de plus en plus vite, puis son centre se creuse, pareil à un tourbillon d'air qui monte vers le ciel. On dirait presque l'œil d'une tornade. Les alters sont stupéfaits ; ils ne comprennent pas ce qui se passe.

– Mais qu'est-ce que ?…

– Un maelström intraterrestre, indique le chef.

Noah paraît tout aussi surpris que les alters. Même chose du côté de Jason et des animalters. Les bras toujours levés, ils fixent le vortex en silence. Jason se dit que ce phénomène pourrait bien jouer en leur faveur. *Les alters sont distraits,* observe-t-il pour lui-même. *C'est le moment de tenter quelque chose.* Brutal et Geri se tournent vers le chevalier. À leur air, ce dernier devine qu'ils pensent la même chose que lui : *C'est maintenant ou jamais !* Alors qu'ils sont sur le point de se précipiter vers les alters, espérant réussir à les désarmer, le fulgur et ses deux compagnons sont arrêtés par un autre événement inattendu : du tourbillon émergent soudain deux ombres, un homme et une femme. Jason reconnaît l'homme sans peine : c'est Razan, l'alter de Noah Davidoff. Et la femme, il a aussi l'impression de la connaître. *Mais… c'est impossible…*, se dit-il en comprenant de qui il s'agit. Pendant un instant, le jeune homme croit avoir une vision : *Ael ? Mais oui, c'est bien elle !* Aux yeux de Jason, elle paraît différente cependant ; elle semble plus grande et plus massive. Mais le plus étrange, c'est qu'elle bouge et qu'elle respire. Elle est vivante… *Très* vivante.

Ael et Razan atterrissent au milieu du groupe d'alters et engagent immédiatement le combat avec eux. Razan est armé d'une épée fantôme, tandis qu'il suffit à Ael de lancer une incantation magique pour faire apparaître un sabre de glace dans sa main. Rapidement, la fille et le garçon réussissent à abattre une demi-douzaine d'alters. Armés uniquement de pistolets-mitrailleurs, ces derniers ne sont pas de taille à lutter contre deux escrimeurs bien entraînés. En combat rapproché, les armes à feu ne peuvent rivaliser avec la puissance et la maniabilité des épées fantômes et autres armes magiques du même genre.

Jason éprouve soudain l'envie de courir vers Ael, de la prendre dans ses bras et de l'embrasser, mais il parvient à se retenir. *Ael… je croyais que tu étais morte…* Apparemment, il s'est trompé et, à voir la tête que font Brutal et Geri, il n'est pas le seul à être surpris du retour de la jeune alter.

– Elle ressemble à Bryni…, souffle Brutal.

Geri approuve de la tête.

– C'est vrai, on dirait… une Walkyrie.

Même si Ael et Razan se débrouillent parfaitement bien, Jason décide tout de même de brandir ses marteaux et de se jeter dans la mêlée. Est-ce réellement pour participer au combat qu'il agit de la sorte ou pour se rapprocher de la belle alter blonde ? Lui-même n'est pas certain de la réponse. Une chose est sûre cependant: il se sent attiré par cette jeune fille, beaucoup plus que par n'importe quelle autre auparavant. Jason se souvient du baiser qu'ils ont échangé à bord du *Danaïde* et son cœur se met à battre la chamade. Pendant un moment, il suppose que c'est sa course vers le lieu des affrontements qui contribue à augmenter ainsi son rythme cardiaque, mais il réalise bien vite qu'il se trompe; cette excitation est plutôt due au fait qu'il se rapproche de plus en plus d'Ael. Bientôt, il pourra lui parler, la toucher et peut-être même l'embrasser. Il donnerait n'importe quoi pour ça: l'embrasser de nouveau. La disparition de Bryni la Walkyrie a attristé Jason, bien sûr, mais il n'a jamais été tout à fait certain de ses sentiments pour la jeune femme. En ce moment où il revoit Ael et sent ses genoux faiblir, le chevalier comprend que ce n'est pas ce genre de sentiments qu'il ressentait pour Bryni. Il l'a aimée, certes, mais comme une grande sœur et non comme une amoureuse. Et ce n'est pas ce genre d'amour fraternel, platonique, qu'il éprouve pour Ael, il s'en rend bien compte à présent alors que, pour la première fois de sa vie, tout son corps est parcouru d'étranges sensations.

Après avoir récupéré leurs épées fantômes, Brutal et Geri s'empressent d'imiter le chevalier fulgur et se précipitent à l'assaut des alters. Il n'en reste plus que cinq maintenant, en comptant le chef, qui est définitivement plus doué au combat que ses subordonnés. Étant le seul alter muni d'une épée fantôme, il parvient à contrer plus facilement les coups d'Ael, qui concentre dorénavant toutes ses attaques sur lui. Razan parvient à éviter un tir de kalachnikov, puis, d'un seul coup de lame, décapite deux autres alters. Les marteaux mjölnirs de Jason surgissent soudain au-dessus du groupe de combattants et s'abattent violemment sur les deux derniers commandos alters. Brutal et Geri se chargent de les achever; sans la moindre hésitation, ils se servent de leurs lames fantômes pour transpercer le cœur des alters. Ces derniers laissent tomber leurs kalachnikovs, qui heurtent le sol dans un bruit métallique.

Ael et le chef des alters sont les seuls qui poursuivent le combat. L'un étant armé d'un sabre de glace et l'autre, d'une épée fantôme, ils enchaînent attaque et défense, puis feinte et riposte. Ce sont deux habiles escrimeurs, mais il est clair qu'Ael aura tôt ou tard le dessus sur l'alter. Elle est plus souple et plus rapide. Rien ne risque de la déconcentrer, à part peut-être... la vue de Jason Thorn. Lorsqu'elle aperçoit le fulgur, non loin d'elle, la Walkyrie se fige. Elle est incapable de détacher ses yeux du jeune homme.

– Cow-boy?...

Ael abaisse lentement sa garde, laissant la voie libre au chef alter qui profite de l'occasion pour raidir sa lame et tenter un coup droit vers le cœur.

– Ael! Attention! lui crie Jason afin qu'elle reprenne vite ses esprits et exécute une parade ou, à tout le moins, qu'elle esquive l'attaque.

Mais la jeune fille n'est pas assez rapide. La lame fantôme se dirige droit vers son cœur. Ael est littéralement paralysée et suit en silence la progression de l'épée, jusqu'à ce qu'une main gantée attrape la lame bleutée et la casse en deux, tout juste avant qu'elle n'atteigne sa cible. Cette main, gantée de fer, appartient à Jason Thorn. Grâce à l'un de ses gants magiques, le fulgur a réussi à arrêter la lame fantôme, et il se sert de l'autre gant pour asséner une solide droite au chef alter, lequel est projeté dans les airs et retombe aux pieds de Brutal et de Geri. Les animalters plantent ensemble leurs lames fantômes dans son corps.

– Te voilà entré dans l'histoire, mon gars ! fait Brutal en retirant son épée.

Plus loin, Jason se place devant Ael et la fixe d'un regard inquiet, mais aussi rempli de tendresse.

– Ael, est-ce que ça va ?

La jeune Walkyrie fait oui de la tête.

– Tu es vivante..., murmure Jason en la regardant droit dans les yeux. Je croyais que tu étais morte... dans l'écrasement du *Danaïde*.

Ael sourit.

– Parfois on meurt, parfois on ne meurt pas vraiment. J'ai entendu dire que le corps est une ancre, celle de l'âme, et qu'on le jette à l'eau, ici et là, en fonction des mers où l'on navigue.

Après un silence, elle ajoute :

– D'une façon moins poétique, je dirai que les dieux de l'Asgard m'ont donné une autre chance. Ils ont vu en moi... une guerrière.

– Bien sûr que tu es une guerrière, affirme Jason.

– Et me voilà de retour. Pour aider les hommes, tu imagines, cow-boy ? C'était ça ou retourner dans l'Helheim. J'ai choisi d'aider les hommes.

Jason acquiesce en riant :

– Je savais qu'il y avait du bon en toi, ma jolie.

Les traits d'Ael s'assombrissent.

– Dis plutôt que je déteste le froid, et aussi les prisons de l'Helheim. Ne te méprends pas, Jason Thorn : tout au fond de moi existe encore une alter… enfin, je crois.

Le chevalier prend le visage d'Ael entre ses mains et pose ses lèvres sur celles de la jeune alter devenue Walkyrie. Cette dernière hésite, puis finit par céder. Dès qu'elle répond au baiser du jeune homme, Ael sent que quelque chose ne va pas. Son cœur s'emballe et elle est prise de vertiges. Jason doit la retenir pour éviter qu'elle ne s'effondre.

– Mais qu'est-ce qui se passe ?! s'inquiète Jason. Qu'est-ce qui lui arrive ? Ael ! Ael, réponds-moi !

La Walkyrie ne répond pas. Son corps se ramollit entre les mains de Jason. Celui-ci n'a d'autre choix que de l'étendre par terre. C'est alors que Brutal se précipite vers Arielle, qui est toujours couchée sur le sol, et fouille à l'intérieur de son manteau. Il en retire un petit objet sombre et retourne ensuite auprès du chevalier et de la Walkyrie.

– Du sang alter coule toujours dans les veines de notre chère amie Ael, explique Brutal à Jason. Et ce qui complique les choses, c'est que, visiblement, elle est tombée amoureuse de toi.

Jason ne semble pas comprendre.

– Elle t'aime, imbécile ! renchérit l'animalter. Et cela pourrait lui coûter la vie.

Jason se souvient alors que l'amour, pour les alters, est un sentiment mortel. Aucun alter n'y a jamais survécu.

– Il faut empêcher cela ! s'écrie aussitôt le fulgur. Elle ne peut pas mourir ! Pas une seconde fois !

– Du calme, Roméo !

Brutal lui montre alors ce qu'il a pris dans le manteau d'Arielle. C'est une fleur.

– Un edelweiss noir, explique Brutal. Nous l'avons découvert dans le bunker 55.

Jason se remémore une conversation qu'il a eue avec Gabrielle Queen. La mère d'Arielle lui a déjà parlé de cette fleur. C'était il y a deux ans, à bord du *Danaïde*, alors qu'ils revenaient tous du Canyon sombre, peu de temps avant qu'Ael ne décide de se sacrifier et de lancer le *Danaïde* contre le troll du manoir Bombyx.

– Il existe un moyen de leur épargner la mort, lui avait alors expliqué Gabrielle à propos des alters qui tombent amoureux. Les edelweiss noirs. On les surnomme « les immortelles de l'ombre ». Salvana, l'oracle de Lothar, en a parlé une fois. Ces fleurs rares permettent aux alters de survivre à l'amour, ou du moins de retarder le moment de leur mort.

Jason se rappelle lui avoir demandé, plus tard, comment trouver cette fleur.

– Peut-être qu'elle viendra à toi, avait simplement répondu Gabrielle.

Le chevalier fixe la fleur noire dans la main de Brutal alors que résonne de nouveau la voix de Gabrielle Queen dans sa tête: «*Peut-être qu'elle viendra à toi.*»

Le jeune homme prend délicatement la fleur dans la main de Brutal et la place au-dessus d'Ael.

– Que dois-je faire maintenant?

«*Tu dois souffler sur la fleur,* dit la voix de Gabrielle dans son esprit, *et la déposer sur son cœur.*»

Jason approche l'edelweiss de ses lèvres et la caresse d'un léger souffle, comme le lui a indiqué Gabrielle. Il dépose ensuite la fleur sur la poitrine d'Ael. L'edelweiss passe alors du noir au blanc, puis se fane, sous les yeux admiratifs de Jason et de Brutal. Après s'être flétrie et ensuite asséchée, la fleur disparaît complètement.

– Ael? fait Jason sans quitter la jeune fille des yeux. Ael, tu m'entends?

Quelques secondes s'écoulent, puis Ael finit par s'éveiller. Elle ouvre lentement les yeux et se remet à bouger. Le visage de Jason s'éclaire d'un large sourire.

– Tu m'as fait peur, lui dit le jeune fulgur, qui respire beaucoup mieux.

– Qu'est-ce qui s'est passé, cow-boy?

Jason, toujours souriant, lui répond:

– Tu es tombée amoureuse.

10

Le trépan mobile XV-23, piloté par un des hommes de Laurent Cardin et de Karl Sigmund, continue de se creuser un passage dans la croûte continentale bretonne afin d'atteindre les derniers niveaux souterrains de la fosse d'Orfraie.

Il ne leur reste plus que deux niveaux à inspecter avant de déboucher enfin sur celui qui abrite le centre carcéral, là où se sont sans doute regroupés les derniers sylphors. Tout comme ses hommes, Cardin espère que c'est également là que se trouve le deuxième caisson cryogénique, celui qui, selon les informations dont il dispose, contiendrait le second élu de la prophétie. Plus tôt, l'autre équipe dirigée par Sim et Thornando a découvert le premier caisson sur l'un des niveaux supérieurs de la fosse. Cardin et son équipe se sont alors désignés eux-mêmes comme volontaires pour retrouver le second. Pour ce faire, ils ont dû se forer un chemin à travers les nombreuses couches de roches granitiques et inspecter un à un les niveaux inférieurs afin de s'assurer que le second caisson ne s'y trouvait pas.

À part Cardin lui-même et son pilote, la foreuse mobile accueille à son bord Karl Sigmund, l'associé de Cardin, ainsi que deux chevaliers fulgurs et quatre soldats mercenaires, vêtus à la manière des S.W.A.T. et employés par la Volsung – la société immobilière que possèdent Cardin et son associé, mais qui est essentiellement dirigée par ce dernier. Depuis la mort de son fils et de sa fille, Cardin emploie tout son temps, son énergie et sa fortune à parrainer les activités des chevaliers fulgurs, en plus de recruter et d'entraîner lui-même des équipes de mercenaires, qui servent généralement de soutien aux chevaliers durant les opérations de nettoyage. Ces « opérations de nettoyage » sont habituellement lancées contre des peuplades de l'ombre, qui très souvent sévissent de façon clandestine dans notre monde. Les fulgurs et leurs nombreux bienfaiteurs répandus sur les cinq continents n'ont aucun scrupule à exterminer méthodiquement tous ces démons. C'est leur boulot, et ils l'exécutent avec zèle.

De manière furtive, sans se faire repérer, Cardin et son équipe ont inspecté la majorité des niveaux inférieurs, mais n'ont pas découvert le moindre indice laissant supposer que les elfes gardaient le caisson sur l'un ou l'autre de ces étages. Ils ont pu observer des dizaines de détachements militaires, composés d'humains et d'alters, qui pourchassaient sans relâche de petits groupes de sylphors, désarmés et blessés, mais n'ont trouvé aucune trace du deuxième caisson cryogénique.

– Peut-être qu'il n'est pas dans la fosse, déclare Karl Sigmund en apparaissant dans le conduit reliant l'arrière de l'appareil au poste de pilotage. Tu crois que les elfes auraient pu l'entreposer ailleurs, ce foutu caisson ?

Le trépan mobile n'est ni très large ni très haut. Sigmund a dû s'accroupir pour passer de la soute, où sont installés les fulgurs et les miliciens, au poste de pilotage. Une fois à l'intérieur de celui-ci, Sigmund s'agenouille entre le siège de Cardin et celui du pilote. De l'endroit où il se trouve, il peut évaluer chaque manœuvre et observer chacun des indicateurs sur le tableau de bord.

– À part la fosse, les sylphors ne disposent plus d'aucun autre repaire viable, répond Cardin. Je suis convaincu qu'ils gardent tous leurs objets précieux ici. L'ennui, c'est qu'en ce moment même la résistance sylphor est très affaiblie… en admettant qu'il existe toujours une résistance sylphor. C'est une question de temps avant qu'ils capitulent et livrent la fosse aux alters.

– Si les elfes ne sont plus en mesure de protéger leurs trésors, alors il est possible que les alters aient déjà mis la main sur le dernier caisson, tu ne crois pas ?

– Si c'est le cas, le caisson a certainement été transporté à un niveau supérieur. Peut-être même qu'il a été déplacé hors de la fosse, dans une zone sûre. Mais, pour en avoir le cœur net, nous devrons nous acquitter de notre tâche comme prévu, et vérifier chacun des derniers niveaux.

Sigmund acquiesce en silence.

– Comment se portent les fulgurs et les miliciens à l'arrière ? demande Cardin.

– Ils font tous un peu de claustrophobie, mais, à part ça, tout baigne.

Après une pause, Sigmund ajoute :

– Tu sens cette odeur ?

– Quelle odeur ?

– Laurent... je..., murmure alors Sigmund d'une voix étouffée.

Cardin se retourne en vitesse sur son siège. En voyant la tête que fait son ami, il comprend tout de suite que quelque chose ne va pas.

– Une crise..., souffle Sigmund, qui a blêmi. Mes antispasmodiques...

L'homme n'en dit pas plus et tombe à la renverse.

– Qu'est-ce qui lui arrive ? demande le pilote en jetant un coup d'œil par-dessus son épaule.

– Il est épileptique, explique Cardin en quittant son siège.

Il est trop tard maintenant : antispasmodiques ou non, la crise a commencé. Après s'être assuré que la tête de Sigmund ne heurte aucune surface dure, Cardin s'agenouille auprès de lui et éloigne les objets sur lesquels il pourrait éventuellement se blesser. *C'est étrange,* songe-t-il en reconnaissant les convulsions toniques qui raidissent le corps de son ami. *Il n'y a pas si longtemps encore,*

Karl m'a affirmé qu'il n'avait plus fait de crise depuis au moins trois ans, depuis que son médecin lui a prescrit ces antispasmodiques. Mais c'est peut-être le stress et l'anxiété causés par leur petite incursion dans la fosse qui a provoqué cette nouvelle crise chez Sigmund. Cardin regrette soudain d'avoir entraîné son ami dans cette aventure. Il s'en veut de ne pas l'avoir laissé à Noire-Vallée, ou encore à New York, au siège social de la Volsung. Karl Sigmund n'est pas un homme de terrain ; c'est un administrateur, un gestionnaire, qui aime les costumes chics et les cravates de soie, et non les treillis de guérilleros. Le pauvre homme est beaucoup plus à l'aise dans les soirées mondaines que dans les raids de commandos.

Soudain, les muscles crispés de Sigmund se détendent et tout son corps se relâche. La crise tire à sa fin. L'homme reprendra bientôt conscience.

– Karl ? Parle-moi, Karl ! dit Cardin. Est-ce que ça va, mon vieux ?

Kalev a une bonne avance sur Noah, croit-il. Il distingue la sortie du Bifrost, en dessous de lui, qui se rapproche à une vitesse impressionnante. Il est convaincu qu'après l'avoir franchie, il va regagner enfin son royaume, celui des hommes, et comme il devancera toujours Noah à ce moment-là, c'est lui qui choisira le premier. Et son choix se portera évidemment sur le superbe corps de Razan, fort et robuste, qui, selon lui, devrait toujours se trouver dans le caisson cryogénique.

« *Non, Kerlaug,* déclare soudain une voix que seul Kalev peut entendre. *Ton destin n'est pas de régner sur Midgard, et tu le sais très bien.* » Le prince n'a pas rêvé : la mystérieuse voix l'a bien appelé Kerlaug. Mais comment peut-elle savoir ? Et à qui donc appartient-elle ? Seul un dieu très puissant peut connaître ce nom. Est-il possible que ce soit Tyr, le dieu du renouveau, qui s'adresse à lui ? *Je ne suis pas Kerlaug !* proteste le jeune homme à l'intérieur de lui-même. *Je suis Kalev ! Kalev de Mannaheim ! Et personne, pas même un dieu, ne pourra me prouver le contraire !* Alors qu'il a presque atteint le portail s'ouvrant sur Midgard, Kalev se laisse aller à un puissant rire victorieux. En l'espace d'un battement de cils, il reparaît sur la Terre, et se met immédiatement à la recherche du corps de Razan, mais, curieusement, il n'arrive pas à le repérer. La seule explication possible est que cette enveloppe charnelle est déjà occupée par une autre âme. *Je ne comprends pas,* se dit Kalev. *Qui aurait eu l'audace de me prendre ce corps ? Ne m'appartient-il pas en toute légitimité ? C'est pourtant ce que nous avons tous décidé, c'est ce dont Thor et Lastel ont convenu avec moi !*

Après un bref moment de réflexion, Kalev réalise que tous ses souvenirs se rapportant à Razan ont été effacés de sa mémoire. *Razan est une partie de moi, et ses souvenirs sont aussi les miens !* s'insurge-t-il. *Pourquoi me les retirer aussi effrontément ?* Il soupçonne que l'auteur de cet acte odieux est le même insolent qui s'est adressé à lui avant qu'il ne quitte le Bifrost, et qui a osé l'appeler Kerlaug. *Que me veux-tu, espèce de lâche ? Allez ! montre-toi ! Viens te mesurer à moi si tu en as le courage !* Kalev n'a plus le choix maintenant : le corps de Razan n'étant plus disponible, et son temps d'errance étant compté, il doit faire vite et se trouver un autre corps à occuper. Ne pouvant s'incarner dans celui d'un être éveillé, il devra s'approprier le corps de la première personne faible ou inconsciente qu'il rencontrera. Au grand regret du prince, le seul esprit dont il parvient à s'approcher est celui d'un homme ordinaire, sans statut ni pouvoir particulier. Il n'a aucune difficulté à s'immiscer dans son corps ; il n'y rencontre aucune résistance. Lorsqu'il s'éveille enfin dans la réalité, Kalev découvre avec amertume que sa nouvelle enveloppe charnelle est faible et malade – du moins, à en juger par son état. Dès l'instant où il ouvre les yeux, il entend une voix d'homme qui s'adresse à lui avec insistance, mais sur un ton chaleureux :

– Karl ? Parle-moi, Karl ! Est-ce que ça va, mon vieux ?

Kalev ne reconnaît pas cette voix. Ce n'est pas celle qui s'est adressée à lui dans le Bifrost. C'est une voix humaine, sans résonance, sans envergure.

– La crise est passée, Karl, lui dit l'homme avec compassion.

Ce ton amical et cette sensiblerie qu'il juge excessive font naître un sentiment de dégoût chez Kalev.

– Tout va bien maintenant, poursuit la voix. Tu peux te reposer.

Le voile de brouillard se dissipe rapidement devant les yeux de Kalev. Une fois en position assise, le jeune prince examine l'endroit où il se trouve ; le décor ressemble à celui d'un petit habitacle, qui sert apparemment de poste de pilotage à un engin fort étrange. Les parois rouillées de l'appareil sont parcourues de tuyaux et de manettes de toutes sortes, et il y a une forte odeur dans l'air ; c'en est presque suffoquant.

– Tu veux que je t'aide à te relever ? demande l'homme. Allez, je te laisse mon siège.

– Non, merci, ça va aller, répond Kalev avec une voix qu'il utilise pour la première fois.

Il s'empresse de sonder l'esprit assujetti de son nouvel hôte afin d'y recueillir le plus d'informations possible à son sujet ; c'est essentiel lorsqu'on utilise le corps et la personnalité d'un autre individu. Pour qu'une possession soit réussie, il faut qu'elle s'effectue dans le plus grand secret, mais ce n'est pas tout : le comportement que l'on adopte ensuite doit être parfaitement convaincant ; il faut parler et agir comme son hôte, avoir les mêmes habitudes, les mêmes tics, les mêmes souvenirs, sinon les proches de l'individu possédé risquent de s'apercevoir que quelque chose ne va pas. Kalev finit par découvrir le nom de son hôte : il se nomme Hallad Karlsefni Sigmund, mais tout le monde l'appelle simplement Karl. L'homme qui s'adresse à lui en ce moment est Laurent Cardin, ami et associé de Karl Sigmund. Selon les souvenirs de ce dernier – que Kalev parvient à déterrer un à un –, les deux hommes se sont rempli les poches grâce à une importante société immobilière, qui a des filiales dans plusieurs pays d'Amérique et d'Europe. De plus, ils exploitent ensemble une compagnie aérienne ainsi que plusieurs écoles d'aviation et de parachutisme. *Cet idiot de Sigmund est fragile et sa santé est précaire*, se dit Kalev. *Mais, au moins, il est riche. Ça pourra toujours me servir!*

– Je croyais que tu ne faisais plus de crise, dit Cardin.

Kalev hésite un moment. Il n'a pas encore eu accès à ce souvenir. Il lui faut quelques secondes pour scruter la mémoire de son hôte. Heureusement pour lui, il finit par tomber sur l'information dont il a besoin: *Sigmund n'a plus fait de crise depuis... depuis qu'il utilise ce médicament...* Kalev doit trouver le nom de ce foutu médicament. *Ce sont... ce sont des antispasmodiques... Clonazepam!*

– J'ignore pourquoi, ment Kalev, mais les comprimés de Clonazepam que m'a prescrits mon médecin font de moins en moins effet.

Son ami et associé Laurent Cardin lui sourit, puis pose une main sur son épaule.

– Désolé d'entendre ça, mon vieux.

Pathétique, cette fraternité qui existe maintenant entre les hommes de mon peuple, songe Kalev avec mépris. *Alors qu'ils étaient des guerriers sanguinaires, prêts à mourir pour leur roi, ils sont devenus des espèces d'eunuques sentimentaux! Thor, par pitié, tu dois m'aider*, l'implore le prince. *Éloigne de moi ces faiblards et fais que ma route croise celle de puissants combattants. Existe-t-il encore dans ce monde des descendants de mes anciens guerriers berserks ? Si oui, je t'en supplie, mets-les sur mon chemin !*

Sans se retourner, le pilote du trépan mobile annonce qu'ils atteindront bientôt le prochain niveau souterrain. Ensuite, il ne leur en restera plus qu'un autre à pénétrer et à fouiller avant de parvenir au centre carcéral de la fosse, là où, jadis, étaient emprisonnés Gabrielle Queen et Jason Thorn.

« *Je t'ai entendu, fils de Markhomer*, déclare alors la voix de Thor dans l'esprit de Kalev. *Sois rassuré. Bientôt, un berserk viendra à ton secours. Il se présentera à toi lorsque cette étrange machine dans laquelle tu voyages aura atteint sa destination finale. Tu reconnaîtras le berserk dès l'instant où tu le verras. Laisse-le te secourir avant de détruire son âme et de t'approprier son corps, tel que prévu.* »

Razan ! songe immédiatement Kalev. *Ce sera Razan qui viendra me secourir !*

11

Ael ne peut s'empêcher de rougir lorsque Jason lui assure qu'elle est tombée amoureuse.

La jeune Walkyrie essaie tant bien que mal de cacher son malaise, mais n'y parvient pas totalement.

– Moi, amoureuse? fait-elle sans vraiment savoir si elle feint l'étonnement ou si elle est réellement surprise par la déclaration du fulgur. Ah bon… Et de qui?

Si c'est la vérité et qu'elle est vraiment tombée amoureuse, Ael est consciente que ça ne peut être que d'une seule personne; et elle sait très bien de qui il s'agit.

Du bout des doigts, Jason effleure sa joue, puis replace une mèche rebelle sur son front.

– Celui que tu aimes te croyait morte, répond-il. Mais, en réalité, il t'attendait depuis deux ans. Quelque part, dans son cœur, il savait que tu reviendrais. Peut-être pour lui.

Jason aide la Walkyrie à se remettre sur ses jambes, soulagé que son état s'améliore aussi rapidement.

– Voici Kalev de Mannaheim, de retour d'exil, annonce Ael en désignant celui que tout le monde croyait être Razan. Il est le fils de Markhomer et le prince héritier de Midgard. En tant que futur souverain du royaume uni de Mannaheim, vous lui devez tous fidélité.

– Et où est Noah ? demande Geri.

– Ici, répond une voix derrière eux. Et à partir de maintenant, appelez-moi Nazar. C'est mon nom, et je n'ai plus honte de le porter.

Ils se retournent tous. C'est Thornando qui a parlé. Nazar étudie un moment son propre corps, puis relève les yeux vers ses compagnons.

– Ceci est ma nouvelle apparence, leur révèle-t-il.

Geri ne peut s'empêcher de froncer les sourcils ; il a des doutes.

– C'est vraiment toi ?

Noah-Nazar acquiesce d'un mouvement de tête.

– Ça explique pourquoi il a perdu son accent espagnol, intervient Brutal. *Comprende ?*

Geri réfléchit un instant, puis demande :

– Mais alors, si c'est vrai, où est passé le vrai Thornando ?

– Je n'en ai pas la moindre idée, répond Noah.

– Tu veux dire qu'il est peut-être… mort ?

Noah hausse les épaules ; il n'en sait rien.

– Ce serait dommage, dit-il, mais je suis certain que Thornando aurait été d'accord pour me léguer son corps. N'est-il pas un chevalier fulgur ? Un protecteur des deux élus ?

Geri est surpris par l'attitude détachée du jeune homme.

– Il n'y a pas que ton apparence qui a changé, affirme le doberman, tout en considérant son maître d'un air méfiant.

Noah n'accorde aucune importance à la remarque de l'animalter. Il se rapproche du groupe, puis s'adresse à Ael :

– Je suis désolé, j'ai manqué notre rendez-vous, dit-il avec la voix suave de Thornando. Mais je n'avais pas le choix, Ael. Je devais revenir. Pour empêcher cet homme de semer le chaos dans notre monde, ajoute-t-il en désignant Kalev.

Le prince ne bronche pas. Il ne semble même pas s'offusquer des paroles de son diffamateur. Ael trouve sa réaction quelque peu étrange ; elle était pourtant certaine que Kalev rétorquerait quelque chose, ne serait-ce que pour défendre son honneur, lui qui paraît si orgueilleux.

– Ma foi, c'est réellement devenu une habitude..., déclare finalement Kalev.

Personne ne comprend ce qu'il veut dire, mais le prince ne semble pas s'en formaliser. Sans rien ajouter, il s'agenouille auprès d'Arielle et, avec précaution, nettoie le sang sur son visage ainsi que sur sa bouche.

Kalev glisse ensuite ses bras sous la jeune fille et la soulève doucement.

– Quand on y pense, ça frôle même le cliché, dit le prince une fois relevé.

Les membres du groupe échangent des regards perplexes.

– Mais de quoi parles-tu, mon grand ? lui demande enfin Brutal.

Un sourire en coin se dessine sur le visage de Kalev, alors que dans son regard brille une lueur de malice. Le prince observe chacun de ses compagnons d'un air présomptueux, puis revient à Brutal.

– Je parle des apparitions surprises, boule de poils, répond-il sur un ton mi-sérieux mi-moqueur. C'est vraiment devenu ma spécialité.

Tout à coup, Ael comprend :

– Razan !

Le jeune homme sourit de plus belle, puis pose un tendre baiser sur le front d'Arielle, qui est toujours inconsciente dans ses bras.

– Bonne réponse, Blondie ! déclare-t-il en lui adressant un clin d'œil complice.

Razan jette un bref regard au plafond afin de s'assurer que le tourbillon du maelström est toujours en mouvement au-dessus d'eux. Il baisse ensuite les yeux et examine Arielle, qu'il serre toujours contre lui. La tête de sa jeune protégée repose dans le creux de son épaule ; il sent le souffle régulier de sa respiration contre son cou.

Après quelques secondes, le jeune homme à la cicatrice relève enfin la tête.

– Désolé de t'avoir menti sur ma véritable identité, dit-il à Ael. Mais je devais jouer le jeu, Blondie, pour que tu ne m'empêches pas de retrouver Arielle.

– Où est Kalev ? s'empresse de l'interroger Ael qui se maudit elle-même d'avoir failli si tôt à son devoir envers son nouveau maître.

– Je ne sais pas, fait Razan, et je t'avoue que c'est le dernier de mes soucis. Ce que je peux te dire, en revanche, c'est que nos deux mémoires, celle de Kalev et la mienne, n'ont pas fusionné, comme c'était prévu. J'ai attendu patiemment que nous quittions le Bifrost pour reprendre possession de mon corps physique. Ç'a été un jeu d'enfant. Kalev a sans doute été pris de court. Il a bien tenté de s'incarner dans mon corps, mais ça n'a pas marché, puisque je m'y trouvais déjà. J'imagine qu'il a été forcé de se réfugier dans un autre corps, le premier disponible, comme l'a fait notre ami Noah, ici présent.

– Depuis mon passage dans le Bifrost, je suis *Nazar*, le corrige aussitôt Noah.

– Nazar, Oscar, Gérard, je m'en contrefous ! rétorque Razan. Dorénavant, Kalev de Mannaheim, Noah Davidoff et Tom Razan sont trois êtres bien distincts, et comptez sur moi pour que ça reste comme ça !

Razan étreint solidement Arielle, puis fléchit les genoux pour mieux s'élancer dans les airs. Le jeune homme et sa protégée s'élèvent rapidement au-dessus du groupe et foncent droit vers le maelström. Dès qu'ils sont happés par le tourbillon du vortex, ils disparaissent à l'intérieur de ce dernier.

– Mais qu'est-ce qu'il fabrique, cet abruti ?! s'exclame Brutal en serrant les poings.

L'animalter est catégorique : il est hors de question de laisser Razan s'enfuir ainsi avec sa maîtresse. Sans la moindre hésitation, il bondit à son tour en direction du maelström, tout comme Ael après lui, mais, au lieu de plonger dans l'entonnoir immatériel du vortex, les deux compagnons ne rencontrent qu'une surface dure et lisse.

Surpris de s'être ainsi heurtés au plafond, le chat et la Walkyrie retombent lourdement sur le sol. Le choc les a ébranlés, certes, mais pas suffisamment pour les empêcher de voir que l'entrée du maelström n'est plus visible au-dessus d'eux.

– Il s'est refermé et a disparu tout de suite après que Razan et Arielle y soient entrés, explique Noah qui a observé la scène, tout comme Jason et Geri.

– Voilà que ce vaurien de Razan arrive à contrôler les maelströms intraterrestres ! fulmine Brutal en essayant de se remettre sur ses jambes. Ce sera quoi la prochaine fois ? Il va marcher sur les eaux ? déclencher des tempêtes ?

– Ce n'est pas lui qui a fait ça, intervient Ael qui est parvenue à se relever sans le moindre vacillement.

Brutal et les autres paraissent tous surpris par cette déclaration.

– Qui alors ? demande Noah.

Ael ne répond pas tout de suite. Elle hésite à leur soumettre son hypothèse.

– Je crois que Razan bénéficie d'une aide extérieure, finit-elle par leur révéler. Et j'ai bien peur que cette aide soit de nature... divine.

Jason s'avance au centre du groupe et prend la parole :

– Divine ou pas, cette aide lui a permis de kidnapper Arielle, affirme-t-il. Pour quelle raison a-t-il fait ça ?

– Je n'en sais rien, répond Brutal, mais une chose est sûre : on ne doit pas rester ici et attendre d'avoir la réponse. Des idées pour la suite ?

Les membres du groupe échangent des regards incertains. Ael est la première à se prononcer :

– Pour ma part, je dois retrouver Kalev.

– Et moi, Arielle, rétorque aussitôt Brutal.

Geri s'interpose alors :

– Il faut se dépêcher de quitter cet endroit, car d'autres alters viendront y faire leur petit tour. Je propose que nous retournions à notre foreuse mobile et que nous suivions la galerie souterraine creusée par l'autre trépan, celui de Cardin. Une fois que nous aurons rejoint la seconde équipe, nous aurons plus de chances de retrouver nos amis et de sortir d'ici vivants. Si nous ne retrouvons pas Arielle et Kalev sur les niveaux inférieurs, il nous suffira de remonter vers la surface et de vérifier les niveaux qui se trouvent au-dessus de celui-ci.

– Geri a raison, déclare Jason. Nous avons une responsabilité envers Arielle, tout le monde est d'accord sur ce point, mais nous en avons une aussi envers Cardin et ses hommes, qui se sont portés volontaires pour descendre plus profondément dans la fosse. Et en ce moment même, ils risquent tous leur vie pour rien ; la présence ici de Razan et de Noah nous confirme que le deuxième caisson est vide à présent, et qu'il est donc inutile d'explorer les niveaux inférieurs pour le retrouver.

Le chevalier fait une pause, puis s'adresse à Geri :

– Tu crois que nous avons de bonnes chances de rejoindre le trépan en toute sécurité ?

– C'est faisable, répond le doberman. Tout dépend du nombre de commandos alters qui se trouvent toujours sur ce niveau, et que nous croiserons sur notre route. Mais ce qui est primordial, selon moi, c'est que les commandos n'aient pas découvert la foreuse, car si c'est le cas, ils l'ont probablement sabotée et il nous sera alors impossible de l'utiliser.

– Il n'y a qu'une seule façon de le savoir, intervient Brutal avec impatience. C'est d'aller vérifier.

– Bonne idée, dit Ael. Allez, cow-boy, ouvre la marche. Je te suis de près.

– Et compte sur elle pour bien veiller sur tes fesses, ne peut s'empêcher d'ajouter Brutal.

Jason acquiesce, puis se dirige vers la sortie. Il s'assure que le couloir est vide avant de s'y aventurer d'un pas prudent. Puis, d'un signe, il indique à ses compagnons qu'ils peuvent le suivre, que la voie est libre. Armes bien en main, à l'affût du moindre signe révélant une présence alter, les autres membres du groupe s'avancent eux aussi dans le couloir.

En silence et avec précaution, ils emboîtent le pas au jeune chevalier fulgur.

12

Le voyage de Razan et d'Arielle vers un autre niveau de la fosse s'effectue en moins de quelques secondes.

Les deux adolescents sont recrachés au même moment par le maelström intraterrestre et retombent sur un sol de béton, froid et dur. Razan se relève et examine rapidement la pièce. Elle est petite, et remplie d'ordinateurs et d'écrans de contrôle. Selon Razan, il s'agit d'un poste de surveillance, probablement utilisé, en temps normal, par le service de sécurité des sylphors. Sans doute existe-t-il une pièce semblable à chaque niveau de la fosse.

Razan ne tarde pas à reprendre Arielle dans ses bras et à la déposer doucement sur l'unique siège de la pièce. Il vérifie qu'elle est confortablement installée et qu'elle n'a pas été trop secouée par le voyage. Il ne s'attarde que très brièvement sur ce mystérieux M tatoué sur l'une de ses joues afin de s'occuper du plus urgent: pour commencer, il s'assure qu'elle respire bien et que les battements de son cœur sont réguliers. Malgré cela, l'adolescente demeure toujours inconsciente, et les blessures que lui ont infligées les alters sont encore plus apparentes sur son visage immobile. *Pourquoi son médaillon demi-lune ne l'a-t-il pas protégée?* se demande Razan. *Mais peut-être qu'il devient inefficace lorsque Arielle prend cette forme... cette forme animale...*, conclut-il, ne trouvant aucun autre terme pour décrire son apparence et son comportement sauvage. Razan avait pu observer le même phénomène dans les cachots du manoir Bombyx, lorsque Arielle s'en était prise à Salvana, l'oracle de Lothar, qui souhaitait s'emparer de son précieux médaillon demi-lune. Dès que Salvana avait posé sa main sur le pendentif, le regard d'Arielle s'était éteint; ses yeux s'étaient assombris, passant de leur teinte naturelle au noir le plus opaque, et ses traits, habituellement doux, avaient pris cet air terrifiant de prédateur, le même que celui qu'elle avait aujourd'hui. Elle avait ensuite attrapé Salvana par le cou et l'avait projetée contre les portes des cellules d'en face, la tuant sur le coup. *Pourquoi se transforme-t-elle ainsi? Qu'y a-t-il en elle qui puisse provoquer ces changements d'apparence et de comportement?* Razan se souvient qu'une brûlure en forme de cercle noir s'était imprimée sur la paume de Salvana et que Lothar avait parlé de la Lune noire. Encore maintenant, Razan n'a aucune idée de ce que peuvent signifier ce cercle noir et cette allusion à une lune noire.

– Rien ne peut empêcher l'avènement de la Lune noire, déclare une voix masculine derrière lui. Et c'est presque une bonne chose, à vrai dire !

La voix fait sursauter Razan qui réagit instinctivement : plus rapide que l'éclair, il pivote sur lui-même et dégaine son épée fantôme. Il fait face à un homme, à présent, et le pointe avec sa lame incandescente.

– Merde ! s'exclame Razan alors que son cœur bat la chamade. Mais qui es-tu ?

L'homme est grand et chauve, et les traits de son visage sont parfaits. Ses oreilles sont tout à fait normales et n'ont pas été retouchées pour avoir une apparence humaine ; ce n'est donc pas un sylphor. Il porte un chic costume trois-pièces de couleur sombre, ainsi qu'une chemise blanche, immaculée, et une cravate en soie d'un jaune éclatant, qui fait contraste avec le reste des vêtements, mais qui demeure tout de même élégante. Seul élément étrange chez cet homme : l'une de ses mains est recouverte d'or.

– Ne t'inquiète pas, capitaine Razan, déclare soudain l'inconnu. Je ne suis pas un sylphor. Pas plus que je ne suis un alter ou un humain.

Il arrive à lire dans mes pensées, songe Razan.

– En vérité, je suis beaucoup plus que cela, poursuit l'homme. Et cette main que tu observes avec curiosité n'en est pas une. Je suis manchot, et cette prothèse coulée dans l'or m'a été offerte par mes parents adoptifs, Bor et Bestla.

Razan jette un coup d'œil en direction du maelström intraterrestre, et note que ce dernier est encore actif. C'est certainement grâce à lui que cet homme est parvenu à s'introduire ici de manière aussi discrète.

– Cesse de te torturer l'esprit, capitaine Razan. Je n'ai nullement besoin de recourir à des moyens de transport aussi primitifs pour me déplacer.

– Oh!… vraiment? Alors, il me faut implorer votre pitié, monseigneur, et vous supplier de pardonner mon ignorance, répond Razan avec une dévotion aussi feinte qu'exagérée. Au fait, une petite précision, Votre Altesse: je ne suis plus capitaine. C'est regrettable, mais j'ai fini par me faire à l'idée.

Cela déclenche le rire du grand homme.

– Capitaine, on ne cesse jamais de l'être. Tu es un meneur d'hommes, Tom Razan, et tu le resteras. C'est pourquoi j'ai besoin de toi.

Cette fois, c'est Razan qui se met à rire.

– Moi? Un meneur d'hommes? Tu rigoles, pas vrai? Il n'y a qu'un seul endroit où j'ai envie de mener les hommes: à l'abattoir.

– N'as-tu pas appris aujourd'hui que tu étais toi-même un être humain?

Razan réfléchit un moment avant de rétorquer:

– C'est très complexe, vois-tu. Paraît que je suis un homme, c'est vrai, mais avec une apparence et des pouvoirs d'alters. Enfin, j'espère que je les possède toujours, ces foutus pouvoirs!

Et le garçon a bien l'intention de s'en assurer tout de suite. Sans quitter l'homme des yeux, il se concentre et parvient à s'élever au-dessus du sol. Il lévite ainsi pendant quelques secondes, avant de finalement redescendre.

– Je suis humain, d'accord, se réjouit-il, mais, au moins, j'ai conservé ma puissance d'alter !

– Ils ne t'appartiennent plus, ces pouvoirs, le corrige le grand homme chauve. Cette apparence d'alter, elle est à toi, tu la conserveras toujours, mais pour ce qui est de ta puissance et de tes aptitudes exceptionnelles, il en va tout autrement : c'est le médaillon demi-lune qui te les procurera maintenant, comme il les procure à Arielle Queen. Si un jour tu te sépares de lui, alors tu redeviendras un petit homme faible et fragile.

Razan hausse les épaules, donnant l'impression que cette contrainte ne l'ennuie pas outre mesure. Discrètement, il s'assure néanmoins que le médaillon pend toujours à son cou. De mauvais souvenirs surgissent alors dans son esprit ; il n'y a pas si longtemps encore, Noah Davidoff se servait de ce bijou pour contrôler le corps d'alter de Razan et confiner ce dernier dans les ténèbres. Bien qu'il sache que c'est dorénavant impossible, que Noah ne pourra plus jamais le contrôler, Razan conserve tout de même en lui cette vieille hantise.

– Bah ! l'important, c'est que je puisse toujours m'envoler, dit-il en espérant que cela chassera ses mauvaises pensées. Ça me sera utile pour ce que j'ai à faire !

– Et que veux-tu faire ?

– Simple : foutre le camp d'ici, et profiter de ce qui reste de ma vie. J'ai réussi à faire un peu d'argent avec les armes que j'ai piquées au colonel Xela. Pas des millions, mais assez pour me payer quelques mois de vacances à Bora-Bora.

– Et que fais-tu d'Arielle Queen? Et de l'amour que tu éprouves pour elle?

Le sourire de Razan disparaît d'un coup. Son visage se vide de toute expression alors qu'il se rapproche un peu plus de l'homme. Il ne semble pas apprécier qu'on lui parle d'Arielle, et encore moins d'amour. Aussi glisse-t-il tranquillement la pointe de son épée sous le menton de l'inconnu, histoire de bien lui faire comprendre qu'il doit se montrer prudent dans ses paroles.

– Tu ne m'as pas répondu tout à l'heure, fait-il. Qui es-tu?

– Un ami, répond l'homme sur un ton calme et assuré.

Il ne paraît pas le moins du monde intimidé par Razan.

– Mais encore? insiste ce dernier.

– Je suis l'un des plus grands mystères de la mythologie nordique. Dans ton langage, on m'appelle Tyr.

Tyr? Le dieu du renouveau? se dit Razan. *Hou là… je suis dans la merde!* Il est décontenancé par la réponse et ne s'en cache nullement:

– Le *dieu* Tyr? L'ancien chef des guerriers tyrmanns?

– C'est moi! approuve l'homme avec enthousiasme. Enchanté de faire ta connaissance, Tom Razan! Bon, maintenant que les présentations sont faites, dis-moi, que penses-tu de cette magnifique cravate? demande-t-il en présentant au garçon l'étoffe jaune qui pend à son cou.

Razan n'a aucune idée de ce qu'il devrait répondre. La situation lui semble quelque peu surréaliste : le voilà qui se retrouve en face d'un puissant dieu de la mythologie nordique à discuter mode. Le jeune homme réalise soudain qu'il tient toujours le dieu en respect au bout de sa lame.

– Superbe cravate..., répond le jeune homme en abaissant son épée fantôme. Peut-être un peu voyante...

L'étonnement se lit alors sur le visage du dieu :

– Tu crois ?... fait-il d'un air dubitatif.

Tyr dirige son regard vers le bas afin de réexaminer sa cravate avec plus d'attention. Au bout d'un moment, il finit par acquiescer :

– Tu as raison, Tom, j'en ai fait un peu trop. Ce jaune vif n'était pas nécessaire. Mais que veux-tu, j'ai le même vice que Loki : j'adore les costumes de ville, comme ce splendide complet signé Armani. Et dire que Thor et Odin portent encore leur peau de bête crasseuse et leur casque de guerre en fer !

– Tyr, le temps presse, intervient Razan qui commence déjà à s'impatienter. Qu'est-ce que vous me voulez exactement ?

– Tu me vouvoies maintenant, mon garçon ?

Razan approuve de la tête : mieux vaut se montrer respectueux lorsqu'on s'adresse à un dieu de la trempe de Tyr, du moins si l'on tient à la vie. Cette consigne, même les renégats les plus insouciants comme Razan la connaissent.

– Je suis d'accord pour me montrer poli et tout, déclare le garçon, mais attention, j'ai quand même mes limites, *capice* ? Après tout, je n'ai aucune preuve que vous êtes bien le dieu que vous prétendez être. La dernière fois que j'ai entendu parler de Tyr, on racontait qu'il était devenu fou et qu'il s'était réfugié dans le Niflheim. On ne l'appelait plus Tyr, mais bien Nidhug ou « l'Amer-Rongeur ». À ce qu'on dit, il passait ses journées avachi sur son trône, à ronger des os de sanglier.

Le dieu chauve prend alors une grande inspiration.

– Ce n'est pas tout à fait exact, déclare-t-il ensuite. Il y a longtemps, Odin m'a demandé de m'emparer du Niflheim avec mes hommes, les guerriers tyrmanns. Il nous a fallu cent ans de siège pour y arriver. C'est pendant un combat avec Fenrir, le fils de Loki et d'Angerboda, que j'ai perdu ma main, explique-t-il en levant sa prothèse en or. Aux yeux de mes hommes, j'étais devenu un estropié, et cette épreuve a été difficile à traverser pour le guerrier que je suis, mais pas au point de me rendre fou, comme le raconte la légende.

Tyr fait une pause, puis reprend :

– La première chose que mes hommes et moi avons faite en prenant possession du Niflheim, c'est nous débarrasser de ses monstrueux souverains. Nous avons donc chassé Angerboda et ses trois d'enfants, Hel, Fenrir et Jörmungand-Shokk, hors du royaume. Ils se sont chez réfugiés chez Loki, dans le Sigylheim, qui allait devenir plus tard l'Helheim. Entre-temps, j'avais appris, grâce à mes espions, que plusieurs dieux de l'Asaheim étaient jaloux de ma victoire et de l'estime que m'accordait Odin. Ces dieux prévoyaient me faire assassiner à mon retour du Niflheim. Afin d'éviter ce châtiment, j'ai fait croire à tous mes ennemis que j'étais devenu fou. La mythologie prétend que Thor m'a offert le Niflheim au lieu de m'y exiler, et c'est vrai. J'y suis allé, seul, pendant que mes fidèles Tyrmanns étaient conviés à un banquet célébrant la fin du siège et la victoire du Niflheim. Au cours de ce banquet, Thor a récompensé mes hommes en leur révélant qu'après leur mort, leurs âmes seraient liées à jamais à celles des armes spectrales, comme la magnifique épée fantôme que tu tiens dans ta main. À l'intérieur de cette arme se trouve probablement l'un de mes valeureux Tyrmanns. C'est sa force et sa rage de guerrier qui permet à ta lame incandescente de briller ainsi de tous ses feux.

Razan examine son épée avec curiosité, mais aussi avec un nouveau respect.

– Le Niflheim s'est lentement transformé en territoire de l'ombre, continue le dieu Tyr, et j'avoue y être pour quelque chose. Mais ce ne sont pas les brouillards de ma rancœur qui ont envahi le royaume, ce sont plutôt ceux de ma ruse. En fait, ces brouillards m'ont servi à éloigner les curieux et à monter en secret une armée contre ceux qui souhaitent la chute d'Asaheim et de Mannaheim. Parmi ceux-là, il faut inclure Loki et Hel, et certainement la vile Angerboda ainsi que ses deux monstres de fils, Fenrir et Jörmungand-Shokk.

– Alors, si je comprends bien, dit Razan, vous faites partie des gentils, mais vous opérez de façon clandestine, c'est bien ça?

Le dieu chauve hoche la tête d'un air satisfait.

– Quel esprit de synthèse tu as, capitaine Razan !

– Arrêtez de m'appeler « capitaine ». Je me sers de ça uniquement pour faire craquer les filles.

Après un court silence, Tyr reprend la parole :

– À la fin, lorsque surviendra le Ragnarök, l'affrontement final entre les dieux, l'univers tel que nous le connaissons sera détruit, puis rebâti. La légende des dieux prétend qu'une nouvelle divinité suprême reviendra pour diriger ce nouvel univers. Un chant du vieux Nord dit ceci : « Alors survient un autre être. Plus puissant encore, mais je n'ose m'aventurer à le nommer. Peu voient au-delà des temps où Odin combattra le loup. »

– Et cet « autre être », c'est vous ? demande Razan.

– Certains croient qu'Heimdal sera celui qui régnera sur le nouvel univers, mais ils se trompent. Au tout début de notre conversation, je t'ai dit que j'étais le plus grand mystère de la mythologie nordique, et c'est vrai. Mes parents adoptifs, Bor et Bestla, m'ont un jour révélé que je suis né à une époque qui n'était pas la mienne, dans un monde qui n'était pas le mien. C'est pourquoi, de tout temps et de tout lieu, les dieux et les hommes ont confondu mon nom, ainsi que le lien qui m'unit aux dieux de l'Asaheim. Certains disent de moi que je suis le plus vieux des Ases et que je suis le père de tout ; d'autres affirment que c'est faux, que je suis un dieu inférieur, né le même jour qu'Odin. Il est vrai que lui et moi avons les mêmes parents, mais nous ne sommes pas des frères, et je ne suis pas son fils, comme le prétendent certains autres récits, pas plus que je ne suis le frère de Thor. En vérité, personne ne sait d'où je viens ni où je vais. Pas même moi. Mais il y a une chose dont je suis sûr : je suis le dieu de la justice et garant de tous les serments. Si au jour du renouveau, celui du Ragnarök, la tâche m'incombe de rebâtir ce monde, je le ferai avec la plus grande justice.

Razan n'a pas saisi tout ce que le dieu vient de lui raconter. Il souhaite néanmoins éclaircir un point que Tyr n'a pas abordé, et qui lui tient particulièrement à cœur :

– Soyons clairs : si vous êtes ici, c'est pour aider Arielle à combattre les méchants, pas vrai ?

Le dieu en costume trois-pièces se permet un sourire.

– Non. C'est pour t'aider, toi.

– Moi ? répète Razan avec étonnement. Écoutez, Tyr, je vous l'ai déjà dit : dès que je sors de ce trou, je mets les voiles vers Bora-Bora. J'ai besoin de vacances. C'est la gamine qui aura besoin d'un coup de main, pas moi.

– Je suis venu pour t'aider à sauver Arielle Queen, précise le dieu manchot. Cette jeune fille est la pièce la plus importante du puzzle ; elle nous relie tous ensemble. Le sort de l'univers repose entre ses mains. Elle doit accomplir son destin, il en va de notre survie, tu comprends ?

Razan entend soudain un gémissement derrière lui. C'est Arielle qui s'éveille. Le jeune homme range son épée fantôme dans son fourreau et retourne auprès de l'élue. Elle n'a pas bougé du siège où il l'a déposée plus tôt. Ses yeux sont à peine ouverts. Elle murmure quelque chose d'étrange, une sorte d'incantation. Razan a beau se rapprocher, il n'arrive pas à saisir le sens de ses paroles ; on dirait un chant, mais interprété dans un langage inconnu.

– Tu me surprendras toujours, princesse, chuchote Razan à la jeune fille. J'ignorais totalement que tu parlais plusieurs langues.

Tyr s'est aussi avancé vers Arielle.

– Elle interprète le seizième chant de puissance, dit-il. Celui qui permet de séduire la vierge aux bras blancs.

– Qui est la vierge aux bras blancs ? demande Razan.

– C'est ainsi que les dieux désignent l'élue femelle de la prophétie, explique Tyr. Mais seulement lorsqu'elle est encore habitée par son côté lumineux, et non dominée par ses instincts malveillants.

– Ses instincts malveillants ? Mais qu'est-ce que vous me racontez là ?

Le dieu hésite un moment, puis enchaîne :

– Un de vos grands hommes a dit ceci : « Tout crépuscule est double, aurore et soir. Cette formidable chrysalide que l'on appelle l'univers tressaille éternellement de sentir à la fois agoniser la chenille et s'éveiller le papillon. »

Tyr laisse s'écouler quelques secondes, puis déclare :

– Arielle est la fille de Loki.

Razan n'est pas certain d'avoir bien entendu.

– Vous pouvez répéter ça ?

– Elle est la fille de Loki, comme l'est chacune des membres de la lignée des Queen.

– Vous vous foutez de moi ? fait Razan avec un haussement de sourcils.

Le dieu répond par la négative.

– Chaque élue Queen qui a vu le jour à travers les siècles est une fille de Loki. Bien sûr, elles sont nées de mères différentes, mais elles ont toutes le même père…

– Ce sont des sœurs…, complète Razan. Les sœurs reines.

– Exactement, confirme Tyr. Et ce nom nous fournit une preuve supplémentaire de leur ascendance.

Il pointe le doigt vers un endroit sur le sol et y fait apparaître un nom en lettres de feu. Razan ne peut détacher son regard du nom qui s'imprime lentement devant lui :

ARIHEL

– Arihel…, souffle le garçon qui n'en croit pas ses yeux. Arihel Queen. Non, c'est pas vrai…

S'il en croit la démonstration du dieu, le prénom d'Arielle s'écrirait ainsi : A-R-I-H-E-L. Ce sont les trois dernières lettres du nom qui laisse un goût amer dans la bouche de Razan : HEL. Et comme pour amplifier son malaise, les noms des autres membres de la lignée Queen viennent s'ajouter à celui d'Arihel, eux aussi gravés sur le sol en lettres de feu :

Sylvanhel
Mahel
Lunhel
Gahel
Manahel
Janhel
Isabhel
Maribhel
Raphahel
Sybhel
Gwenahel
Darihel
Erikahel
Evabhel
Annabhel
Chrysthel
Jezabhel
Abigahel

Razan sent que sa gorge se serrer. L'air lui manque.

– C'est… c'est impossible…, bredouille-t-il.

– Pas du tout, répond Tyr avec le plus grand calme. Les noms que tu as devant toi sont les *véritables* noms des élues Queen.

– Et… et elles le savent ? demande Razan, le souffle court. Je veux dire : les élues, elles savent que leur nom fait référence à Hel et au royaume des morts ?

– Non. Très peu de gens sont au courant, lui révèle le dieu. Les élues Queen n'ont aucune idée de qui elles sont vraiment, à part Arielle. Sa mère, Gabrielle, lui a dit la vérité avant de mourir.

– Et ce M sur sa joue, il signifie quoi au juste ?

– Arielle est la dix-neuvième fille de Loki à être née sur la Terre. Ce M runique est son symbole ; il la représente, en quelque sorte. Il s'agit de la dix-neuvième rune de l'alphabet runique.

Razan fixe le vide devant lui, incapable de croire à tout ce que le dieu vient de lui dévoiler.

– C'est un an de vacances qu'il va me falloir !

13

Tyr invite Razan à reporter son attention sur Arielle. La jeune fille ne bouge toujours pas, mais continue de fredonner cet air qui ressemble à un ancien cantique.

– Elle est passée au chant suivant. Le dix-septième chant enchaîne la fidélité de la femme aimée. C'est à la fois une invitation et un cri à l'aide, explique le dieu. Son versant lumineux a besoin de toi, mon garçon.

Razan pousse un grand soupir; il commence à en avoir assez de tout ce cirque.

– Pourquoi vous me dites tout ça, hein? demande-t-il. Vous me prenez pour qui? Le sauveur de ces dames? Merde! j'ai jamais voulu sauver qui que ce soit, moi! Pas mon genre!

– Arielle t'aime, Tom Razan, et elle a besoin de toi!

– Arielle ne m'aime pas. Elle aime Noah Davidoff. Et c'est *vous* qui avez besoin d'Arielle pour accomplir votre soi-disant prophétie, pas moi!

– Si tu ne la sauves pas maintenant, rétorque le dieu, jamais plus tu ne la reverras.

Razan reste sans voix. Il peut s'efforcer en vain de convaincre le dieu (et peut-être de se convaincre lui-même aussi) qu'il ne ressent rien pour Arielle Queen, mais la réalité est tout autre : le garçon ne comprend pas pourquoi – et chaque fois cela le met en colère ! – mais dès qu'il entend le nom d'Arielle, ou qu'il la voit quelque part, ou même seulement dans son esprit, son cœur se met à battre plus vite et il ressent d'étranges sensations, comme des bouffées de chaleur et des faiblesses dans les genoux.

– Le dix-huitième chant, c'est celui que tu interprètes en ce moment même ! déclare soudain le dieu manchot.

Cette déclaration soudaine tire Razan de ses pensées.

– C'est ce qu'il te faut transmettre à Arielle, poursuit Tyr avec le même enthousiasme, afin de l'éloigner de son instinct malveillant et la ramener au côté lumineux.

– Je ne connais aucun « dix-huitième chant », répond sèchement Razan.

Tyr se rapproche de lui et fixe son regard au sien.

– Le dix-huitième chant dévoile aux hommes ce qu'Odin ne leur enseigne jamais. Et il n'y a qu'une chose qu'Odin n'enseigne pas aux hommes. Une chose qui est plus forte que tout. Qui à elle seule peut anéantir tous les démons de l'univers connu.

– Le *fast-food* ? fait Razan.

Tyr secoue la tête.

– L'amour.

Après un silence, le dieu ajoute :

– Tout repose sur l'amour. Sans l'amour, rien ne s'accomplira. Il faudra le véritable amour d'une femme et d'un homme pour découvrir les six derniers chants d'Odin et sauver votre monde. Il n'y a que ces six chants secrets qui peuvent déverrouiller le portail gardé par Skuld, la Norne du futur, et permettre à l'humanité de voyager vers son avenir. Sans ces six chants, que l'on appelle aussi « les Clefs de Skuld », les hommes n'auront plus aucun futur, plus aucun destin, et la fin du monde arrivera sans prévenir. Du jour au lendemain, tout s'arrêtera. Les hommes disparaîtront et leur histoire se terminera sur un mystère qui ne sera jamais résolu.

– Vous êtes un grand pessimiste, on vous l'a déjà dit ?

– Écoute-moi, Razan, reprend le dieu, ce dix-huitième chant, tu l'as déjà offert à Arielle.

Devant l'air sceptique du garçon, il ajoute :

– Tu ne t'en souviens pas ? C'était pendant une fête d'Halloween. Tu portais un costume de pirate. À un moment, pendant la soirée, tu as vu surgir une magnifique jeune fille d'entre les danseurs et tu t'es approché d'elle. C'était plus fort que toi. Tu as incliné la tête et tu lui as donné un baiser sur la joue.

– Je m'en souviens, dit Razan. J'ai eu… une faiblesse. Et j'ai bien cru que j'y laisserais ma peau.

– Maintenant, c'est différent, soutient le dieu. Tu sais que tu n'es pas un alter. Tu n'as plus à avoir peur de l'amour. Il n'est plus mortel pour toi.

– Je ne crains rien ni personne, rétorque aussitôt Razan.

– Alors, chante-lui cette chanson. Arielle a besoin de l'entendre. Maintenant.

– La chanson de Bob Sinclar? *Love Generation*?

– Non, répond patiemment Tyr. Celle qui jouait dans ton cœur à ce moment-là. Celle qui t'a poussé à risquer ta vie pour donner ce baiser à Arielle Queen. La chanson de ton amour, Razan.

Razan examine de nouveau la jeune élue. Elle est assise sur le siège, la tête légèrement penchée sur le côté. Sa peau est affreusement blanche et son corps, inerte et flétri, semble avoir perdu toute force, toute vigueur. Ses yeux sont mi-clos et elle chantonne toujours le même refrain, encore et encore, comme le ferait une démente. Razan se dit qu'elle ne ressemble en rien à la Arielle Queen qu'il a connue. Celle qu'il a devant les yeux en ce moment a plutôt l'air d'un animal malade ou blessé, qui est sur le point de tout abandonner et de s'éteindre tranquillement.

En silence, le jeune homme s'avance vers l'élue. Il pose un genou sur le sol, devant elle, puis prend doucement son visage blême entre ses mains robustes. Lentement, Razan approche son visage de celui d'Arielle. Tout en caressant sa joue, il cherche à retrouver son âme qui se cache, apeurée, quelque part au fond de son regard sombre.

– Si notre ami Tyr a raison, lui murmure-t-il, le dix-huitième chant ne s'enseigne pas. Il paraît que c'est celui de l'amour. Tu te souviens: « *Love… This is just love.* »

Arielle ne réagit toujours pas. Razan sourit néanmoins, puis ajoute, toujours en la fixant dans les yeux :

– J'espère que ce baiser nous sauvera tous les deux, princesse.

Avec une tendresse dont lui-même ne se croyait pas capable, Razan pose ses lèvres sur celles d'Arielle et l'embrasse tout en douceur. La jeune élue ne réagit pas tout de suite, mais, au bout d'un moment, elle finit par entrouvrir légèrement la bouche afin d'y accueillir les lèvres du garçon. Elle répond avec timidité au début, mais ne tarde pas à s'abandonner complètement. Dès lors, la vie revient en force en elle. Ses lèvres, tantôt froides et rigides, s'attiédissent, puis se réchauffent, signe que le sang recommence à circuler dans son corps. Razan sent que le cœur d'Arielle se met à battre plus vite. Mais comment peut-il le savoir ? Il éprouve soudain une étrange sensation ; il est certain que leurs deux cœurs battent ensemble, à la même cadence, au même rythme. Ils ne font plus qu'un et battent à l'unisson.

– Ça fonctionne…, laisse tomber Tyr qui, jusque-là, a observé la scène en silence.

En effet, le baiser de Razan est parvenu à ranimer Arielle ; la tâche du jeune homme est donc accomplie. Il a fait ce que l'on attendait de lui, et c'est avec regret qu'il rompt le baiser qui l'unit à l'élue. Il éloigne délicatement ses lèvres de sa bouche, mais demeure agenouillé auprès d'elle. Tout comme le dieu Tyr qui se tient maintenant derrière lui, Razan suit avec attention les changements physiques qui surviennent chez Arielle. Le M runique sur sa joue commence déjà à s'estomper. Bientôt, il aura entièrement disparu. Le garçon pose une main sur la cuisse de son amie et constate que ses muscles se raffermissent sous ses vêtements. Sa peau translucide perd son éclat fantomatique à mesure que ses membres gagnent en densité ; son épiderme semble s'épaissir, devenir plus opaque, et sa couleur passe graduellement du blanc laiteux à une teinte légèrement plus rosée, qui se rapproche de la couleur naturelle des alters. Son visage aussi reprend des couleurs. Pas de doute : le sang circule beaucoup mieux, et son rythme cardiaque est plus élevé. L'adolescente ouvre les yeux, suffisamment grand cette fois pour permettre à Razan d'entrevoir ses iris ; il constate qu'elle a perdu son regard froid et noir de prédatrice et que ses yeux ont repris leur douceur, mais aussi leur couleur naturelle : un mélange entre le vert et le brun, qui ressemble à la teinte ambrée du miel.

– Ça va, ma jolie ? lui demande le garçon.

Arielle ne répond pas, mais Razan arrive à discerner un grand soulagement dans son regard. Malgré la douleur de ses blessures et les engourdissements dus à sa léthargie, la jeune fille parvient à sourire. Elle se réjouit de voir un visage familier.

– Razan..., réussit-elle à murmurer.

L'élue tente de bouger les bras, puis les jambes, mais ses gestes sont ralentis par des raideurs musculaires. Son corps s'est transformé rapidement – peut-être trop rapidement –, sans accorder le temps nécessaire à ses muscles atrophiés, ainsi qu'à ses autres tissus organiques, de s'adapter à leur nouvelle constitution.

– Vas-y doucement, princesse, lui conseille Razan en l'aidant à se mettre debout. Tu ne voudrais pas te déchirer un muscle, hein ?

– Sim... est... mort, articule-t-elle lentement.

Elle a de la difficulté à bouger sa mâchoire.

– Je sais, répond Razan. J'ai vu son corps.

Arielle fronce les sourcils, puis baisse la tête. Razan a l'impression qu'elle va pleurer. Mais lorsqu'elle relève la tête et le fixe, ce n'est pas de la tristesse qu'il voit dans son regard, c'est de la colère. La même colère, sans doute, qui a provoqué plus tôt sa métamorphose en bête sauvage.

– Je n'aime pas ce que je vois dans tes yeux, princesse, lui confie Razan. J'aimerais bien que tu te calmes, que tu prennes une grande inspiration, et que tu évites de nous refaire le coup de l'Incroyable Hulk, d'accord ?

Après quelques secondes de silence, Arielle finit par acquiescer. Les muscles de son visage se détendent et la colère qui assombrissait son regard semble s'évanouir peu à peu.

– C'est bien. Parfait. Oui, c'est ça, respire, l'encourage Razan. Reeeespire... Voilà, c'est ça !

– Ils l'ont... tué, murmure la jeune fille. Les alters... ont tué Sim.

– Et ils ont bien failli t'avoir aussi. Tu as vu les marques sur ton visage ?

Arielle pose une main sur son visage et palpe doucement ses blessures.

– Ils t'ont frappée à coups de poing et de pied, poursuit Razan. Désolé, mais tu vas devoir te refaire une beauté.

– Qu'est-ce qui s'est passé ensuite ?

– Je n'étais pas là lorsque les alters s'en sont pris à Sim, explique le garçon. Mais je présume que c'est sa disparition qui a provoqué ta métamorphose en… en…

Razan hésite, il cherche une image qui puisse convenir.

– … en véritable tigresse, déclare-t-il finalement, non sans accompagner sa trouvaille d'un petit sourire en coin. Je ne sais pas ce qui t'est arrivé exactement, ma belle, mais c'est un peu comme si tes instincts avaient pris le dessus. Tu agissais comme un animal. J'aime bien les femmes farouches, mais là c'était un peu trop.

Le jeune homme tourne alors la tête vers le dieu Tyr pour savoir ce qu'il en pense, mais il constate avec surprise que le dieu chauve et manchot n'est plus là.

– Tu cherches quelqu'un ? lui demande Arielle.

Razan ne se retourne pas tout de suite. Il scrute la pièce en essayant de découvrir où le dieu aurait bien pu se cacher. Mais, à part les consoles d'ordinateurs et les écrans de contrôle, il ne voit rien. La pièce est vide. Le garçon remarque que les noms des élues, imprimés en lettres de feu, ont également disparu. *Mais qu'est-ce que ça veut dire ? Ai-je rêvé tout ça ou suis-je en train de devenir complètement cinglé ? Bah, ça ne m'étonnerait pas, en vérité. Après tout ce que j'ai vécu depuis mon retour de l'Helheim… C'est pas un piège à cons de plus ou de moins qui va changer quoi que ce soit, pas vrai ?* Razan repense alors aux élues Queen, et à ces nouveaux noms que le dieu Tyr leur a attribués ; des noms se terminant tous par la même syllabe, « hel », qui signifie « enfer ». *Arihel...*, songe-t-il avec le même malaise qu'un peu plus tôt. Il se demande s'il doit parler à Arielle de sa rencontre avec Tyr, et de l'information importante que celui-ci lui a révélée, soit que chacune des élues Queen est en fait une enfant de Loki. « *Non, pas maintenant,* lui conseille la voix apaisante du dieu Tyr. *Arielle sait qu'elle est la fille de Loki, mais elle ignore que ses ancêtres sont aussi... ses sœurs. À présent, vous devez quitter cet endroit et rejoindre vos compagnons. Si tout se déroule comme prévu, les alters disparaîtront de Midgard dès aujourd'hui. Ils passeront la citadelle de Mannaheim pour ne plus jamais la refranchir.* »

– Razan ?... fait soudain la voix d'Arielle, le tirant de ses pensées.

– Hein ?...

– Je t'ai posé une question. Qui cherches-tu ?

Visiblement, elle est impatiente d'obtenir la réponse.

– Personne, répond finalement Razan. Je ne cherche personne. J'essayais juste de voir comment... euh... comment on allait s'y prendre pour sortir d'ici. Voilà.

À son tour, Arielle examine la pièce où ils se trouvent. Elle interrompt soudain son inspection des lieux et reporte son attention sur son compagnon.

– Attends une minute..., dit-elle alors qu'elle se remémore un événement récent. Dis-moi, j'ai rêvé… ou tu étais en train de m'embrasser quand je me suis éveillée ?

Le premier réflexe de Razan est de feindre la surprise :

– Ne prends pas tes fantasmes pour la réalité, princesse.

« *Pourquoi ne pas lui avoir dit la vérité, Razan ?* lui demande le dieu Tyr en pensée. *Pourquoi ne pas enfin lui avouer que tu l'aimes, et que c'est cet amour qui t'a permis de l'arracher aux ténèbres et de la ramener vers la lumière ?* » Razan s'insurge immédiatement : *Du calme, mon vieux ! Sachez que je n'aime personne. Aucun humain, en tout cas. Vous comprenez ?* Mais le dieu n'abandonne pas aussi facilement : « *Tu fais une erreur, Tom Razan. Un jour ou l'autre, tu devras te laisser aller à tes sentiments. Mais, ce jour-là, il sera peut-être trop tard.* » Razan n'a pas l'intention de s'en laisser imposer. Il réplique sur le même ton rude : *Vous vous prenez pour Jiminy Criquet ou quoi ?! Pour votre info, j'ai déjà une conscience. Elle n'est pas des plus intègres, mais je l'aime comme ça ! Vu ?*

Après avoir observé Arielle pendant un moment, Razan lui tend une main et lui dit :

– Tu m'as l'air d'aller mieux. Alors, tu as envie de foutre le camp de cette tanière à sylphors ?

Encore une fois, la jeune fille scrute la pièce du regard.

– Pas si vite. Où sont les autres ?

– Les autres ?…

– On ne peut pas partir sans Brutal. Et que fais-tu de Jason, de Geri et de Thornando ?

Razan lève les yeux au ciel en poussant un long soupir d'exaspération :

– J'étais certain que tu me dirais ça.

14

Razan vérifie les blessures d'Arielle afin de s'assurer qu'elles ne sont pas trop graves et qu'elle n'a rien de cassé.

– Ton corps se rétablit à une vitesse incroyable, observe-t-il tout en prenant son pouls. On dirait même que tes blessures se cicatrisent… toutes seules.

– Razan, je dois te dire quelque chose, lui dit la jeune fille.

– Allez, envoie.

Arielle hésite un moment, puis se lance :

– Quand j'étais dans le caisson, une voix s'est adressée à moi. Une voix que je n'avais jamais entendue auparavant. Elle a prétendu que tu n'étais pas… un alter.

« *C'était moi*, déclare Tyr dans l'esprit de Razan. *Il fallait qu'elle le sache, tu comprends ?* »

– Ouais, on m'a aussi appris la bonne nouvelle, répond le garçon avec ironie. Et pas n'importe où !… Dans le Walhalla, tu imagines ? Noah et moi avons été convoqués là-bas par le dieu Thor lui-même. En passant, il est moins grand qu'on l'imagine.

Il écarte doucement les paupières d'Arielle pour examiner ses pupilles : tout semble parfait de ce côté-là aussi. Rassuré sur son état général, il pose un baiser sur son front, puis s'éloigne. Le baiser fait rougir Arielle, mais elle essaie tant bien que mal de cacher sa gêne.

– D'après ce que j'ai compris, continue Razan, Kalev et moi ne ferions qu'un. En fait, ce n'est pas tout à fait exact, corrige-t-il aussitôt : Kalev est Kalev, et moi, je ne suis en principe qu'une petite partie de ses souvenirs. Infime, mais suffisante pour créer une autre personnalité, une personnalité qui est entièrement distincte de celle de Kalev : la mienne. Le prince se souvient de tout, depuis son exil de Midgard jusqu'à aujourd'hui. Pour ma part, c'est un peu comme si j'étais amnésique : je me rappelle seulement ce que j'ai vécu depuis la naissance de Noah, ou si tu veux, depuis le moment où j'ai cru devenir son alter. Nos deux expériences de vie, à Kalev et à moi, sont donc très différentes. Aujourd'hui, il était prévu que nos deux mémoires se réunissent pour n'en former qu'une seule. Autrement dit, ma personnalité devait fusionner avec la sienne, se diluer à l'intérieur du vrai Kalev, mais, apparemment, ça n'a pas fonctionné, et nous avons été séparés au moment de notre retour sur la Terre, au lieu d'y être réunis. Je sais, ce n'est pas facile à comprendre, mais l'important, c'est que tu retiennes ceci : dorénavant, il existe deux Kalev : le vrai, celui qui se souvient de tout, et un autre, moi, qui se souvient uniquement avoir vécu sous le nom de Razan. Personnellement, je préfère être Razan. L'autre, le prince, est un sacré connard !

– Où se trouve Kalev? demande Arielle. Et Noah ? Comment va-t-il ?

La question fait tiquer Razan ; l'intérêt que manifeste sa compagne à l'égard de Noah l'agace, mais il prend bien soin de ne pas le laisser voir.

– L'esprit de Noah devait disparaître, répond-il, exactement comme le mien, afin de laisser toute la place à Kalev. Mais, pour une rare fois, Noah a fait preuve d'un certain courage et s'est insurgé contre l'autorité : il est revenu parmi les vivants, au lieu d'aller séjourner dans le néant éternel, comme c'était prévu. Noah est donc de retour sur la Terre, lui aussi, mais comme j'ai eu la chance de m'incarner le premier dans notre superbe corps, Noah n'a eu d'autre choix que de dénicher un nouvel hôte. Il a opté pour Thornando qui était alors inconscient. Et tu sais quoi ? Ce lâche de Noah se fait maintenant appeler Nazar, et il affirme être le véritable roi de Midgard. Quant à cet idiot de Kalev, il s'est certainement incarné dans un autre corps, lui aussi, mais il m'est impossible de dire lequel.

Arielle baisse les yeux en secouant la tête.

– Ça promet…, souffle-t-elle, dépassée par ces révélations.

– Alors, on dégage ?

– Il est temps d'aller retrouver Brutal et les autres, affirme la jeune fille en relevant la tête. Tu sais où ils sont ?

– Je voulais dire : on dégage de la *fosse* ? précise Razan.

– Razan ! le réprimande Arielle. Je te l'ai dit : je n'abandonnerai jamais mes amis.

– O.K. ! D'accord !

L'élue plonge une main dans la poche de son manteau pour vérifier si elle est toujours en possession du *vade-mecum*. Elle est soulagée : le livre est encore là, mais il manque un autre objet.

– Où est la fleur ? demande Arielle à voix haute.

Elle commence déjà à s'inquiéter.

– L'edelweiss noir ! Où est-il ?

– Du calme, princesse. Ton minet l'a donné à Jason qui s'en est servi pour sauver Ael.

– Ael ?

Razan acquiesce.

– C'est la journée des retrouvailles, on dirait. Ael aussi a fait son *come-back*, explique-t-il. Thor lui a accordé l'Élévation walkyrique, mais apparemment son cœur est demeuré celui d'une alter. J'ai cru comprendre qu'elle était plus que jamais amoureuse de notre cher *cow-boy*. Sans ta fleur, ma chérie, je soupçonne qu'elle aurait reçu son ticket aller simple pour l'Helheim.

Arielle se souvient alors de ce que lui a dit la voix du caisson, la même qui a prétendu que Razan n'était pas un alter : « *L'edelweiss noir que tu tiens dans ta main est une fleur très rare. On l'appelle aussi "l'Immortelle de l'ombre". Grâce à elle, un alter, un seul, pourra aimer.* »

– Alors, il parlait d'Ael, déclare la jeune élue pour elle-même.

Sa main se trouve toujours à l'intérieur de son manteau. Elle tombe par hasard sur un autre objet, petit et carré. Arielle le retire de sa poche et l'examine. Il s'agit du microfilm sur lequel est copié le verset manquant de la prophétie d'Amon, *Révélation*.

– Avant de quitter cette pièce, je veux savoir qui est ce foutu traître, lance l'adolescente en se retournant pour examiner les ordinateurs qui se trouvent derrière elle. Mais, pour cela, il me faudrait un ordinateur équipé d'un numériseur optique. Oui, c'est ça: un scanneur devrait faire l'affaire. Ces consoles n'en ont pas. Razan, tu en vois un quelque part?

Le garçon se met lui aussi à la recherche du périphérique.

– Là-bas! annonce-t-il finalement en pointant du doigt une console d'ordinateur qui se trouve à l'écart des autres et à laquelle un scanneur est en effet branché. Qu'est-ce que tu veux en faire?

Arielle lui montre le microfilm.

– Je veux voir ce qu'il y a là-dessus. Abigaël m'a remis ce microfilm en 1945. Il était caché sur Masterdokar. D'après ce qu'on m'a dit, il pourrait nous aider à identifier le Traître de la prophétie. Et je tiens à le consulter avant de retourner auprès de nos compagnons, au cas où...

La jeune fille s'interrompt. Elle hésite à terminer sa phrase, incapable de concevoir que l'un de ses proches puisse lui souhaiter du mal.

– ... au cas où l'un d'entre eux serait le Traître, complète Razan pour elle. Un traître, par définition, c'est toujours un ami, ajoute-t-il.

Arielle approuve discrètement avant de se diriger d'un pas ferme vers la console d'ordinateur désignée par son compagnon. Elle ouvre le couvercle du scanneur et dépose le microfilm sur sa plaque de verre. Après avoir refermé le couvercle, l'élue appuie sur les commandes et parvient à convertir en données numériques les informations qui se trouvent sur le microfilm. Cela fait, elle concentre son attention sur l'écran de l'ordinateur et, après quelques clics de souris, retrouve le nouveau fichier créé. Une fois celui-ci ouvert, elle n'a plus qu'à grossir les données numérisées pour pouvoir les lire.

Les informations apparaissent bien à l'écran, mais Razan trouve curieux qu'Arielle ne réagisse pas après les avoir lues. Il vient donc se placer derrière elle de façon à pouvoir consulter le fichier à son tour. Tout comme son amie avant lui, il est alors plongé dans la plus profonde perplexité en voyant ce qui s'affiche à l'écran :

NOTE AU DOSSIER : TRADUCTION FR12.
EXPÉDIÉE À P. LA TOURELLE / INSTITUT
AHNENERBE DE PARIS.
DOCUMENT V-O DÉCOUVERT À X.,
EN FINLANDE, LE 23 MAI 1886.
MESSAGE TRADUIT DE L'ALPHABET NORROIS :
« L'IDENTITÉ DU TRAÎTRE SERA CONNUE LE
JOUR OÙ URIS L'OCCULTEUR SERA ÉLIMINÉ. »

– C'est tout ? fait Razan, contrarié. Mais qu'est-ce que ça veut dire ? Et qui est ce… Uris ?

– Je me pose la même question, répond Arielle en récupérant le microfilm dans le scanneur.

– Il sera toujours temps de résoudre cette énigme plus tard, dit la jeune élue après avoir glissé le microfilm dans la poche de son manteau, où il rejoint le *vade-mecum* des Queen. Pour l'instant, j'aimerais bien que tu me conduises à l'endroit où se trouvent mes amis. C'est là-bas que débouche ce maelström, pas vrai ? demande-t-elle en désignant l'entrée du vortex qui tourbillonne toujours sur lui-même dans un angle de la pièce.

Bien que le maelström intraterrestre soit toujours actif, Razan n'est pas certain que ce soit une bonne idée de l'utiliser.

– Il nous a conduits jusqu'ici, c'est vrai, mais ça ne signifie pas qu'il nous ramènera là-bas. Lorsque je t'ai enlevée à tes copains, personne ne s'est lancé à notre poursuite et, connaissant ton minet, je trouve ça plutôt étrange. Il se peut que l'ouverture située de l'autre côté se soit refermée après notre départ, ou encore que le point de sortie du vortex ait changé. Qui sait où nous aboutirons alors ?

« *Il ne faut pas t'en faire, mon garçon* », déclare la voix de Tyr. Ce dernier ne déroge pas à ses habitudes et s'adresse uniquement à Razan : « *Ce vortex, c'est moi qui le contrôle,* explique le dieu. *Tu as raison : j'ai refermé l'une de ses issues après votre départ, pour empêcher vos compagnons de vous suivre jusqu'ici. Tous les deux, vous auriez été distraits par leur présence et, cela, il ne le fallait pas. Arielle et toi, vous ne devez jamais vous éloigner du chemin qui a été tracé pour vous. Ce serait notre fin à tous. Vous pouvez donc utiliser ce maelström sans la moindre crainte. Je compte bien m'assurer qu'il vous transportera en toute sécurité à un endroit qui se trouve un peu plus loin… sur votre chemin.* »

Encore une fois, Razan semble absorbé dans ses pensées. Il ne bouge pas et fixe le vide. Arielle l'observe en silence, tout en se demandant à quoi il peut bien réfléchir.

– Hé ! ça va ? fait-elle au bout de quelques secondes. Toujours avec moi ?

Cela suffit pour que Razan sorte de son inertie :

– Hein ? Oh !… euh… oui, oui… ça va très bien. Hum, tu sais quoi ? Finalement, je crois qu'on peut se servir du maelström. Il nous conduira certainement au bon endroit.

– Qu'est-ce qui t'a fait changé d'idée ?

– Une voix, répond Razan. Une petite voix intérieure. Faut écouter son intuition, pas vrai ?

Après un sourire maladroit, il ajoute :

– Alors ? On y va ? Je saute le premier ou tu préfères y aller ?

Pour toute réponse, Arielle lui adresse un clin d'œil complice, puis s'élance sans attendre vers le maelström. Elle traverse la pièce en un seul saut et plonge ensuite dans le cœur du vortex qui l'entraîne dans son tourbillon. Dès que la jeune fille a disparu, Razan s'empresse de la suivre et bondit à son tour dans l'ouverture du passage. *En espérant que j'ai raison de vous faire confiance, Tyr.*

Si ce n'est pas le cas, et qu'il arrive quelque chose de fâcheux à la gamine, je vous jure que les neuf royaumes de l'univers ne seront pas assez grands pour vous cacher de moi !

15

La foreuse mobile de la deuxième équipe parvient à se creuser un chemin jusqu'à l'avant-dernier niveau de la fosse, celui qui abrite le centre carcéral des elfes noirs.

Lorsque l'énorme mèche du vilebrequin perce enfin la paroi rocheuse, Laurent Cardin réalise que son pilote et lui ont mal fait leurs calculs ; ils n'ont pas suffisamment modifié l'angle d'inclinaison de l'appareil. Selon les données dont ils disposent, la foreuse aurait dû sortir à la hauteur du premier plancher, mais c'est loin d'être le cas.

– Nous sommes à plusieurs mètres du sol ! s'exclame le pilote en voyant que l'appareil s'incline soudain vers l'avant.

Tout le devant de la foreuse se trouve suspendu dans le vide. Plus bas, sous l'appareil, une guerre fait rage. La dernière grande bataille entre les alters et les sylphors se déroule ici, dans le centre carcéral, où sont retranchés les derniers elfes noirs encore vivants.

– En arrière toute ! commande Cardin.

Le pilote obéit sur-le-champ et inverse la propulsion des moteurs, mais il est trop tard.

– Je n'y arriverai pas ! s'écrie-t-il, paniqué, alors que le trépan continue de s'incliner dangereusement.

– Accrochez-vous, les gars ! lance Cardin aux hommes qui se trouvent à l'arrière. Ça va donner un grand coup !

Une seconde plus tard, le véhicule bascule vers l'avant, dans un long grincement métallique, puis va s'écraser lourdement sur le sol, à la renverse, tuant par la même occasion une dizaine de commandos alters. Ces derniers, avant d'être broyés sous l'appareil, fonçaient bille en tête vers une position sylphor. Voyant que la chute de l'appareil a coûté la vie à plusieurs des leurs, certains alters décident de changer d'objectif et d'aller inspecter la carcasse du trépan plutôt que de se diriger vers les derniers résistants sylphors, qu'ils laissent aux bons soins de leurs collègues des lignes avant. En effet, les commandos de tête, menés par un capitaine alter, poursuivent leur avancée de façon à prendre les sylphors en souricière dans un coin reculé du centre carcéral, là où se trouve le poste de garde.

Lorsqu'il ouvre les yeux, Laurent Cardin est toujours assis sur son siège, mais il a la tête en bas. S'il a réussi à conserver cette position durant la chute et au moment du violent atterrissage, c'est grâce à sa ceinture de sécurité. Le pilote n'a pas eu cette chance. Le corps du pauvre homme, inerte et désarticulé, repose un peu plus bas, sur le plafond du poste de pilotage qui est à présent devenu son plancher.

– Ça va, les gars ? demande Cardin en se tournant vers la soute arrière.

Il espère de tout cœur recevoir une réponse. Il y a un court silence, puis Cardin croit entendre la voix de Sigmund :

– Ouais, ça peut aller… Mais pour l'amour du ciel, qu'est-ce qui s'est passé ?

C'est bien Sigmund, Cardin en est convaincu maintenant.

– On a fait une vilaine chute, mon vieux, répond-il tout en essayant de déboucler sa ceinture.

Sigmund reprend la parole :

– Écoute, Laurent, je crois que… je crois que trois de nos gars sont… Ouais, ils sont bien morts, Laurent. Deux miliciens et un fulgur.

– Comment vont les autres ?

Un autre silence, d'à peine quelques secondes, puis :

– Ils sont inconscients, dit Sigmund, mais ils respirent. Si tu veux mon avis, on ne sera pas trop de deux pour les sortir d'ici. Tu viens me rejoindre ?

Cardin lutte encore avec sa ceinture de sécurité qui ne veut toujours pas se défaire.

– D'accord… dès que je parviens à enlever… humm… cette foutue ceintu…

Il n'a pas le temps de finir sa phrase. Une demi-douzaine de lames fantômes traversent la cuirasse extérieure de l'appareil et surgissent à divers endroits dans le poste de pilotage.

– Bordel de merde ! s'écrie Cardin alors qu'une lame bleutée lui frôle une oreille.

Les lames ressortent de l'habitacle aussi vite qu'elles y sont entrées. L'instant d'après, Cardin réussit enfin à se libérer de la ceinture de sécurité. Il glisse de son siège et plonge vers le bas, tout juste avant que les lames fantômes ne refassent leur apparition et que deux d'entre elles ne transpercent le dossier de son siège. Cardin atterrit tout près du cadavre du pilote, mais ne s'éternise pas à cet endroit; promptement, il se remet sur ses jambes, sachant qu'il devra faire preuve d'adresse et de rapidité pour éviter les lames incandescentes qui continuent de traverser le puissant blindage du trépan de façon aléatoire et sans la moindre résistance, comme si elles s'enfonçaient dans du beurre.

– Il y a des alters à l'extérieur! crie-t-il. Et ce sont des amateurs de corridas! ajoute-t-il en esquivant une lame, puis une seconde.

– Je sais, c'est pareil ici! lui répond Sigmund du fond de l'appareil. Ils se prennent pour des matadors, ces salauds! Ils ont porté l'estocade finale de ton côté?

– Pas encore, mais ça ne va pas tarder! affirme Cardin en s'écartant vers la droite, puis en s'accroupissant pour échapper à de nouvelles lames fantômes.

Des cris de douleur retentissent soudain de la soute.

– Karl?... Karl! réponds-moi! Est-ce que ça va?

– Ils ont eu un autre milicien, fait Sigmund. Et un des fulgurs. Je n'ai pas pu les déplacer à temps. Les épées fantômes ont traversé la paroi... et les ont transpercés de part en part.

– Il faut sortir d'ici, Karl, sinon ils vont finir par tous nous embrocher !

– Sortir d'ici ? Mais c'est exactement ce qu'ils veulent, voyons !

Cardin fait un bond, puis arrive à s'introduire dans le conduit qui relie le poste de pilotage à la section arrière de l'appareil. En rampant, il se faufile jusqu'à la soute. La scène à laquelle il assiste en atteignant le compartiment le fige sur place : il voit Sigmund en train de frapper violemment l'un des chevaliers fulgurs à l'aide d'un marteau mjölnir. Son associé et ami s'acharne sur le pauvre homme ; il le frappe encore et encore, sans relâche, afin d'empêcher le chevalier de dégainer ses propres mjölnirs.

– Karl ! Mais arrête ! le supplie Cardin.

Sigmund porte un gant magique qu'il a subtilisé au deuxième chevalier fulgur, celui qui est déjà inconscient. Après avoir achevé le premier fulgur, il s'en prend au quatrième et dernier milicien, le seul encore vivant, et le martèle sauvagement à son tour, jusqu'à ce que l'homme s'effondre sur le sol.

Cardin n'arrive toujours pas à croire ce qu'il voit.

– Karl… mais qu'est-ce que tu as fait ?…

Les corps inanimés des quatre miliciens et des deux fulgurs sont allongés par terre, tout près de Sigmund. Ils sont tous morts, Cardin en est certain ; rares sont les humains qui ont survécu à un coup de mjölnir, encore moins à plusieurs. Car c'est bien avec des mjölnirs que ces hommes ont été tués. Leurs blessures ont été faites par des objets contondants, et non par des lames tranchantes d'épées fantômes. Ce ne sont pas les alters qui ont sévi de ce côté-ci de l'engin, c'est Sigmund. Il s'est servi du marteau mjölnir pour tuer tous leurs hommes.

– Mais qu'est-ce qui t'a pris, Karl ?...

La stupeur chez Cardin est vite remplacée par la colère :

– Pourquoi avoir fait ça ? Tu es devenu fou ou quoi ?

Sigmund se tourne alors vers lui en affichant un air satisfait. On le dirait légèrement essoufflé par ses récents efforts.

– Je ne suis pas Karl Sigmund, déclare-t-il entre deux profondes respirations. Je suis Kalev de Mannaheim, souverain du royaume des hommes. Tu me dois allégeance, mon cher ami. Désolé si j'ai fait un peu de nettoyage dans la soute, mais c'était nécessaire. Ah ! tu ne peux pas savoir à quel point ça fait du bien de reprendre les armes et de combattre ! s'exclame-t-il avec l'emphase de celui qui retrouve enfin le bonheur.

Toujours équipé de son gant magique et du marteau mjölnir, Sigmund-Kalev s'avance vers Cardin. Son air réjoui est vite remplacé par une expression beaucoup plus menaçante.

– Si tu es bien celui que tu prétends être, fait Cardin sur un ton du défi, pourquoi avoir tué les chevaliers fulgurs ? Ne sont-ils pas les protégés du dieu Thor qui est lui-même l'allié des humains ?

– Un imposteur s'est emparé du corps dans lequel je devais me réincarner, révèle Kalev après s'être immobilisé devant Cardin. J'ai bien tenté de l'expliquer aux deux fulgurs et à tes miliciens, un peu avant que nous aboutissions ici, mais ils ne m'ont pas cru, les idiots. Ça m'a permis de comprendre une chose : tant que je n'aurai pas récupéré le corps de Tom Razan, et que je n'aurai pas prouvé à tout le monde que je suis le véritable élu, les défenseurs de la prophétie voudront me réduire au silence, et peut-être même me tuer. Y compris les chevaliers fulgurs, qui ont uniquement le devoir de protéger les deux élus, et non Karl Sigmund.

Cardin approuve calmement de la tête.

– Alors, tu vas combattre seul les alters ? Je te souhaite bonne chance, mon vieux. Ils sont plusieurs à attendre là, dehors, et ils sont armés jusqu'aux dents. Leurs épées fantômes ont laissé pas mal de trous dans le poste de pilotage. Si tu veux mon avis, c'est une question de secondes avant qu'ils ne décident de sonder l'arrière du trépan. Selon moi, tu as deux options : soit tu restes ici et tu les laisses te transformer en brochette, soit tu quittes le trépan et tu te mesures à eux. Dans les deux cas, tu vas y laisser ta peau.

Sigmund fait mine de réfléchir, puis déclare :

– Parlant de peau… désolé de t'apprendre que la tienne ne vaut plus très chère !

Il lève alors son marteau et l'abat avec violence sur le crâne de son interlocuteur. Les yeux révulsés, Laurent Cardin fléchit les genoux et pousse un dernier râlement avant de s'effondrer sur le sol, mort.

– Tu as négligé une troisième option, mon cher ami, persifle Kalev en se servant de la voix, puis du rire de Karl Sigmund. Et si ce filou de Razan venait lui-même me sauver ?

16

Jason, Geri et leurs compagnons n'ont rencontré aucun alter durant leur traversée du niveau.

À leur grand étonnement, ils ont pu retourner à la foreuse mobile sans le moindre problème, sans avoir à engager ne serait-ce qu'un seul combat. Étant le pilote le plus expérimenté du groupe, Geri a pris les commandes du trépan. Il lui a fallu peu de temps pour mettre l'appareil en marche et lui faire quitter le niveau. Une fois de retour dans les profondeurs de la terre, le doberman n'a eu aucune difficulté à repérer le passage précédemment creusé par l'autre équipe, celle de Cardin. Avec un minimum de manœuvres, Geri est parvenu à réorienter le trépan vers l'ouverture du passage, puis à l'engager à l'intérieur de celui-ci. Ses compagnons et lui ont suivi la même route que Cardin et ses hommes avant eux. Après avoir visité chaque étage inférieur de la fosse, et constaté que l'équipe de Cardin ne s'y trouvait pas, ils ont décidé de poursuivre leur chemin jusqu'au niveau carcéral, conscients que de violents affrontements entre alters et sylphors s'y déroulaient sûrement.

– Le centre carcéral n'est plus qu'à cinq cents mètres devant, annonce soudain l'animalter après avoir consulté ses instruments de bord.

Étant donné que le passage était déjà creusé, la descente a été rapide.

– Combien de temps avant d'atteindre les coordonnées de sortie ? demande Jason.

Le jeune fulgur se trouve sur le siège du passager, tandis qu'Ael, Brutal et Noah sont tous les trois installés à l'arrière, dans la soute. Les deux écoutilles situées à chaque extrémité du conduit reliant le poste de pilotage à la soute ont été ouvertes, ce qui permet à chacun des passagers de voir et d'entendre ce qui se passe dans le compartiment opposé.

– J'ai été forcé de changer les coordonnées de sortie et de forer un nouveau passage, répond Geri. En conservant cette vitesse et ce nouvel angle, nous devrions atteindre la profondeur d'émersion dans un peu moins de cinq minutes.

– Pourquoi un nouveau passage ? l'interroge Jason.

– J'ai refait mes calculs, explique l'animalter, et je suis encore arrivé au même résultat : si nous avions continué dans la même voie souterraine, nous serions sortis de la paroi à une trop grande distance du sol.

Le jeune chevalier ne cache pas sa surprise :

– Mais c'est par là que sont passés Cardin et ses hommes, n'est-ce pas ?

Geri hésite un moment, puis finit par approuver :

– Ça m'en a tout l'air. S'ils ont effectivement conservé cet angle de vrille, alors il est fort probable que leur trépan a fait une chute de plusieurs mètres à sa sortie.

Jason secoue la tête, exprimant ainsi sa déception.

– C'est pas vrai…, souffle-t-il pour lui-même.

Le fulgur se tourne ensuite vers la soute afin d'informer les autres de la situation.

– Il faut se préparer au pire, leur annonce-t-il. Nos amis sont peut-être gravement blessés…

– Ou carrément morts, ajoute Ael sans afficher la moindre émotion.

– C'était nécessaire de le préciser ? fait Brutal, à ses côtés.

La jeune Walkyrie ignore la remarque de l'animalter et poursuit :

– Alors, quel est ton plan, cow-boy ?

Toujours installé sur son siège, à l'avant de l'appareil, Jason y va de ses recommandations :

– Ça grouille d'alters et de sylphors là en bas. Si par malchance Cardin et ses hommes se trouvent dans une situation critique, il est de notre devoir de les aider, et même de combattre à leurs côtés. Mais n'oublions pas que notre objectif premier est de retrouver Arielle et Razan. Ils sont tous les deux en possession des médaillons demi-lune. Nous devons absolument éviter que les alters ou les sylphors s'emparent de ces médaillons. Nous savons qu'Arielle est l'un des deux élus de la prophétie. Quant à savoir qui est le deuxième, nous n'avons malheureusement aucune certitude à ce sujet pour l'instant. Les astres se sont alignés, compagnons : il y a de fortes chances que la prophétie se réalise aujourd'hui. Les forces sylphors sont pratiquement décimées. Dès que les derniers elfes auront été abattus par les alters, il faudra que les deux élus réunissent enfin leurs médaillons demi-lune. La priorité est donc de mettre Arielle en sécurité, mais aussi de découvrir l'identité du second élu.

L'intervention de Noah était à prévoir :

– Je suis le second élu ! déclare-t-il d'un ton assuré. Je l'ai toujours été. Vous semblez tous oublier que je suis un Davidoff. Toute ma vie, j'ai pris soin d'Arielle, je l'ai protégée, en sachant qu'elle et moi étions promis à un grand destin et qu'un jour nous allions connaître l'amour… ensemble.

– Il n'y a qu'un seul élu mâle, rétorque Ael, et ce n'est pas toi. C'est Kalev de Mannaheim.

Brutal ne semble pas tout à fait d'accord. Une autre candidature lui paraît envisageable.

– Vous avez oublié quelqu'un, observe-t-il : Razan.

Cette annonce provoque non seulement le rire d'Ael, mais aussi celui de Noah.

– Tu ne peux pas être sérieux, fait Ael, étonnée par les propos de l'animalter.

– Tu crois vraiment que Razan pourrait être l'élu de la prophétie ? s'étonne Noah à son tour. Brutal, voyons, comment peux-tu dire une chose pareille ?

L'animalter répond par un haussement d'épaules, puis ajoute :

– Moi-même, je trouve cette hypothèse ridicule, et contre-indiquée, mais ça n'empêche pas que certaines personnes ont déjà affirmé que Razan était bel et bien le second élu. J'aimerais d'ailleurs que Noah... oh ! pardon... que *Nazar* clarifie un point pour moi.

Noah acquiesce, sans la moindre hésitation :

– Vas-y, je n'ai rien à cacher.

Brutal le remercie, puis enchaîne avec ses questions :

– Le signe des élus n'est-il pas une marque de naissance en forme de papillon ?

– C'est exact, confirme le garçon. Mais, en réalité, tous les alters en ont une et...

– C'est vrai, le coupe l'animalter. Mais celle des élus est blanche, contrairement à celle des alters qui est brune. J'ai raison ?

Noah fait oui de la tête, ce qui encourage Brutal à poursuivre, mais en s'adressant aux autres cette fois :

– Lorsque Arielle et moi étions prisonniers dans les cachots du manoir, Razan a déclaré une chose étrange : il a prétendu que la marque de naissance de Noah était blanche, mais seulement lorsqu'il prenait sa forme alter, c'est-à-dire lorsqu'il devenait Razan. C'est vrai ? demande-t-il en reportant son regard sur Noah.

– Attends une minute..., répond ce dernier.

Brutal n'a pas l'intention de le laisser se défiler.

– Oui ou non ? insiste-t-il sur un ton inquisiteur.

Noah ne répond pas. À vrai dire, il n'en a pas le temps, car la foreuse mobile atteint le niveau carcéral plus tôt que prévu.

– Accrochez-vous ! On y est ! lance Geri en resserrant sa prise sur les commandes de l'appareil.

Pas question de laisser la mèche du vilebrequin se coincer dans le roc ; Geri pousse donc les moteurs à fond pour permettre au trépan mobile de franchir les derniers mètres qui le séparent du niveau carcéral. En moins de quelques secondes, l'appareil émerge enfin des profondeurs de la terre et surgit brusquement dans la prison par l'une des parois latérales. Les commandos alters sont les plus surpris par cette irruption soudaine ; ils ne s'attendaient pas à ce qu'un deuxième trépan mobile parvienne à s'ouvrir un chemin jusque-là.

L'appareil piloté par Geri poursuit sa route jusqu'au centre de la grotte, là où se trouve le plus gros des troupes alters. La majorité des commandos alters parviennent à éviter le véhicule, mais une vingtaine d'entre eux sont tout de même happés au passage par la mèche du vilebrequin, qui tourne toujours avec autant de puissance. Dès qu'ils se retrouvent prisonniers des torsades, les commandos sont incapables de s'arracher au mouvement rotatif de la mèche et sont rapidement mis en lambeaux, au grand bonheur du dernier groupe de sylphors qui, depuis le poste de garde, résiste aux assauts répétés des alters.

Le trépan mobile finit par s'immobiliser dans le couloir central de la prison. Il est vite encerclé par les alters. Ceux-ci se divisent maintenant en trois groupes: le premier se trouve plus loin devant et se charge de combattre les derniers sylphors; le second groupe est composé des alters du centre, ceux qui se sont rassemblés autour de l'appareil piloté par Geri; quant au troisième et dernier groupe, il demeure à l'arrière, près du portail principal, à l'endroit où s'est écrasé le premier trépan après avoir fait une chute de plusieurs mètres. Les alters de ce groupe sont sur le qui-vive; du bout de leurs épées fantômes, ils tiennent un homme en respect. Ce dernier vient tout juste de s'extraire de la carcasse renversée du trépan. Il n'a aucune arme et ses mains sont levées, en signe de reddition.

– Qui est-ce? demande Ael en regardant par un hublot.

– Ça m'a tout l'air d'être Karl Sigmund, répond Jason, qui a quitté le poste de pilotage pour la soute. C'est un ami de Laurent Cardin.

Après un bref silence, il ajoute:

– Ce qui m'inquiète, c'est qu'il est seul.

– Pas étonnant, intervient Brutal, le museau collé contre un autre hublot. Vous avez vu à quoi ressemble leur trépan? Je n'arrive pas à différencier l'avant de l'arrière, tellement il est amoché!

17

Sitôt après s'être débarrassé du gant magique et du marteau mjölnir, outils qui lui ont servi à assassiner froidement ses compagnons de voyage, Kalev s'est mis à la recherche d'une issue lui permettant enfin de quitter le trépan mobile.

Par chance, il est tombé rapidement sur le sas arrière de la soute. Même s'il avait subi d'importants dommages, le panneau de contrôle semblait toujours fonctionner. Le prince était parvenu ainsi à libérer la première porte du compartiment. Quant à la deuxième, celle qui se trouvait de l'autre côté du sas et qui donnait sur l'extérieur, elle ne s'ouvrait qu'à moitié. Kalev avait réussi néanmoins à pénétrer dans le compartiment exigu, puis, après s'être livré à une série de contorsions, était arrivé à se hisser hors de l'engin. Dès sa sortie, il s'attendait à faire face aux alters. Ils étaient bel et bien là, quelques mètres plus bas, au pied de la carcasse du trépan.

Une douzaine de commandos, tous équipés d'épées fantômes. Le jeune homme ne s'en faisait pas outre mesure ; de toute manière, il n'avait pas l'intention de leur résister.

C'est donc sous l'identité de l'homme d'affaires Karl Sigmund que le prince Kalev de Mannaheim se présente aux alters.

– Rien à faire de qui tu es ! rétorque un commando.

– Descends de là ! lui ordonne un autre.

Le niveau carcéral subit alors une violente secousse, au point que Kalev, en haut de son trépan, en perd presque l'équilibre. La secousse est suivie d'un puissant bruit, qui ressemble à celui d'un effondrement. Le fracas se répercute dans toute la grotte, attirant l'attention des alters comme des sylphors. D'instinct, Kalev et les alters se tournent vers l'endroit d'où il provient et constatent qu'un engin identique à celui sur lequel se tient Kalev vient de faire son apparition dans la grotte, entraînant avec lui une partie de la paroi rocheuse. Comme son jumeau, l'appareil est muni de chenilles et d'un immense foret à l'avant, ce qui lui a permis de se creuser un passage souterrain jusqu'au niveau carcéral. Dès qu'il émerge de la cavité, il fonce droit devant, vers l'allée principale. Dans sa course folle, l'engin met en pièces les commandos qui se trouvent sur son trajet, puis s'arrête finalement au centre du couloir, où il est immédiatement pris d'assaut par d'autres troupes alters.

Les commandos qui assiègent toujours les restes du premier trépan commencent à s'énerver.

Kalev le réalise bien vite et s'empresse de descendre de l'appareil, comme on le lui a ordonné plus tôt. Il présente ses mains vides aux commandos, pour bien leur montrer qu'il n'a aucune arme, et donc aucune intention de se défendre. Il espère que cela les calmera. Le prince s'avance lentement, mais avec confiance. Il baisse légèrement la tête, tout en souriant aux commandos. Son but : leur prouver encore une fois qu'ils n'ont rien à craindre de lui, qu'il ne leur causera aucun problème.

– On dirait que vous vous êtes bien amusés, les gars, lance-t-il, en s'assurant de toujours garder les mains bien haut, à la vue de tous. Vous avez transformé notre engin en véritable passoire. Efficace cette technique de « l'estocade à l'épée fantôme ». Si, si, je vous assure ! Tellement efficace que vous avez réussi à tuer tous les hommes qui se trouvaient à l'intérieur. Tous sauf moi. *Olé !* C'est pas rien. Allez vérifier de vos propres yeux si vous le souhaitez, mais je vous préviens : ils ne sont pas très beaux à voir, mes copains.

Les commandos alters n'ont aucune envie de rire. Ils agrippent solidement Kalev et, d'une poussée, le projette au sol. L'homme atterrit face contre terre, au centre de leur groupe.

– On ne fait pas de prisonnier aujourd'hui, l'informe un alter.

Tous ensemble, les commandos rengainent leurs épées fantômes et prennent leurs kalachnikovs.

– Vous comptez me trouer la peau, c'est bien ça ? leur demande Kalev. Je préférerais, et de loin, une mise à mort, disons, plus honorable. Que diriez-vous d'un duel? Mais, pour ça, il me faudrait une épée.

Les commandos alters demeurent silencieux. Ils n'ont que faire des divagations de cet homme. Après avoir retiré le verrou de sûreté et ajusté le levier d'armement en position automatique, les alters appuient la crosse de leur arme contre leur épaule et adopte une position de tir. Les canons des kalachnikovs s'abaissent alors de façon simultanée, afin de mettre en joue la seule et unique cible : le petit homme faible et fragile qui se trouve prisonnier au centre du cercle formé par les commandos.

L'un des alters donne le signal aux autres. Ils s'apprêtent à appuyer sur la détente de leur arme lorsqu'un maelström intraterrestre apparaît sur la paroi rocheuse la plus proche de leur groupe. Puisqu'il se matérialise sur le mur, le vortex se forme à la verticale et non à l'horizontale. Kalev savait la chose possible, mais n'avait jamais pu l'observer auparavant. *Voilà mes sauveurs*, se dit-il. *C'était moins une.* Tout comme les alters, le jeune prince fixe un regard étonné sur la sortie tourbillonnante du maelström.

Une fraction de seconde plus tard, deux silhouettes surgissent du vortex, mais beaucoup trop rapidement pour que l'on puisse voir de qui il s'agit. Armées d'épées fantômes, elles engagent immédiatement le combat avec les alters. L'un d'eux est un guerrier berserk, Kalev en est convaincu. « *Tu reconnaîtras le berserk dès l'instant où tu le verras*, répète la voix de Thor dans son esprit. *Laisse-le te secourir avant de détruire son âme et de t'approprier son corps, tel que prévu.* » Le prince peut sentir la rage qui anime le cœur du berserk, cette rage qui menace à tout moment d'éclore et de procurer une puissance sans égale au guerrier, mais qui, en revanche, gruge un peu plus de son énergie vitale à chaque manifestation et qui le conduira peut-être un jour à la mort. *Mort de haine...*, songe Kalev tout en observant le combat avec intérêt, mais sans y participer. *Ce berserk, ce ne peut être que Razan. Razan...*, se répète-t-il en serrant les poings. *Cette espèce de... de résidu de mémoire qui m'a impunément volé mon corps!* Tout en observant l'objet de sa rancœur combattre les alters pour lui, Kalev se demande comment un simple fragment de sa personnalité, fabriqué à partir de ses propres souvenirs, peut s'être transformé en un individu à la fois aussi complet et aussi autonome? *Certains dieux sont contre moi*, en déduit-il. *C'est la seule explication possible.*

Réalisant que leurs armes à feu ne sont pas assez efficaces pour combattre des êtres aussi puissants et habiles qu'Arielle et Razan, les commandos alters modifient leur stratégie et décident d'échanger leurs kalachnikovs contre leurs épées fantômes; ce sera la seule façon de rivaliser avec leurs jeunes ennemis. Mais cette manœuvre est une erreur, car les quelques secondes nécessaires à cette substitution d'armes donnent l'avantage à Arielle et à Razan: plusieurs alters n'arrivant pas à dégainer à temps leurs épées fantômes, les deux jeunes gens en profitent pour augmenter le rythme et la violence de leurs assauts, et parviennent ainsi à se débarrasser aisément de la moitié de leurs adversaires. Alors qu'ils engagent le combat avec les six derniers commandos – qui, pour leur part, ont enfin réussi à tirer leurs armes hors de leurs fourreaux –, une voix s'adresse à Kalev, la même qui lui a parlé plus tôt et qui l'a dépossédé de tous les souvenirs appartenant à Razan, cette nouvelle personnalité qui s'est dissociée de lui : « *Thor a prédit l'arrivée d'un sauveur, d'un guerrier berserk qui viendrait pour te sauver. Ce guerrier, il est arrivé. Je le sais, car je l'ai moi-même envoyé vers toi. Pour se sauver lui-même, il doit tout d'abord t'éviter la mort. Son éventuel salut repose sur ta survie. Mais sache qu'un jour ce guerrier reconnaîtra l'usurpateur en toi et le détruira.* » Les propos de ce dieu inconnu n'inquiètent pas le prince outre mesure. Il se sent plus fort que toutes ces prédictions. Après tout, ne bénéficie-t-il pas de l'appui de plusieurs dieux influents au sein du conseil des Ases ? Jamais Thor ne laissera qui que ce soit faire du mal à Kalev de Mannaheim, le futur roi des hommes. Fort de cette certitude, Kalev se relève lentement, puis s'éloigne des alters ainsi que d'Arielle et de Razan. Les deux adolescents viendront bientôt à bout des derniers alters, qui ne sont plus que trois à présent. Entre deux assauts, Razan s'offre même le luxe de jeter un coup d'œil en direction de Kalev. Celui-ci a une forte envie de lui faire une grimace pour lui exprimer son mépris, mais il se rappelle qu'il doit conserver l'anonymat et, surtout, éviter de se trahir lui-même. Arielle et Razan ignorent que Kalev se cache dans le corps de Karl Sigmund. Tant qu'ils croiront tous les deux qu'ils ont affaire à Sigmund et non à Kalev, il ne court aucun risque. Mieux encore : ces deux imbéciles le laisseront même s'approcher d'eux. *Au moment venu*, se réjouit intérieurement Kalev, *je tuerai cet idiot de Razan et récupérerai enfin mon corps. Mais, pour cela, il me faudra l'éloigner de son médaillon.*

L'un des officiers alters commandant les troupes regroupées autour du second trépan, celui de Geri, Jason et des autres, réalise soudain que les hommes chargés de surveiller la carcasse du premier engin sont aux prises avec deux redoutables adversaires, une fille et un garçon, qui sont à la fois puissants, habiles et ingénieux. L'officier ordonne alors à l'un des détachements d'alters d'aller au secours de leurs collègues. « À vos ordres, lieutenant ! » lancent-ils en chœur avant de se précipiter en direction de l'endroit désigné par leur supérieur.

– Mais qui sont ces gens-là ? demande un alter en parlant du couple de combattants qui continuent de bouger et de se déplacer avec une rapidité surnaturelle.

Les membres du détachement foncent bille en tête, vers l'endroit où s'est écrasé le trépan. Quelques-uns parmi eux choisissent de s'y rendre par la voie des airs et exécutent un bond de plusieurs mètres, espérant ainsi franchir plus rapidement la distance qui les sépare de ceux qui s'en sont pris à leurs frères d'armes.

– Ils ne ressemblent pas à des sylphors pourtant, observe l'un de ceux qui courent. Mais qui sont-ils alors ?

– Trop forts pour être des humains, répond un autre. Tu as vu ? Ils sont vêtus comme des alters !

– Je reconnais la fille, affirme un troisième. C'est Arielle Queen. Et l'autre, le gars, c'est Razan, l'alter de Noah Davidoff.

– Razan ? Tu veux dire le copain de Nomis ? Le capitaine de Loki ?

– C'est un renégat maintenant. Au lieu de se livrer à ses maîtres et de mourir en digne combattant, il a choisi de rejoindre les rangs de l'ennemi.

– Sale lâche ! On va lui faire sa fête !

– Ouais ! Débarrassons-nous enfin de Razan et de cette garce d'élue !

– Et si ce vaurien de Razan était le second élu ? Vous y avez pensé ?

– Impossible !

– Ridicule !

– D'accord, mais supposons tout de même que ce soient les deux élus qui se trouvent là-bas ! Il est alors possible qu'ils portent sur eux leurs foutus médaillons demi-lune, pas vrai ? Imaginez qu'ils parviennent à les réunir : nous serions tous expédiés *presto* dans l'Helheim, les gars !

– Raison de plus pour les éliminer rapidement.

18

Razan et Arielle forment une équipe du tonnerre; à les voir se couvrir l'un et l'autre, après chacune de leurs attaques respectives, on peut facilement croire qu'ils combattent ensemble depuis toujours.

Razan s'assure de demeurer en permanence auprès d'Arielle. Pas question pour lui de s'éloigner d'elle, comme il l'aurait fait auparavant, afin de se porter au-devant de ses adversaires. Les enjeux sont beaucoup trop importants pour se laisser aller à une bête témérité. Sans y renoncer complètement, le jeune homme juge que son habituelle audace et son goût du risque n'ont pas leur place aujourd'hui. *Je m'assagis, on dirait,* songe-t-il avec amusement.

Depuis leur sortie du maelström, les deux adolescents sont parvenus à éliminer la majorité du groupe d'alters sur lesquels ils sont tombés. Alors qu'il achève l'un des derniers commandos alters d'un habile coup de lame, Razan repense à ce que lui a dit Tyr avant qu'Arielle et lui ne sautent dans le vortex : « *Vous pouvez donc utiliser ce maelström sans la moindre crainte,* a promis le dieu. *Je compte bien m'assurer qu'il vous transportera en toute sécurité vers un endroit qui se trouve un peu plus loin… sur le chemin.* »

– Y a pas à dire, il est sécuritaire, ton chemin, ronchonne Razan en aidant Arielle à se débarrasser du dernier alter. Tu nous as bien eus, Tyr.

« *Les plus belles routes sont parfois semées des plus grandes embûches* », affirme le dieu dans l'esprit de Razan.

– C'est ça, ouais, rétorque Razan sur un ton amer.

– Qu'est-ce que tu as dit ? lui demande Arielle.

– Oh, rien d'important, ma belle.

Débarrassés des alters, les jeunes gens se tournent alors vers la seule autre personne qui, comme eux, tient encore sur ses jambes. Ce n'est pas un alter ; plutôt un humain. Apparemment, l'intervention soudaine d'Arielle et de Razan a contribué à le sauver d'une mort imminente. Pourquoi les alters souhaitaient-ils s'en prendre à lui ? Un homme seul ne représente aucune menace pour un groupe d'alters. On voit tout de suite que ce n'est pas un sylphor, pas plus qu'un chevalier fulgur, et il ne porte pas l'uniforme de l'armée, ni celui des mercenaires de Laurent Cardin. Qui est-il alors ?

– Mon nom est Sigmund, leur révèle enfin l'homme. Karl Sigmund. Je suis… euh… *j'étais* un ami de Laurent Cardin et de ses mercenaires. Nous sommes venus à bord de ce trépan, ajoute-t-il en leur indiquant la carcasse de l'engin. Il y avait aussi des chevaliers fulgurs avec nous. Je suis... en fait, je suis le seul survivant.

L'homme n'ose s'avancer ; il demeure à l'écart, comme s'il craignait de se rapprocher d'Arielle et de Razan. Ces derniers ont à peine le temps d'ouvrir la bouche pour lui demander ce qu'il fait là qu'un nouveau groupe d'alters venu des airs se pose autour d'eux. Une dizaine de commandos cette fois-ci, déjà armés d'épées fantômes.

– Encore ?! lance Razan, exaspéré. Mais ils viennent d'où, ceux-là ?

Arielle et Razan se voient forcés de brandir de nouveau leurs épées fantômes.

– Nous nous trouvons au niveau carcéral, explique Arielle. Ça grouille d'alters ici, il y en a partout. On ne pourra pas tous les affronter.

– Tu parles, ma chérie !

Les alters sont bientôt rejoints par une seconde équipe de commandos, qui se rallient immédiatement à eux. Les deux adolescents sont maintenant entourés par une vingtaine d'alters, peut-être même davantage.

– Ça risque d'être un peu moins rigolo cette fois, déclare Razan.

Soudain, Arielle entend un sifflement qui provient de plus loin en avant. Elle jette un coup d'œil dans cette direction et aperçoit un autre trépan au centre du couloir principal. Il est abîmé, mais pas autant que celui qui se trouve près d'eux. Autour de ce second engin, parmi un éparpillement de débris rocheux, sont regroupés des centaines d'alters. Ils ont tous le même air concentré, et on les dirait à l'affût d'une quelconque menace. Leurs armes à feu sont toutes pointées vers le trépan mobile. Pas une seconde, ils ne quittent l'engin des yeux. L'élue perçoit un autre sifflement, puis son regard est attiré par le mouvement d'une main, à l'arrière de l'appareil, qui balaie l'espace. De toute évidence, on lui fait signe. Malgré la distance, Arielle remarque que la main n'est pas humaine : elle est recouverte de poils. Du poil gris. Elle appartient à Brutal, et la jeune fille en a rapidement la confirmation lorsqu'elle incline son regard qui tombe sur les traits familiers de son animalter. Le corps de Brutal est à demi sorti du trépan, et les signes qu'il adresse à sa maîtresse visent à lui faire comprendre quelque chose : « Ne restez pas là ! Venez par ici ! » Dès qu'il s'est assuré qu'Arielle a bien saisi le message, le chat animalter s'empresse de réintégrer le trépan. La porte qui lui donnait accès à l'extérieur – on dirait celle d'un sas – se referme aussitôt derrière lui, tout juste avant que la partie arrière de l'appareil ne soit arrosée de plusieurs salves de pistolets-mitrailleurs, gracieuseté des alters. Grâce au revêtement blindé, les balles ricochent sur la surface du trépan pour revenir vers les alters, blessant plusieurs d'entre eux au passage. Les projectiles d'armes à feu sont inefficaces contre ce genre de blindage. Comme ceux qui ont attaqué le premier engin, ces alters devront trouver autre chose pour obliger les occupants du trépan à en sortir.

– Razan, il faut dégager d'ici ! lance Arielle en voyant que les alters réunis autour du deuxième trépan dégainent leurs épées fantômes.

Elle devine très bien ce qu'ils ont l'intention de faire. Comprenant que leurs balles sont incapables de transpercer le revêtement blindé du trépan, ils ont décidé d'utiliser un autre moyen : leurs lames fantômes. Celles-ci traverseront sans difficulté l'épais blindage et peut-être réussiront-elles à blesser ou même tuer les passagers du trépan mobile.

– Rendons-nous là-bas, ajoute la jeune fille en désignant le centre du couloir principal.

Razan ne peut pas croire qu'elle lui demande une chose pareille.

– Hein ? Mais tu es folle ? Y a au moins dix fois plus d'alters là-bas qu'ici !

– Ferme-la et suis-moi ! rétorque Arielle en fléchissant les genoux.

L'instant d'après, elle s'élance dans les airs et fait un saut d'au moins cent mètres qui la conduit directement sur le toit du deuxième trépan. Razan découvre l'appareil à son tour, puis secoue la tête, impressionné, mais aussi exaspéré par l'audace de sa compagne.

– Les filles..., râle-t-il pour lui-même.

Razan suit chacun des déplacements d'Arielle, ce qui le distrait pendant un bref moment des alters. Il réalise bientôt que leur cercle commence à se resserrer dangereusement autour de lui.

– Désolé, les gars, leur dit-il, mais je ne peux plus jouer. La patronne a sifflé, je dois obéir.

Comprenant qu'il s'apprête à leur fausser compagnie, les alters se précipitent sur lui, épées devant, mais il ne leur laisse pas le temps d'atteindre leur cible : il exécute un saut périlleux arrière qui le sort du cercle d'alters et l'amène à côté de Sigmund. Après avoir solidement agrippé l'homme, Razan bondit à son tour vers le trépan, abandonnant ses adversaires hébétés derrière lui.

Mais les alters ne baissent pas les bras : après s'être consultés du regard, ils s'élancent eux aussi et franchissent la distance qui les sépare du second trépan, qui est devenu le centre de toute l'action, et qui se situe lui-même au centre du niveau carcéral. À présent, c'est là que tout se déroule, que toutes les forces sont regroupées. D'une largeur d'environ quarante-cinq mètres sur une longueur d'à peu près un kilomètre, le couloir couvre presque tout l'espace du rez-de-chaussée. Au-dessus de lui, fixés aux parois de la grotte, s'élèvent les différents paliers du centre carcéral. Sur chacun de ces paliers s'alignent des rangées de portes en métal rouillé, qui donnent sur de minuscules cellules, humides et froides, où sont gardées, parfois depuis plusieurs siècles, des créatures de toute race, de tout genre et de tout âge qui ont eu le malheur de tomber un jour entre les mains des sylphors. C'est dans l'une de ces cellules que Jason Thorn a croupi pendant plus de soixante ans. Sans les pouvoirs et l'amour de la Walkyrie Bryni, jamais il n'aurait survécu aussi longtemps dans la fosse, du moins pas dans ce genre de conditions. Il est possible que son corps ait réussi à traverser les années, mais pas son esprit qui aurait fini, un jour ou l'autre, par succomber à la folie pour ensuite s'éteindre en même temps que son âme. Les prisonniers qui ont abouti à la fosse, sont morts dans la fosse Une fois confinés dans leur cellule, jamais plus on ne les a revus. C'est ce qui a valu à la fosse d'Orfraie son qualificatif de « nécrophage ». Depuis toujours, la fosse s'est nourrie de la chair meurtrie de ses victimes, mais aussi de leur esprit brisé.

– Je n'ai rien perdu de ma force ni de mon agilité, on dirait ! observe Razan en atterrissant, lui aussi, sur le toit du trépan avec son passager.

Arielle se trouve tout près d'eux. Razan pousse Sigmund dans sa direction.

– Tiens, un humain que tu as oublié de sauver ! lui dit-il.

Autour d'eux, et à partir de la base de l'appareil, s'étend un océan d'alters, tous armés d'épées fantômes.

– C'est ce qui s'appelle se jeter dans la gueule du loup ! fait remarquer Razan. Non mais, pourquoi je t'ai suivie jusqu'ici, hein ?

Les alters paraissent impatients de se débarrasser des nouveaux arrivants. Ils avaient prévu de s'en prendre au trépan mobile pour forcer ses occupants à quitter sa relative sécurité, mais apparemment ils doivent remettre leur plan à plus tard. Avant tout, il leur faut régler ce nouvel imprévu.

Voyant que certains alters ont déjà commencé à grimper sur l'appareil, Arielle décide d'agir, mais ne trouve rien d'autre à faire que de rengainer son épée fantôme et de s'avancer vers la masse rugissante d'alters, au grand désespoir de Razan.

– Manquait plus que ça..., grogne-t-il. Mais qu'est-ce que tu fabriques, princesse ?

Il lui attrape le bras pour l'obliger à reculer, mais elle s'arrache à son étreinte.

– Viens ! lui dit-elle. Et fais comme moi !

– Ils vont nous lyncher, Arielle !

– Fais comme moi et tout ira bien.

19

Une fois au bord du trépan, Arielle prend son médaillon demi-lune entre ses doigts et le présente à la foule d'alters.

Ceux-ci se sont massés devant le trépan comme un public déchaîné devant la scène d'un spectacle rock. Razan comprend soudain où sa compagne veut en venir. Il s'empresse alors de ranger son arme et de venir se placer à ses côtés. Exactement comme Arielle avant lui, il prend son médaillon demi-lune, qui pend toujours sur sa poitrine, et l'exhibe fièrement. Dès qu'ils aperçoivent les médaillons, les alters se figent. Certains d'entre eux ont même un mouvement de recul. Ceux qui escaladaient le trépan abandonnent leur ascension et se laissent retomber sur le sol. Bien que tous les alters aient déjà entendu parler des deux médaillons demi-lune, la plupart d'entre eux les voient pour la première fois de leur vie. Pour ceux qui ont déjà eu la chance de les contempler, c'est aussi jour de première, car ils ne se souviennent pas les avoir jamais vus aussi près l'un de l'autre, et ce n'est pas pour les rassurer. Les alters saisissent rapidement le message de l'élue, car il est on ne peut plus clair : s'ils ne mettent pas fin à leur progression et qu'ils ne s'éloignent pas du trépan, la fille et le garçon réuniront leurs médaillons demi-lune, et ce sera la fin des alters. Depuis sa découverte, la prophétie d'Amon annonce l'extermination de la race.

– Éloignez-vous ! commande Arielle sur le toit du trépan. Et rangez vos armes ! Sinon les deux élus de la prophétie réuniront enfin leurs médaillons demi-lune !

Le pire cauchemar des alters est sur le point de se réaliser et, à voir le regard décidé des deux jeunes gens, il ne subsiste aucun doute dans leur esprit : ils n'hésiteront pas un seul instant à mettre leur menace à exécution.

– Pourquoi ne pas le faire tout de suite, hein ? leur demande un Sigmund nerveux. Vous pourriez en finir une bonne fois pour toutes, non ?

Razan incline légèrement la tête, en direction de l'homme.

– Pas si fort, Karlos..., murmure-t-il par-dessus son épaule. Ils sont excités, là, en bas. La raison pour laquelle on ne peut pas les anéantir tout de suite, c'est que nous avons encore besoin d'eux... pour zigouiller les derniers sylphors. *Capice ?*

Arielle demeure bien droite sur le toit du trépan et fixe la foule d'alters d'un regard implacable.

– RECULEZ ! crie-t-elle.

La démonstration a l'effet escompté : les alters ont abaissé leurs armes et se montrent beaucoup moins menaçants. Ils fixent les pendentifs avec crainte et méfiance, puis s'écartent du trépan mobile, mais pas assez rapidement au goût d'Arielle.

– Je vous donne cinq secondes pour libérer l'espace autour de l'engin !

– Et qui nous dit que ce sont les vrais médaillons demi-lune, hein ? lance un alter dans la foule.

– Tu veux qu'on vérifie tout de suite, mon pote ? rétorque Razan en rapprochant un peu plus son médaillon de celui d'Arielle.

– Non, non, ça va ! s'exclame un autre alter (un gradé, apparemment). Vous avez entendu la demoiselle : reculez, les gars ! Allez ! Reculez, c'est un ordre !

Les alters obéissent sur-le-champ et reculent de plusieurs mètres, élargissant la zone déjà déserte qui entoure l'appareil. Cela permet à Brutal de rouvrir le sas du trépan et de s'extraire de nouveau de l'engin. Mais, cette fois, c'est son corps tout entier qui surgit de l'ouverture.

– Bien joué, maîtresse ! lance-t-il à Arielle lorsqu'il l'aperçoit sur le toit du trépan en compagnie de Razan et d'un autre homme qu'il ne connaît pas.

La jeune élue note que Brutal n'est pas le seul à quitter le trépan mobile. Le suivant est Geri. Arielle est heureuse de revoir sa bouille grincheuse mais sympathique. Après le doberman animalter viennent Jason Thorn et… Tomasse Thornando qui, d'après Razan, n'est plus Tomasse Thornando, mais bien Noah Davidoff. Toujours au dire de Razan, Noah se fait maintenant appeler Nazar et prétend être le véritable roi de Midgard. *Noah,* mon *Noah, le roi de Midgard?* songe Arielle. *Est-ce réellement possible?*

La dernière à évacuer le trépan est Ael. Razan avait raison: elle est bien de retour parmi les vivants, et sa stature athlétique la rend encore plus belle et plus gracieuse qu'auparavant. Du haut du trépan, Arielle se sent soudain moins jolie. *Incroyable!* rage-t-elle intérieurement. *J'arrive à voler et à découper des démons en morceaux, mais je suis incapable de me débarrasser du foutu complexe d'infériorité que j'ai face à cette... cette greluche! Grrr!*

– Salut, l'orangeade! lance Ael. Eh oui! je suis de retour... et plus vivante que jamais! Heureuse de voir que tu as mis de côté tes instincts primaires pour reprendre un semblant d'humanité, ajoute-t-elle en faisant allusion à l'état dans lequel la jeune élue se trouvait un peu plus tôt.

Arielle lui accorde à peine un coup d'œil.

– Alors, tu as trouvé une façon de nous tirer d'ici? demande Jason.

– Pas encore, répond Razan à la place d'Arielle. Mais ça va venir. En tout cas, je l'espère.

– Tout va bien, Vénus? demande soudain Noah avec la voix de Thornando, mais sans son accent espagnol.

Arielle ne répond pas tout de suite. Noah l'a appelée Vénus et ça l'a mise mal à l'aise. Elle est troublée, car ce surnom lui rappelle de nombreux souvenirs, agréables pour la plupart. La jeune fille se remémore les fois où Noah lui a sauvé la vie, et cela fait naître en elle un sentiment de culpabilité. Ce garçon s'est si bien occupé d'elle par le passé. À plusieurs reprises, il l'a protégée et défendue contre ceux qui lui voulaient du mal. Pourquoi alors l'a-t-elle délaissé au profit de Razan ? *Ce n'est pas ta faute, ma vieille,* se dit-elle, essayant de se convaincre. *Ce sont les événements qui ont causé cette situation. Depuis quelque temps, tu côtoies plus souvent Razan que Noah, voilà tout.* Et la cicatrice? Elle oublie la cicatrice. D'après Razan, c'est elle-même qui aurait blessé Noah. Mais pourquoi ? Pour se protéger de lui ? Arielle ne s'en souvient pas. Apparemment, Noah lui aurait fait oublier cette bagarre en l'embrassant, le soir de son anniversaire. Mais Noah a prétendu plus tard que c'était faux, que Razan avait menti. Qui a raison alors ? Razan ou Noah ? Pour décider, il lui faudrait savoir lequel des deux garçons est le plus digne de confiance.

– Ça peut aller, répond finalement Arielle. Et toi, il paraît que tu te fais appeler Nazar maintenant ? C'est vrai ?

Elle regrette immédiatement de s'être adressée à Noah de cette façon. *Qu'est-ce qui t'arrive, hein ? Pourquoi avoir pris ce ton de défi ? Noah mérite mieux que cela. En tout cas, il ne mérite pas ta méfiance, et encore moins ton mépris !*

Noah approuve de la tête.

– Oui, c'est vrai, avoue-t-il, je l'exige de tous les autres, mais pas de toi.

Razan s'impatiente :

– Désolé d'interrompre vos retrouvailles, les tourtereaux, mais que diriez-vous d'y aller par ordre de priorité et de remettre ce brin de causette à plus tard ?

Brutal ne peut s'empêcher de rire.

– Le fier capitaine Razan serait-il jaloux par hasard ?

– La ferme, boule de poils !

Arielle et Razan tiennent toujours les troupes alters à distance grâce à leurs deux médaillons.

– Razan a raison, intervient Jason. Il faut trouver une façon de sortir d'ici. On ne peut pas rester là éternellement.

– Vous voyez toujours des sylphors près du poste de garde ? demande Arielle.

Après s'être retourné et avoir examiné la zone entourant le poste de garde, Brutal répond à sa maîtresse :

– Il n'y a plus personne là-bas. Les sylphors se sont probablement réfugiés au dernier niveau de la fosse, celui de l'Evathfell.

– Et les alters qui les affrontaient ? lance encore l'élue.

– À mon avis, fait Jason Thorn, les alters ont suivi les elfes jusqu'à leur dernier retranchement.

Après un moment de réflexion, Arielle déclare :

– D'accord. C'est là-bas que nous irons aussi !

– Génial..., grogne Razan à ses côtés. Au lieu de remonter, on s'enfonce !

20

Se servant du trépan mobile comme tribune, Arielle s'adresse aux centaines d'alters qui sont massés devant elle.

Ils sont attentifs, mais n'attendent qu'une erreur de la part de la jeune élue pour donner l'assaut; une attaque prompte et dévastatrice, prévoient déjà plusieurs.

– Mes compagnons et moi, nous allons nous diriger vers le poste de garde, leur explique-t-elle, du haut du trépan.

Arielle parle lentement et fait de grands gestes pour que les alters – même ceux qui se trouvent plus loin derrière – comprennent bien ce qu'elle a l'intention de faire et ne réagissent pas de façon stupide. Cela ne l'empêche pas de toujours tenir le médaillon demi-lune dans sa main, et de le garder bien haut afin qu'il demeure visible, mais, surtout, qu'il conserve son caractère menaçant.

– Je vous le répète: nous n'hésiterons pas à réunir ces médaillons si nous sentons, ne serait-ce qu'un seul instant, que nos vies et celles de nos compagnons sont en danger.

Lorsqu'elle fait son premier pas vers l'arrière, Arielle invite Razan et Sigmund à faire de même. Ces derniers acquiescent en silence et suivent chacun de ses déplacements jusqu'à ce que tous trois aient enfin quitté le toit du trépan mobile. Arielle et Razan opèrent de la même façon lorsque vient le moment de se déplacer vers le poste de garde. Précédés de leurs compagnons, ils reculent ensemble, à la même cadence. En tout temps, les médaillons demi-lune restent à proximité l'un de l'autre, ce qui dissuade les commandos alters de tenter quoi que ce soit pour empêcher la retraite lente, mais assurée, de leurs adversaires. Même si elles brûlent d'envie d'en finir avec cette petite prétentieuse d'élue et ses compagnons, les troupes alters devront ronger leur frein encore un moment, semble-t-il.

Jason, Ael et Geri arrivent les premiers au poste de garde. La porte blindée est ouverte. Armes en main, ils entrent dans la pièce pour vérifier si l'endroit est bien désert. Pendant que le fulgur se dirige vers le panneau de contrôle des cellules, Ael et Geri foncent droit vers le monte-charge afin de s'assurer qu'il fonctionne toujours. Pas de chance: le monte-charge n'est plus là; sans doute a-t-il été utilisé par les sylphors, et ensuite par leurs poursuivants alters, pour descendre au dernier niveau de la fosse. Utilisant les commandes électriques, Ael essaie de faire remonter le chariot de l'élévateur, mais rien ne se passe.

– Les commandes sont probablement endommagées, déclare Geri en s'approchant d'elle, mais ce n'est pas grave, on pourra tout de même rejoindre l'Evathfell.

Tous deux se tiennent au-dessus du puits qui permet à l'élévateur de circuler entre les deux étages.

– Regarde, dit l'animalter en indiquant le fond du puits, le monte-charge est bien là, tout en bas. Et cette lueur de forme rectangulaire qui se trouve à la même hauteur, c'est l'entrée du dernier niveau. Heureusement pour nous, elle est toujours accessible. Pour atteindre cette ouverture, il nous suffira de sauter dans le puits et d'atterrir sur la plate-forme du monte-charge.

La jeune Walkyrie n'est pas convaincue.

– Il y a au moins quinze mètres qui séparent le niveau carcéral de ce niveau, observe-t-elle, les yeux toujours plongés dans les profondeurs de la cavité. Je ne suis pas certaine que tout le monde y arrivera.

– Tu parles de Jason, de Noah et de Karl Sigmund ? demande l'animalter. Ils devront sauter, eux aussi. On les aidera, s'il le faut. De toute manière, il n'y a pas d'autres issues : c'est le grand saut ou la mort.

– Ou bien les deux, ajoute Ael.

Brutal, Noah et Sigmund pénètrent à leur tour dans le poste de garde. Ils sont suivis de peu par Arielle et Razan. Ceux-ci entrent à reculons de façon à toujours faire face aux troupes alters qui suivent attentivement leur progression depuis le couloir du centre carcéral.

– Dépêchez-vous de rejoindre le dernier niveau ! leur conseille Razan. Les médaillons sont bien jolis, mais ils ne retiendront plus les alters très longtemps, surtout depuis qu'ils ont quitté leur champ de vision.

Du coin de l'œil, Arielle aperçoit Jason Thorn qui se trouve seul dans un coin de la pièce. Le jeune fulgur est debout devant le panneau de contrôle des cellules. Il appuie sur la toute dernière rangée de boutons du panneau, puis se tourne vers les autres.

– J'ai déverrouillé les cellules, leur annonce-t-il.

– *Toutes* les cellules ? fait Noah.

– Mais tu es complètement fou ! s'insurge Geri. Il y a des centaines d'alters enfermés là-dedans !

Jason approuve :

– Exact, mais ces cellules contiennent également des elfes de lumière ainsi que des dizaines de prisonniers humains. Pas question de les laisser pourrir ici. Et si j'ai bien compris, les alters que je viens de délivrer seront eux aussi éliminés quand les deux élus réuniront leurs médaillons.

– C'est fort possible, en effet, rétorque Razan. Mais seulement si cette foutue prophétie se réalise aujourd'hui. Et si rien ne se produisait, hein ? Tu y as pensé, Lucky Luke ?

Brutal pousse un soupir :

– Il était une fois une bande d'idiots qui n'avaient pas réussi à vaincre les méchants et à sauver la princesse. Ils moururent tristes et n'eurent aucun enfant.

– Les alters se rapprochent de plus en plus, leur fait remarquer Arielle qui s'est avancée jusqu'à la baie d'observation du poste de garde.

Sans plus attendre, Geri attire Karl Sigmund à lui et le prend dans ses bras.

– Jolie, la mariée ! s'exclame Brutal.

– Hé ! proteste Sigmund. Mais qu'est-ce que… ?

– Vous ne sentirez aucune douleur, rassurez-vous, le coupe Geri. Et ça sera vite passé, faites-moi confiance. On se retrouve en bas ! dit-il aux autres.

Le doberman met un pied en avant, au-dessus du puits du monte-charge, et se laisse tomber dans le vide avec son passager.

– Le monte-charge est hors service ? demande Noah.

Ael acquiesce en silence, puis attrape Jason Thorn par les épaules et le fait basculer vers l'arrière pour mieux le saisir dans ses bras et le soulever de terre.

– Tu pèses une plume, cow-boy ! lui dit-elle. Alors, prêt pour la descente ?

– On voit tout de suite qui porte le pantalon dans ce couple, fait Brutal.

Ael et Jason disparaissent à leur tour dans le puits. Brutal s'empresse de tendre les bras vers Noah.

– Plus que toi et moi, mon chéri ! Alors, tu viens ?

Brutal accompagne sa demande d'un clin d'œil caricatural, mais plutôt que d'accepter l'invitation de l'animalter, Noah se tourne vers Arielle et Razan.

– Arielle, je ne pars pas sans toi, dit-il.

– T'en fais pas, champion, je vais bien m'occuper d'elle ! ne peut s'empêcher de répliquer Razan.

– Nous ne tarderons pas, Noah, je t'assure, déclare Arielle avec sérieux. Mais tu dois partir avant nous. Va avec Brutal, vite ! Les alters arrivent !

Noah hésite une seconde avant de finalement obéir à l'ordre d'Arielle. Il lui lance un dernier regard avant de se retourner vers Brutal qui semble toujours prêt à l'accueillir dans ses bras.

– Amène-toi par ici, vilain garçon ! lâche l'animalter avec un large sourire.

Il prend Noah dans ses bras et se dirige vers le puits du monte-charge.

– T'inquiète pas, mon petit Nazar, dit-il tout juste avant de sauter dans le puits, les chats retombent toujours sur leurs pattes !

Arielle et Razan sont maintenant seuls. Alors que le jeune homme s'apprête à refermer la porte blindée du poste de garde, deux ombres furtives parviennent à s'introduire dans la pièce. Razan dégaine rapidement son épée fantôme. Pendant qu'il se prépare à engager le combat avec les deux intrus, Arielle enclenche le système de verrouillage électronique de la porte. Les alters parviendront facilement à l'ouvrir, c'est évident, mais cela leur fera tout de même perdre quelques minutes importantes.

– Nous ne sommes pas armés ! déclare l'une des deux ombres.

Ils bougent vite, se dit Razan qui a de la difficulté à les suivre du regard, tellement leurs déplacements sont rapides. Ce n'est que lorsqu'ils finissent par s'immobiliser que le garçon parvient à les identifier. Ce genre de créatures, il n'en a rencontré que très peu souvent dans sa vie, mais cela lui suffit pour les reconnaître. D'ailleurs, après le succès de films comme *Le Seigneur des anneaux*, tout le monde ou presque dans le royaume de Midgard est maintenant capable de reconnaître un elfe de lumière quand il en voit un. Car c'est bien d'elfes de lumière qu'il s'agit. Ils étaient probablement prisonniers des sylphors et ont été libérés lorsque Jason a déverrouillé les cellules du niveau carcéral.

– Je suis Leandrel, se présente le premier elfe, soldat d'élite de la cohorte de Folkvang.

– Et moi, je suis Idalvo, enchaîne le second elfe, également soldat d'élite de la cohorte de Folkvang.

Grands et sveltes, les deux elfes portent la même tenue de prisonnier. Leurs cheveux sont plutôt longs et d'une couleur cendrée. Leurs traits se ressemblent étrangement. Plus que cela, en fait: ils sont identiques. Razan secoue la tête:

– Manquait plus que ça... des elfes jumeaux. Au secours, je rêve.

– Nous ne voulons pas nous battre contre vous, les informe Leandrel. Nous souhaitons simplement avoir accès à la fontaine du voyage afin de retourner auprès des nôtres dans l'Alfaheim.

– Nous n'avons ni le temps de vérifier votre allégeance ni celui de vous combattre, leur répond Arielle. Ce puits conduit bien au dernier niveau, celui de l'Evathfell. Mais sachez aussi que des combats s'y déroulent en ce moment même, entre un détachement alter et des résistants sylphors.

– Qui êtes-vous? demande Idalvo à Arielle. J'ai l'impression… de vous connaître.

– Mon nom est Arielle Queen et, selon plusieurs, je serais l'élue de la prophétie d'Amon, l'un des grands maîtres Lios Alfes.

– Mais bien sûr! s'exclame Idalvo.

Les deux elfes s'inclinent afin de saluer solennellement la jeune fille.

– *Dis cween, so evendis!* disent-ils ensemble. Chère reine, c'est un honneur!

Moi, une reine? songe Arielle. *Pas avant quelques années, si j'en crois le songe qui m'a conduite au château de Brimir, en 2037.*

– Mes amis et moi croyons que la prophétie se réalisera aujourd'hui, leur révèle-t-elle. Les médaillons sont en notre possession. Mais avant de les réunir, nous devons nous assurer que les sylphors ont tous été éliminés par les alters.

– Nous combattrons à vos côtés! annonce Idalvo avec une fierté non dissimulée. S'il le faut, nous nous mesurerons autant aux alters qu'aux sylphors de façon à nous assurer que la prophétie de notre bien-aimé Amon puisse enfin s'accomplir et que le royaume des hommes soit enfin libéré du mal, comme l'Alfaheim l'a été il y a plusieurs millénaires de cela!

– Oui, nous combattrons à vos côtés, Arielle Queen ! renchérit Leandrel. Comme le voudrait Lastel, notre grand général. Dommage qu'il ne soit pas ici, car il est le plus valeureux d'entre nous. À lui seul, le général pourrait triompher de tous les guerriers qui croiseront notre route aujourd'hui !

L'attitude des elfes fait sourire Razan. *De parfaits petits soldats,* se dit-il.

– Allez, les jumeaux ! lance-t-il. Il est temps de hacher du sylphor et de découper de l'alter ! Par ici !

Plusieurs coups violents retentissent alors de l'autre côté de la porte blindée. Ce sont les alters : ils ont atteint le poste de garde et essaient d'y entrer de force. Arielle regarde du côté de la baie d'observation et dénombre une vingtaine d'alters derrière celle-ci. Ils ont sorti leurs épées fantômes et s'en serviront très probablement pour traverser l'épaisse vitre. Peut-être espèrent-ils atteindre le contrôle de la porte, mais c'est inutile, puisque Arielle a pris soin de le rendre inutilisable après avoir enclenché le verrouillage électronique.

– Il n'y a plus une seconde à perdre ! s'écrie la jeune fille.

– *Ouais !* lance Razan. Il est temps de bouger à la façon des alters, princesse !

Arielle, Razan et les deux elfes bondissent simultanément en direction du puits. Leur saut est habile, précis et même gracieux. Ils survolent la pièce tous les quatre, bien alignés, dans un mouvement parfaitement synchronisé, comme s'ils s'entraînaient à le faire ensemble depuis longtemps. On jurerait qu'ils ont tous le sourire aux lèvres lorsqu'ils atteignent enfin l'ouverture du puits. Les uns à la suite des autres, ils s'y engouffrent avec agilité et aisance. Razan a même le temps de faire un doigt d'honneur aux alters massés derrière la baie vitrée. La dernière chose que voient ces derniers avant que le garçon ne disparaisse dans les profondeurs du puits, c'est son majeur, dressé bien haut.

21

Arielle, Razan et les deux elfes en uniforme de prisonnier atterrissent ensemble sur la plate-forme du monte-charge.

Devant eux, l'accès au dernier niveau de la fosse est toujours libre. Aussi s'empressent-ils de pénétrer dans la petite grotte. Le plafond est bas et la seule source de lumière provient des projecteurs lunaires qui sont fixés aux parois rocheuses. Au centre de la grotte se trouve l'Evathfell, la fontaine du voyage, qui permet de voyager entre les neuf royaumes. C'est après avoir bu l'eau de cette fontaine qu'Arielle a pu entreprendre son premier voyage vers l'Helheim, afin d'aller secourir Noah Davidoff qui était retenu captif dans les prisons froides du Galarif. La fontaine ressemble à un gros chêne. L'arbre trône au centre d'un bassin circulaire rempli d'eau. À la surface, près de l'arbre, on peut voir une tête de loup, elle aussi sculptée dans la pierre. Le loup a la gueule ouverte et montre les crocs. Un peu plus haut, trois chouettes sont posées sur les trois seules branches dénudées du chêne, et de leurs trois becs ouverts s'écoulent trois filets d'eau.

C'est tout près de la fontaine que se sont regroupés Ael, Noah, Brutal, Jason, Geri et Karl Sigmund, et c'est de l'autre côté de l'Evathfell, à l'extrémité de la grotte, que se déroulent les combats entre les commandos alters et les derniers sylphors. Les alters sont beaucoup plus nombreux, bien entendu, et viendront bientôt à bout des sylphors qui continuent de lutter avec l'énergie du désespoir. Aux côtés des sylphors combattent également quelques serviteurs kobolds et deux nécromanciennes.

– Tout va se jouer dans les prochaines minutes, affirme Razan qui suit les affrontements avec intérêt.

Arielle est d'accord. Elle baisse les yeux sur son médaillon. Dès que les derniers elfes noirs auront été éliminés, il leur faudra rapidement unir leurs médaillons, ce qui devrait enfin les débarrasser des alters. Ne leur restera plus qu'à se rendre dans l'Helheim, comme la prophétie le prédit. *Je ne peux pas croire que ce jour est enfin arrivé,* se dit la jeune élue.

– Il faudrait trouver un moyen de bloquer cette ouverture, déclare Razan en indiquant l'accès au monte-charge. Les alters du centre carcéral ne vont pas tarder à rappliquer.

Les deux elfes viennent se placer devant lui.

– Vous avez un grade, monsieur?

Razan jette un coup d'œil en direction d'Arielle, puis revient aux elfes. Après avoir haussé les épaules, il dit:

– Disons que je suis… euh… que j'ai été un genre de capitaine. Ouais, on peut dire ça.

– Dans ce cas, nous sommes à vos ordres, capitaine ! fait aussitôt Leandrel avec toute la déférence qu'un officier se doit d'avoir pour son supérieur. Mon frère et moi sommes des soldats d'élite de la célèbre cohorte de Folkvang, monsieur.

– Ah ?… euh… désolé, les gars, j'ai jamais entendu parler de cette cohorte.

– Capitaine, donnez-nous des armes et nous empêcherons les alters de franchir cette ouverture !

Razan ne cache pas son étonnement :

– Ils sont des centaines là-haut, vous êtes au courant ?

– Oui, capitaine ! répondent les elfes en chœur.

– Et vous prétendez que vous seriez capables de les retenir dans le puits du monte-charge ?

– Oui, capitaine !

Razan relève un sourcil, puis les pointe du doigt à tour de rôle.

– À vous deux ? Vous deux… *tout seuls* ?

– Oui, capitaine ! affirment les elfes avec aplomb.

Razan demeure sceptique, mais en vient à se dire : *Après tout, pourquoi pas ?*

– Super alors !

Sur le sol sont éparpillés de petits tas de cendres, auprès desquels reposent des arcs et des flèches elfiques ainsi que des épées fantômes, signe évident que les alters ont réussi à dissoudre quelques sylphors avant d'entraîner le reste du groupe à l'autre bout de la grotte. Razan ramasse deux épées fantômes laissées là par les sylphors et les offre à Leandrel et à Idalvo. Il s'adresse ensuite à Jason :

– Hé ! le lanceur de marteaux ! Viens par ici !

Jason s'exécute à contrecœur et se rapproche de Razan. Ça n'a jamais été le grand amour entre Jason Thorn et Tom Razan, et ce, depuis leur toute première rencontre dans l'Helheim.

– Tu pourrais nous refaire ce truc avec tes marteaux, celui qui t'a permis de bloquer la route aux alters dans cette grotte de l'Helheim ? Tu te souviens ? C'était juste après m'avoir cloué au sol avec tes maillets. J'en ai encore mal aux côtes, d'ailleurs.

– Le mur barrière ? dit Jason. Oui, je peux le refaire.

– Maintenant s'il te plaît.

Le jeune fulgur attrape ses deux marteaux mjölnirs, les fait tourner une fois dans ses mains, puis les lance en direction de l'ouverture qui donne sur le chariot du monte-charge. « Mjölnirs ! Barrière ! » commande-t-il ensuite à ses marteaux. Ceux-ci obéissent immédiatement. Ils entrent en action et se dirigent en zigzaguant vers l'ouverture. Ils bougent si vite que l'on n'arrive plus à les voir. Une espèce de mur protecteur se forme alors, qui empêche quiconque de passer d'un côté comme de l'autre.

– Combien de temps crois-tu pouvoir tenir ? demande Razan.

– Pas très longtemps si plusieurs alters tentent de le franchir au même moment.

Razan opine de la tête pour montrer qu'il a compris. Il s'adresse ensuite aux deux elfes de lumière :

– Dupont et Dupond, ramenez vos fesses elfiques ici ! Je veux que vous demeuriez auprès du fulgur jusqu'à ce que ses marteaux ne puissent plus retenir les alters. Ça sera alors à vous de jouer, et de nous montrer de quoi sont faits les soldats d'élite de la célèbre cohorte de Wolfgang !

– Folkvang, capitaine, le corrige aussitôt Leandrel.

– Peu importe. Vous avez bien compris ce que j'ai dit ?

– Oui, capitaine !

Arielle n'a pas cessé un instant de suivre Razan du regard, et elle a écouté tous ses commandements. Vraiment, elle ne s'attendait pas à ce qu'il soit un aussi bon meneur d'hommes. Peut-être qu'il mérite bien son titre de capitaine, finalement, et elle s'apprête à le lui dire lorsque des cris de victoire retentissent à l'autre bout de la grotte. La jeune fille se tourne vers l'endroit d'où proviennent les acclamations et constate que tous les commandos alters ont été terrassés par les sylphors. *Mais c'est impossible*, se dit-elle. *Les alters étaient au moins trois fois plus nombreux.* Ce qu'elle voit est pourtant bien réel : des dizaines et des dizaines de corps alters, tous étendus sur le sol et tous décapités. Le détachement entier a été massacré. Au centre de ce carnage se tient un homme. Il est entouré des autres sylphors, des kobolds et des deux nécromanciennes. Noah, Brutal et tous ceux qui se tenaient près de la fontaine décident de se replier et de rallier la position d'Arielle et de Razan.

– Non, mais vous avez vu ça ? lance Brutal en arrivant à la hauteur de sa maîtresse. C'est le grand type au centre qui les a tous liquidés !

– Il est sorti de nulle part et leur a tous coupé la tête ! renchérit Geri.

– Jamais vu un guerrier aussi agile… et aussi puissant, souffle Ael avec admiration.

Étrangement, les rayons de lumière émis par les projecteurs lunaires se reflètent sur le corps de l'homme.

– Il ne ressemble pas à un elfe noir, pourtant, observe Noah.

Brutal acquiesce, mais sans détacher ses yeux de l'homme.

– Son corps brille, fait-il. Attendez, je rêve ou il est vêtu d'une armure ? Oui, c'est bien une armure, et il en est recouvert des pieds à la tête.

– C'est l'armure Hamingjar, affirme Idalvo derrière Razan. Elle a… fusionné avec lui.

– L'armure quoi ? demande Geri.

– Hamingjar, répond l'elfe Leandrel. Elle a été forgée par Gunlad, la géante, puis offerte au grand Ivaldor. C'est une arme très puissante. Celui qui la porte acquiert de grands pouvoirs ainsi que de grandes connaissances. L'armure a disparu le jour où Ivaldor est mort. Une légende prétend que celui qui retrouvera Hamingjar sera à la fois le premier et le dernier elfe. On l'appellera… « l'Elfe de fer ».

– Je trouve plutôt qu'il ressemble au Silver Surfer, dit Brutal. Vous trouvez pas ?

À l'autre bout de la grotte, l'Elfe de fer relève la tête pour regarder Arielle et ses compagnons.

Pendant un bref instant, la jeune élue a l'impression qu'il la fixe dans les yeux. «*Dis bonjour à ton grand frère, ma chérie*», dit la voix de Loki dans son esprit.

– Emmanuel…, souffle Arielle.

Elle a soudain la certitude que c'est son frère, Emmanuel Queen, qui se trouve à l'intérieur d'Hamingjar. «*Bien sûr que c'est lui,* confirme la voix de Loki. *Et si je le sais, c'est parce que c'est moi qui lui ai offert cette armure!*»

– Ça y est! s'exclame la voix de Jason Thorn derrière Arielle. Les voilà!

Une demi-douzaine de commandos alters apparaissent alors dans le puits du monte-charge. Ils sont suivis par un autre groupe, puis par un autre. Bientôt, la plate-forme du monte-charge déborde d'alters; des alters qui sont incapables de pénétrer dans le dernier niveau. Ils sont tous retenus dans le puits grâce aux mjölnirs de Jason Thorn qui font barrage devant eux. Leandrel et Idalvo, épée en main, se préparent au combat. Pendant ce temps, de l'autre côté de la fontaine du voyage, l'Elfe de fer et les sylphors ont entrepris de quitter leur position et de s'avancer vers l'entrée du puits, endroit où sont aussi regroupés Arielle et ses compagnons.

– Les alters sont de plus en plus nombreux! les prévient Jason. Je ne pourrai plus les retenir encore très longtemps!

Ael se glisse à ses côtés et lui colle un baiser sur la joue.

– Tiens bon, cow-boy, je suis avec toi. *Nasci Hegomi!* lance ensuite la jeune Walkyrie, ce qui fait aussitôt apparaître un grand sabre de glace dans sa main.

Les sylphors, quant à eux, continuent leur progression. *Nous allons être pris entre deux fronts,* songe Arielle. *Il serait peut-être temps de sortir le* vade-mecum *des Queen et d'invoquer le reste de mes ancêtres.*

Un des kobolds prend soudain la tête de son groupe, devançant même l'Elfe de fer. Le kobold interpelle les nécromanciennes : « Fiona ! Shanta ! Suivez-moi ! » Les deux femmes obéissent et se joignent au kobold. Après avoir passé l'Evathfell, le trio fonce droit en direction d'Arielle. Le kobold et les nécromanciennes sont armés d'épées fantômes qu'ils brandissent bien haut au-dessus de leurs têtes. Brutal et Razan s'interposent aussitôt entre Arielle et les trois kamikazes.

– Allez, amenez-vous ! crie Brutal.

– Boule de poils, tu t'occupes du kobold, lui dit Razan. Je m'occupe des deux sorcières !

Noah ordonne à Geri et à Karl Sigmund d'aller prêter main-forte à Jason et à Ael, puis va se placer à son tour devant Arielle pour la défendre.

– Pousse-toi de là, trouillard ! lui ordonne Razan.

– Pas question ! rétorque Noah.

– Attendez ! intervient soudain Arielle qui vient de reconnaître le serviteur kobold.

La jeune élue n'en croit pas ses yeux.

– Mon Dieu ! mais c'est... Elizabeth !

– Elizabeth ? Ton amie ? fait Brutal, aussi stupéfait que sa maîtresse.

Après avoir examiné davantage le kobold, Brutal en vient à la même conclusion : oui, c'est bien Elizabeth qui se rue vers eux avec l'intention évidente de s'en prendre à Arielle. Les deux nécromanciennes et elle ne sont plus qu'à quelques mètres à présent. Le plan de Razan ne tient plus dès que Fiona, la première nécromancienne, bondit sur Brutal. La seconde, Shanta, engage le combat avec Noah. Razan et Arielle, quant à eux, se retrouvent face à Elizabeth.

– Heureuse de me revoir, Arielle ? demande cette dernière avec un horrible sourire. Certainement pas autant que moi !

La jeune kobold réserve chacune de ses attaques à Arielle. Elle n'hésite pas un seul instant à enchaîner les coups d'épée en direction de son amie. Il devient vite évident pour la jeune élue que ce n'est plus la même personne. Elizabeth est possédée par une force démoniaque qui pervertit autant son corps que son esprit.

Razan est beaucoup plus habile avec une épée que la jeune kobold, et comme celle-ci se concentre uniquement sur Arielle, il a tout le temps de préparer sa première attaque. Il a rapidement la possibilité de trancher la tête d'Elizabeth et il s'apprête à le faire lorsque Arielle intervient pour l'en empêcher :

– C'est mon amie ! lui dit-elle après avoir utilisé sa lame pour repousser la sienne. Je ne veux pas que tu la tues !

De leur côté, Brutal et Noah s'en tirent très bien avec les nécromanciennes qu'ils ne tarderont pas à mettre hors de combat.

– Je suis touchée, Arielle, que tu choisisses de m'épargner ! déclare Elizabeth en ricanant.

– Je n'ai rien choisi, répond Arielle entre deux assauts de son amie. Mais, contrairement à toi, Eli, je sais encore faire la différence entre le bien et le mal !

– Plus pour très longtemps, ma belle ! rétorque Elizabeth en poursuivant ses attaques.

Une seconde plus tard, les marteaux mjölnirs de Jason cessent de circuler devant l'entrée du puits. À bout de forces, le jeune fulgur s'écroule sur le sol. Ael l'agrippe par ses vêtements et parvient à le tirer de là, tout juste avant que le pauvre garçon ne soit piétiné par la centaine d'alters qui surgissent du puits à ce moment-là, pareils à un troupeau de bêtes sauvages.

22

Sans attendre, Leandrel et Idalvo se jettent dans la mêlée et éliminent une vingtaine d'alters à eux seuls.

Brutal est impressionné de voir avec quelle force et quelle dextérité les deux elfes de lumière manient l'épée.

– Ils sont plutôt doués, ces gars-là ! laisse-t-il tomber avec enthousiasme, tout juste avant qu'un groupe d'alters ne se jettent sur lui.

Cette fois, l'animalter ne s'ennuie pas : les alters sont très habiles et lui donnent du fil à retordre. Il n'y a aucune place pour l'erreur. L'inquiétude s'empare de Brutal lorsqu'il réalise qu'il se défend beaucoup plus qu'il n'attaque. *L'un de ces idiots va finir par me blesser sérieusement !* songe-t-il en continuant d'esquiver plus de coups qu'il n'en donne. *Si je n'arrive pas à renverser la vapeur, ils vont m'acculer dans un coin et m'achever, ces salauds !*

– Éloignez-les l'un de l'autre ! commande alors un officier alter en parlant d'Arielle et de

Razan. Il faut éviter qu'ils réunissent leurs médaillons !

L'Elfe de fer et ses sylphors atteignent l'entrée du puits à ce moment précis. Les guerriers des deux groupes opposés se rencontrent et s'entremêlent à l'endroit même où combattent déjà Arielle et ses compagnons. S'engage alors un combat épique entre alters et sylphors. Entre tous ceux, en fait, qui disposent d'une arme. Arielle, Razan et les autres se retrouvent pris au milieu de ces violents affrontements et doivent eux-mêmes se battre avec les deux races de démons, s'ils souhaitent éviter un départ prématuré vers le royaume des morts.

– Cette fois, c'est la fin ! s'écrie Brutal, dépassé par les événements.

L'animalter doit livrer plusieurs combats simultanés, et il est incapable de reprendre le dessus. Arielle, Razan, Noah, Geri et les deux elfes se trouvent dans la même situation que lui ; ils sont débordés par la succession de duels à l'épée qu'ils doivent remporter pour sauver leur peau. Ael est parvenue à déposer Jason dans un renfoncement de la paroi rocheuse, et fait de son mieux pour le protéger contre les lames des alters et des sylphors. Mais elle s'affaiblit de plus en plus, et ce n'est plus qu'une question de temps avant qu'elle ne soit blessée à son tour.

Arielle arrive à éliminer sa part d'alters et de sylphors, tout en poursuivant le combat avec Elizabeth.

– Moi non plus, je n'ai pas l'intention de te tuer, Arielle Queen, lui confie cette dernière.

– Et pourquoi pas?

Elizabeth fait une nouvelle grimace avant de répondre:

– Tu es trop précieuse pour notre nouveau maître.

– Tu parles d'Emmanuel? demande Arielle.

Son ancienne camarade de classe fait non de la tête.

– Le nouveau maître n'est pas encore parmi nous, répond-elle. Mais, bientôt, il le sera. Et ce sera grâce à un autre de tes proches. Il semble que tous tes amis se retournent contre toi, Arielle Queen. Ne trouves-tu pas ça étrange? C'est peut-être toi qui te trouves du mauvais côté, y as-tu déjà songé?

Grâce à un autre de mes proches? se dit Arielle. Elle se rappelle ce que dit *Révélation* au sujet du Traître: «L'identité du Traître sera connue le jour où Uris l'Occulteur sera éliminé.» *Et si ce message en cachait un autre? Le jour où Uris l'Occulteur sera éliminé…*, se répète-t-elle. *Uris est donc une personne qui cache quelque chose, puisqu'on le qualifie d'«occulteur». Et si cet Uris n'était pas une personne, mais une chose? Une chose qui en cache une autre… ou plutôt une chose qui cache une personne. Le jour où Uris sera éliminé, où il disparaîtra, l'identité secrète de cette personne sera enfin révélée. «Un autre de tes proches», a dit Elizabeth. Et si elle parlait de Brutal ou de Geri? Non, ce n'est pas possible. Jason? Non plus. À moins qu'elle ait fait référence à… Mais oui! ça ne peut être que ça! Et sans Uris, le nom de cette personne devient…*

– Je sais qui est le Traître! s'écrie soudain Arielle.

Elle a l'impression de sortir d'un rêve. Elizabeth n'est plus là; elle a disparu. Les combats se poursuivent autour d'Arielle, mais curieusement personne n'ose s'en prendre à elle. Elle comprend vite pourquoi lorsqu'elle se tourne et se retrouve nez à nez avec l'Elfe de fer. Il se tenait derrière elle, semble-t-il, et attendait patiemment qu'elle se retourne. Son imposante stature et la terrifiante froideur de son visage métallique suffisent à décourager tout adversaire potentiel. Personne ne souhaite affronter une telle créature, Arielle la première. D'instinct, la jeune élue fait un pas en arrière, mais elle est immédiatement arrêtée par l'elfe en armure, qui attrape un de ses bras et l'emprisonne dans son gantelet de fer. D'un mouvement vif, il lui arrache son épée fantôme des mains.

– Emmanuel, attends...

L'Elfe de fer ne réagit pas.

– De toi, je n'ai besoin que d'une chose, déclare-t-il enfin d'une voix grave et caverneuse.

L'instant d'après, l'Elfe de fer plonge sa main libre dans le manteau d'Arielle et en retire le *vade-mecum* des Queen.

– Ce livre est à moi, Emmanuel! l'implore Arielle qui comptait bientôt invoquer ses puissantes ancêtres.

– Il est aussi à moi, répond Emmanuel.

Avant de libérer Arielle, il lui passe un bracelet en argent au poignet.

– Ce bracelet a déjà appartenu à Leif Eriksson, ton ancêtre. Il est à toi dorénavant. En lui se cache une arme puissante. Son nom est Modi. Il te suffit de l'invoquer, de la même façon que les Walkyries.

– Pourquoi m'offres-tu ce cadeau? lui demande Arielle.

– Telle est la volonté du nouveau maître. *Nasci Magni*! s'écrie ensuite l'Elfe de fer.

Son propre bracelet d'argent s'illumine alors d'une lumière brillante. L'éclat se diffuse jusqu'à la paume de sa main et devient solide lorsque l'elfe referme ses doigts sur la lumière. Une grande épée de glace prend alors forme dans son gantelet de fer.

Une fois son arme de glace entièrement déployée, l'Elfe de fer se retourne sans dire un mot, puis s'ouvre un chemin parmi les combattants alters et sylphors grâce à sa lame qu'il abat en tous sens, sans se soucier de ceux qui tombent, morts ou blessés, sur son passage. Arielle le voit qui rejoint Elizabeth sur la plate-forme du monte-charge. Après avoir écarté violemment un groupe d'alters tout juste descendus du niveau supérieur, le grand elfe saisit Elizabeth par la taille, puis s'élance vers le haut du puits. Cela leur permettra sans doute de rejoindre le poste de garde et, de là, ils gagneront le centre carcéral, puis les autres niveaux. L'élue éprouve des sentiments partagés en songeant que son frère et sa meilleure amie parviendront à sortir indemnes de la fosse. *Qui sont-ils exactement? Des ennemis? Pourquoi m'avoir épargnée, alors? Et qu'ont-ils l'intention de faire avec le* vade-mecum *des Queen?* Arielle s'en veut d'avoir laissé Emmanuel lui prendre le livre magique aussi facilement, mais a-t-elle eu réellement le choix? Dès que son frère l'a empoignée par le bras, elle a su qu'il possédait une force extraordinaire et qu'elle n'était pas de taille à lutter contre lui. Pas maintenant, en tout cas. Elle aurait pu tenter de lui résister, certes, mais l'Elfe de fer n'aurait pas hésité un seul instant à la casser en deux, elle en était convaincue.

Les sylphors et leurs serviteurs sont pratiquement décimés. Sans l'aide de l'Elfe de fer, ils ne peuvent lutter à force égale contre les alters. Les corps des deux nécromanciennes sont allongés sur le sol, inertes. Quant aux serviteurs kobolds, ils ont été éliminés depuis longtemps, n'étant ni assez habiles ni assez puissants pour se mesurer à des commandos alters bien entraînés. Le dernier groupe de résistants est composé d'une dizaine de sylphors, mais ceux-ci sont rapidement encerclés par les alters. En l'espace de quelques secondes à peine, les sylphors sont tous réduits au silence. C'est alors qu'Arielle essaie de repérer Razan parmi les combattants. Il est temps de réunir les médaillons demi-lune et d'accomplir cette maudite prophétie, qui a déjà coûté la vie à plusieurs de leurs compagnons.

Les sylphors ayant tous été tués, Noah, Brutal et les autres combattent uniquement les alters à présent. Et ces derniers auront bientôt le dessus, car leur nombre ne cesse de croître. Un flot continu de nouveaux alters se déverse dans le puits. Si Arielle et Razan n'unissent pas leurs médaillons dans les plus brefs délais, la grotte de l'Evathfell risque d'être submergée par leurs ennemis.

Arielle repère soudain Razan, dans un coin de la grotte. Il est aux prises avec un groupe de cinq alters qui l'affrontent tous en même temps. Le jeune homme se défend bien, mais ses esquives sont un peu justes, et il finira tôt ou tard par être blessé ou peut-être encore pire. L'élue se dirige vers lui et l'a presque rejoint lorsqu'elle est attaquée par deux commandos alters qui la poussent violemment, puis la projettent au sol. Depuis que l'Elfe de fer lui a pris son épée fantôme, elle n'a plus d'arme. Un des deux alters se jette sur elle, épée devant, avec la ferme intention de la transpercer. Étendue sur le dos, Arielle lève machinalement les bras pour se protéger, tout en sachant qu'elle ne pourra rien contre la lame fantôme de son opposant. Soudain, elle aperçoit le bracelet passé à son poignet. « En lui se cache une arme puissante. Son nom est Modi. Il te suffit de l'invoquer, de la même façon que les Walkyries. » L'adolescente tend immédiatement le bras vers l'alter qui arrive sur elle: «*Nasci Modi!*» s'écrie-t-elle en fermant les yeux. La lame fantôme de l'alter a presque atteint sa poitrine lorsqu'un éclat de lumière aveuglant jaillit de son bracelet. Une longue épée de glace se matérialise alors dans la main d'Arielle, juste à temps pour traverser l'alter de part en part, et l'empêcher de planter son épée dans le cœur de la jeune fille. Les yeux écarquillés de surprise, l'alter s'écrase sur elle. Du pied, l'autre alter repousse le cadavre de son compagnon, libérant ainsi Arielle, et tente à son tour de s'en prendre à elle, mais une lame fantôme lui tranche la tête d'un coup sec, avant même qu'il n'ait pu brandir son épée. Le corps privé de tête s'effondre mollement par terre, et laisse place à celui qui vient de le décapiter : le capitaine Tom Razan.

– Un véritable héros ! affirme le jeune homme en faisant un clin d'œil à Arielle. Un jour, on fera des films sur moi !

Les cinq alters que Razan combattait plus tôt gisent tous sur le sol ; ils sont morts. Arielle s'est inquiétée pour rien.

– Du gâteau ! fait Razan. Allez, viens, princesse, ajoute-t-il en lui tendant une main.

Arielle lui donne sa main libre.

– *Morti Modi !* lance-t-elle ensuite à la façon des Walkyries.

L'épée de glace qui se trouve dans son autre main perd aussitôt de sa brillance et de sa densité.

– Génial, ce truc ! laisse échapper Razan en voyant l'épée rétrécir, puis fondre complètement dans la paume ouverte d'Arielle.

Dès que sa compagne s'est remise sur ses jambes, il la prend dans ses bras et l'attire à lui. Sans autre préambule, il pose ses lèvres sur les siennes et l'embrasse avec insistance, jusqu'à ce qu'Arielle finisse par le repousser.

– Mais qu'est-ce que tu fais ?! lui demande-t-elle, indignée. Tu crois que c'est le moment ?

– J'avais envie de te faire plaisir, princesse, répond Razan avec son habituel sourire malicieux. J'ai pensé que tu méritais bien un petit remontant. Avoue que ça t'a plu…

En temps normal, Arielle l'aurait giflé mais, dans la situation actuelle, elle juge que ça n'en vaut pas la peine ; leur temps est précieux, et il serait idiot de le perdre en querelle. Se débarrasser des alters avant que ces derniers ne se débarrassent d'eux, voilà ce qui devrait être leur unique priorité.

– Il est temps de réunir les médaillons, dit la jeune fille.

Razan approuve d'un signe de tête :

– Faut faire vite, ma belle, y a un troupeau d'alters qui foncent droit sur nous.

Le garçon a raison : une bonne cinquantaine d'alters armés d'épées fantômes accourent dans leur direction. Plus loin derrière, Arielle aperçoit Brutal et Geri. Épuisés, les deux animalters sont sur le point d'abandonner le combat. Ael sert toujours de bouclier à Jason, mais elle se retrouve sans arme et encerclée par les alters. Près du puits, Leandrel et Idalvo se battent toujours avec la même énergie, mais doivent faire face à un nombre sans cesse croissant d'adversaires. Eux aussi seront bientôt forcés de rendre les armes. La seule personne qu'Arielle n'arrive pas à repérer est Karl Sigmund. Il a été absent pendant toute la durée de la bataille.

– Allons-y ! s'exclame la jeune élue sur un ton décidé. Dépêchons-nous !

Arielle et Razan retirent leurs pendentifs. Razan sent alors ses pouvoirs qui l'abandonnent. Il se sent faible et vulnérable, et n'apprécie guère la sensation. Arielle, de son côté, est certaine de retrouver ses rondeurs, ses cheveux roux et ses taches de rousseur, mais ce n'est pas le cas ; même privée de son médaillon, elle conserve son magnifique corps d'alter. *Mais que se passe-t-il?* Elle se souvient qu'un phénomène semblable s'est produit dans le cimetière où elle a retrouvé Noah, après leur retour de l'Helheim. Ce matin-là, c'est le soleil qui était en cause : il s'était bien levé dans le ciel, comme à son habitude, mais cela n'avait pas modifié l'apparence d'Arielle. Cette dernière avait gardé ses attributs d'alter. Du moins pendant quelques secondes. Elle s'était ensuite demandé pourquoi la transformation avait ainsi tardé. La voix d'Annabelle, son ancêtre, s'était alors manifestée en elle pour lui fournir un semblant d'explication : « *Le papillon a quitté sa chrysalide.* »

– Le papillon..., répète Arielle à voix basse, a quitté sa chrysalide.

« *Mais, cette fois, c'est pour de bon,* complète la voix de Loki dans sa tête. *Ce corps t'appartient dorénavant,* l'informe son père. *En fait, il t'a toujours appartenu, Ari. Annabelle le savait, et les autres aussi le savent. C'est Elleira qui vivait en étrangère dans ton corps, et elle a fini par l'abandonner, car c'était dans l'ordre des choses. Elleira est morte, comme toutes les autres alters qui ont partagé le corps des élues Queen. Ce corps splendide, je t'en fais cadeau. Ari, tu es contente?* »

Plutôt que de répondre à la question de Loki, Arielle s'adresse à Razan :

– J'ai quelque chose à te dire.

– Dépêche-toi, princesse. Le troupeau arrive.

– Loki..., fait-elle d'un ton hésitant. Loki est mon père.

Razan acquiesce en silence.

– Je sais, dit-il.

Après une pause, il ajoute :

– Arielle, réunissons ces médaillons, veux-tu ?

Les deux jeunes gens baissent les yeux vers leurs médaillons respectifs et les joignent l'un à l'autre. Chaque demi-lune fusionne alors avec l'autre pour ne former qu'une seule et unique lune, ronde et pleine. Une lune qui passe rapidement d'une brillance argentée au noir le plus complet, puis qui disparaît entièrement. Arielle et Razan se retrouvent les mains vides ; leurs médaillons ont disparu, tout comme leurs pouvoirs. La seule chose qui leur reste de leur ancienne vie d'alter, ce sont leurs vêtements et leur apparence.

La jeune fille note que le vacarme des combats s'est brusquement interrompu. Un silence de mort plane dans la grotte. Arielle et Razan tournent lentement la tête en direction de l'entrée du niveau, là où se trouve le monte-charge.

– Le troupeau d'alters..., souffle le garçon, stupéfait. Je rêve ou il s'est... volatilisé ?

Il ne rêve pas. En vérité, *tous* les alters ont disparu, y compris ceux qui se battaient avec Brutal et Geri, ceux qui menaçaient Ael et Jason et ceux, plus loin, qui encerclaient les deux elfes de lumière. À part les compagnons d'Arielle, il n'y a plus personne dans la grotte. Les carcasses des sylphors se sont asséchées, puis se sont changées en cendres. On voit bien quelques cadavres de kobolds ici et là, et les deux corps des nécromanciennes, mais, à part ça, plus rien.

– Alors, ça y est ? fait Geri en rangeant son épée fantôme. La fameuse prophétie est accomplie ?

– Je suis un peu déçu, quand même, fait Brutal à ses côtés. J'aurais bien aimé les voir exploser, ces salauds… ou même flamber, à la limite. Mais disparaître comme ça, sans effet, je trouve ça ordinaire comme sortie. J'ai pas raison ?

Jason a repris conscience. Ael l'aide à se relever, puis à marcher jusqu'à ses mjölnirs.

– Mon frère est blessé, lance soudain Leandrel.

– Ça va ! Ça va ! rétorque Idalvo. Je ne vais pas mourir tout de même, c'est juste une éraflure !

Après avoir récupéré les mjölnirs, Ael et Jason vont retrouver Arielle et Razan, qui se sont avancés jusqu'au bassin de l'Evathfell.

– La prophétie ne s'est réalisée qu'en partie, observe Jason après avoir rengainé ses marteaux. Il reste une autre étape à franchir : le *Dossemo Hagma*, le Voyage des Huit.

Arielle baisse les yeux vers le bassin de l'Evathfell.

– Pour nous rendre là-bas, dit-elle, il nous faudra encore boire de cette eau.

Jason acquiesce d'un mouvement de tête ; il est d'accord.

– Désolé, leur dit Ael, mais cette fois je ne serai pas du voyage. Ma mission est de servir et de protéger Kalev de Mannaheim. Mais, avant tout, je dois le retrouver.

– Pas besoin de chercher bien loin! répond alors en ricanant une voix qui provient de l'autre extrémité de la grotte, à l'opposé de l'entrée du niveau. Je suis ici, ma belle. Kalev de Mannaheim! Prince en exil et futur roi de Midgard!

La voix appartient à Karl Sigmund. Il se tient à l'endroit exact où les alters ont repoussé les sylphors un peu plus tôt, avant l'entrée en scène d'Arielle et de sa bande. Sigmund s'approche à son tour de la fontaine, mais de l'autre côté du bassin, faisant donc face à Arielle, à Razan, à Ael et à Jason.

– Alors, c'est là-bas que tu te cachais, hein? se moque Razan. Et dans le corps de ce pauvre Karlos en plus! T'es un vrai spécialiste de la planque, toi!

Arielle pose un regard curieux sur Sigmund. *Alors, c'est lui,* se dit-elle: *Kalev de Mannaheim. Je n'arrive pas à croire que c'est avec lui que je vais finir mes jours. Mais seulement si je fais le bon choix, selon Absalona de Nordland. Et si je ne faisais pas le bon choix, hein? Si je choisissais Razan ou Noah à la place?*

– Kalev est un menteur et un imposteur! intervient Noah. Méfiez-vous de lui!

– Voilà *Nazar* qui s'excite à son tour! fait Razan. La royauté, ça finit par monter à la tête.

À l'entrée du monte-charge, les deux animalters sont soudain pris de vertiges.

– Mais… mais qu'est-ce qui m'arrive?… fait Brutal en posant une main sur sa poitrine.

Geri secoue la tête, espérant que cela l'aidera à chasser ses étourdissements, mais cela ne fait que les empirer. Lui aussi ressent une forte douleur à la poitrine.

– On dirait que mon corps… change…, gémit Brutal avant de tomber à genoux.

Les vertiges forcent Geri à faire de même et à s'agenouiller sur le sol. Noah réagit immédiatement : il met ses mains en coupe et les plonge dans le bassin de l'Evathfell.

– Arielle, fais comme moi, lance-t-il.

La jeune élue hésite quelques secondes, mais finit par obéir : elle plonge elle aussi les mains dans le bassin de la fontaine. Elle en retire une certaine quantité d'eau qu'elle conserve au creux de ses mains jointes, tout comme Noah.

– Viens, suis-moi ! ordonne ensuite ce dernier.

Tous deux se rendent auprès des animalters.

– Les médaillons ont été réunis, dit Noah en offrant de l'eau à son animalter. Et si tout s'est déroulé comme prévu, les alters ont complètement disparu de Midgard. Mais selon ce que Bryni m'a expliqué dans la Tour invisible, les animalters auront droit à un sort différent : une fois les médaillons réunis, ils reprendront leur forme animale. C'est ce qui est prévu, et c'est ce qui est en train de se passer !

Arielle imite Noah et donne toute son eau à Brutal qui l'avale d'un coup.

– Cette eau doit les aider ? demande-t-elle.

– Ce que j'espère, en fait, c'est réussir à les expédier dans l'Helheim avant qu'ils ne redeviennent de simples animaux. À mon avis, il existe une chance pour que le processus de mutation cesse une fois qu'ils auront débarqué dans l'Helheim. Mais, pour que ça fonctionne, il faut absolument que le pouvoir des médaillons n'agisse que sur la Terre, et non dans les autres royaumes.

– B… bien pensé… Noah…, murmure Geri d'une voix douloureuse.

– Je… je suis d'accord, renchérit Brutal à voix basse lui aussi. Ça vaut le coup… d… d'essayer.

L'eau magique agit dès qu'elle est absorbée : les corps des deux animalters vieillissent rapidement, comme l'exige le processus du *Voyage*. Leur pelage perd de son éclat et leur masse musculaire s'atrophie à vue d'œil. Des cernes se creusent autour de leurs yeux, et leurs membres se tordent, victimes de graves rhumatismes. Leurs poils finissent par tomber, laissant apparaître une carcasse squelettique et ridée qui se fissure, puis se brise lorsqu'elle est soumise au vent chaud qui se lève brusquement dans la grotte. Transportées par le vent, les différentes parties desséchées qui composaient auparavant les corps de Brutal et de Geri se morcellent, puis se réduisent graduellement en poussière à l'approche de l'Evathfell. Les deux nuages de microparticules sont finalement aspirés par la gueule du loup, celui qui émerge du bassin, au pied du grand chêne.

Pour Brutal et Geri, le périple vers l'Helheim a déjà commencé. En ce moment même, leurs corps sont recréés dans l'Helheim. *Mais où aboutiront-ils ?* s'inquiète Arielle.

– Quelle excellente idée ! lance Kalev de l'autre côté du bassin. Nous y allons aussi, Ael !

– Quoi ? Mais je…

– Je l'exige, servante ! insiste Kalev. C'est un ordre ! Allez, ouvre le chemin, ma chérie. Et si tu tombes sur un comité d'accueil de l'autre côté, tâche de t'en débarrasser avant mon arrivée, d'accord ?

Jason n'apprécie pas la façon dont cet homme s'adresse à Ael.

– Non mais, pour qui il se prend, ce fils de ?...

– Arrête, cow-boy ! intervient aussitôt Ael. C'est mon maître.

Kalev se met à rire.

– Tu envies ma chance, pas vrai ? Allez, avoue-le, chevalier ! Je peux lui faire faire tout ce que je veux, à ta douce Walkyrie. Tu imagines les possibilités ?

Jason est incapable de se contenir :

– Je vais te...

– Jason ! s'exclame de nouveau Ael, tout en s'interposant entre le jeune fulgur et le prince.

– Il a toujours eu un sacré don pour se faire des amis, ce vieux Kalev ! lance Razan.

– La ferme, minable ! rétorque aussitôt le prince qui a cessé de rire. Et prépare-toi à me rendre ce corps. Il m'appartient.

– C'est ça, ouais, compte sur moi, lui répond Razan : je vais te l'offrir pour ton petit Noël !

Ael prend l'unique gobelet qui est posé sur le bord du bassin et le place sous le bec de l'une des chouettes afin d'y recueillir l'eau de l'Evathfell. Dès qu'elle a vidé le contenu du gobelet, Jason le lui prend des mains et le remplit à son tour.

– J'y vais avec toi, dit-il avant de boire. Après tout, ne suis-je pas le premier protecteur de la prophétie ?

Ael et Jason subissent les mêmes transformations que Brutal et Geri. Ils ne sont plus que poussière lorsqu'ils sont avalés à leur tour par la gueule du loup.

Leandrel et Idalvo s'approchent du bassin. Ce seront les prochains à boire l'eau de l'Evathfell.

– Vous aurez besoin de moi, là-bas, dit Leandrel à Arielle.

– Mais encore plus de moi, ajoute Idalvo avec un sourire en coin.

Une fois qu'ils ont bu l'eau de la fontaine, les signes de vieillissement apparaissent aussi chez les elfes, mais à un rythme plus lent que chez les autres. Le résultat est comparable cependant, même s'il vient plus tardivement : en moins d'une minute, leur chair s'assèche complètement et se désintègre, avant qu'ils ne soient avalés par le loup du bassin.

– Les six protecteurs ont quitté notre royaume pour celui des morts, déclare Kalev en s'avançant vers Noah et Razan. Reste à savoir lequel d'entre nous accompagnera Arielle Queen dans l'Helheim. Selon moi, ce devrait être l'élu de la prophétie, qu'en dites-vous ? Ael est officiellement l'une de mes protectrices attitrées, ça me donne donc une longueur d'avance, n'est-ce pas ?

– Ça ne te donne rien du tout ! réplique Noah sur un ton exaspéré. S'il y a un élu ici, ça ne peut être que…

Le jeune homme a un moment d'hésitation.

– Que toi, c'est ça ? fait Kalev.

– … que Razan, complète Noah à la surprise de tous. C'est lui qui a réuni les médaillons demi-lune avec Arielle.

– Et alors ?

– Seul l'élu de la prophétie pouvait le faire, c'est ce qu'avait prédit Amon.

– Amon était un vieux fou ! rétorque Kalev en riant. Et si nous laissions Arielle choisir ? propose-t-il ensuite.

Arielle se souvient alors de ce que son oncle Sim lui a dit avant de mourir, lorsqu'elle lui a demandé qui était l'élu : « C'est celui que tu aimeras… Celui que tu aimeras à la toute fin, et pour toujours. »

– Arrêtez de vous chamailler, les gamins, intervient Razan. Je n'ai pas l'intention d'aller me geler les fesses dans l'Helheim, alors ça vous fait un candidat de moins. Sur ce, pardonnez-moi, mais j'ai un avion qui m'attend pour Bora-Bora !

Arielle encaisse le coup sans broncher.

– Alors, tu vas vraiment te défiler comme ça ? lui demande-t-elle.

– Et pourquoi je ne le ferais pas ? Tu ne trouves pas que j'ai assez donné ? J'ai joué le rôle de l'élu qui réunit les médaillons. BRAVO ! Que dirais-tu d'en trouver un autre pour sauver les morts et conquérir l'Helheim, hein ? Demande à Nazar, il en meurt d'envie !

Arielle ne répond pas. Après avoir fixé Razan en silence, elle se penche au-dessus de la fontaine et boit l'eau de l'Evathfell à même le bassin. Son corps se ride, puis s'assèche sous le regard intrigué de Razan. À ce stade de la dégénérescence, l'élue ressemble à une vieille femme, mais bientôt son vieillissement s'accélérera de façon exponentielle pour finalement atteindre le stade de la décomposition totale.

Razan fixe toujours Arielle sans bouger. Il suit sa transformation en silence, incapable de prononcer la moindre parole. Le regard de la jeune fille lui semble triste. Son corps a maintenant l'aspect d'une momie et commence à se fissurer, tandis que sa peau, complètement desséchée, se détache en lambeaux. Dans quelques secondes à peine, ses membres se briseront en de minuscules fragments qui s'éparpilleront ensuite dans l'air.

– Arielle, attends! fait soudain Razan en se précipitant vers elle.

Il s'arrête tout près d'elle.

– Noah ira avec toi, s'empresse-t-il de lui dire. Il te retrouvera là-bas, fais-moi confiance. De mon côté, je me chargerai de retenir Kalev ici. C'est un monstre, princesse. Il pourrait mettre ta vie en danger...

Arielle s'apprête à quitter le royaume des vivants et à mettre le cap sur celui des morts. Elle entamera alors son second voyage vers l'Helheim. Mais avant de quitter Midgard, avant que son corps ne se brise et ne tombe en poussière, elle choisit de s'adresser une dernière fois à Razan.

Tout juste avant de fermer les yeux et de disparaître, elle lui dit:

– Je t'aime.

23

Les deux médaillons de Skol ont enfin été réunis. Selon Lukan Ryfein, c'est la seule explication possible.

Car au-dessus de lui, dans le ciel bleu, Skol a enfin rattrapé le soleil pour le dévorer. En d'autres termes, l'éclipse du soleil a commencé. *Ce jour est le premier jour de la Lune noire*, se dit Ryfein, *et il verra l'avènement de notre maître.* Lukan Ryfein parcourt le continent américain sur sa moto, une Harley-Davidson modèle 105E, depuis plusieurs mois maintenant. En fait, depuis qu'il s'est échappé de la Tour invisible, un repaire alter où il s'était laissé capturer, sachant qu'un jour il y ferait la connaissance d'un autre prisonnier, Noah Davidoff. Ryfein devait s'assurer que le jeune Noah parte bien pour l'année 1945, en compagnie de la Walkyrie, afin de porter secours à la jeune Arielle Queen. Pour Ryfein et ses alliés, il était essentiel que les deux médaillons de Skol que portaient les soi-disant élus de la prophétie soient un jour réunis. Et pour que cela se produise,

Noah devait absolument rejoindre Arielle Queen en 1945. Durant le séjour de Noah à la Tour invisible, Ryfein avait réussi à le convaincre qu'il était bien le second élu, et qu'au jour de la disparition des sylphors il lui faudrait à tout prix unir son médaillon à celui d'Arielle Queen afin d'éliminer les alters, ainsi que l'annonçait la prophétie. Mais, en vérité, il n'y avait aucun élu. C'était une invention, tout comme cette stupide prophétie. Les prophéties, selon Ryfein, c'était bon pour le cinéma et les livres pour enfants.

Les médaillons d'Arielle Queen et de Noah Davidoff avaient bien une forme de demi-lune, c'est vrai, mais c'est l'unique chose qu'ils avaient en commun avec les *véritables* médaillons demi-lune, qui étaient toujours bien cachés dans un endroit encore inaccessible aux humains. Les pendentifs qu'ont portés les descendants Queen et Davidoff pendant tous ces siècles sont de puissants talismans, mais leur réunion n'apportera rien de ce qui a été promis à l'humanité, bien au contraire. L'éclipse du soleil a débuté dès que les deux bijoux ont formé un cercle parfait. Une fois complète, l'éclipse plongera tout Midgard dans l'obscurité et permettra d'assister au plus grand avènement que le monde ait jamais connu. Ryfein se souvient des paroles qu'il a dites à Noah, tout juste avant son départ pour l'année 1945 : « Je suis celui qui viendra après, je suis l'avenir, je suis à la fois le sanctuaire et l'enfer. Et je ne suis pas seul. Tous les quatre, nous sommes légion. » *Oui, ensemble, nous sommes légion,* songe Ryfein. *Et bientôt, très bientôt, nous serons enfin réunis.*

Après avoir quitté l'autoroute, Ryfein dirige sa Harley sur l'une des deux routes secondaires menant à Noire-Vallée, puis à Belle-de-Jour. Depuis le passage de Lothar et de ses elfes au manoir Bombyx, il y a deux ans, et l'opération de maquillage menée ensuite par les alters, la ville de Belle-de-Jour n'a plus jamais revu un seul de ses habitants. Aujourd'hui encore, plus personne n'y vit. Les quelques rares citoyens qui n'ont pas été transformés en kobolds par les sycophantes de Lothar, puis « nettoyés » par les unités spéciales de l'armée, sous prétexte qu'ils avaient été exposés à un dangereux virus propagé par un groupe terroriste, ont tous eu droit à une expropriation forcée du gouvernement. Plus jamais on ne les a laissés retourner chez eux. Dans la capitale, on raconte que, dès le mois de janvier de l'année suivante, le ministre des Richesses naturelles a conclu une entente avec une compagnie minière. Selon la rumeur, les propriétaires de la compagnie se sont portés acquéreurs de l'ensemble des terres disponibles à Belle-de-Jour, avec l'objectif d'y raser tous les bâtiments, puis d'y creuser une mine à ciel ouvert. Depuis toujours, géologues et minéralogistes affirment que les régions de Rivière Belle-de-Jour et du mont Soleil sont riches en gisements métallifères. On y trouverait une concentration importante de fer, surtout en surface. On saura bientôt si les spécialistes ont eu raison, car la compagnie minière a effectué ses premiers dynamitages tout récemment et n'entend pas s'arrêter là.

Mais, aujourd'hui, ce n'est pas Belle-de-Jour qui intéresse Lukan Ryfein. C'est plutôt Noire-Vallée, la ville voisine. C'est là qu'il doit se rendre ; il se sent attiré par cet endroit depuis plusieurs semaines déjà. « La réunion » aura probablement lieu dans cette ville, et c'est l'unique raison qui a poussé l'homme à abandonner les plages et le soleil chaud de la Californie pour venir retrouver le froid et l'humidité automnale de ce pays nordique, qu'il a quitté voilà plusieurs années déjà.

Une fois arrivé à Noire-Vallée, Ryfein choisit de traverser le centre-ville sans s'y arrêter. Sur la Harley, il ressemble à un cow-boy solitaire ; il entre dans la ville après une longue traversée du désert et observe chaque maison, chaque commerce, sans savoir si les habitants l'accueilleront ou bien le chasseront comme un indésirable. Au bout de la rue principale, Ryfein immobilise un instant sa moto et, pour la énième fois aujourd'hui, lève les yeux afin d'examiner le ciel. Ça y est, l'éclipse du soleil est presque complète. La planète tout entière se trouvera bientôt plongée dans une obscurité hostile. Satisfait, Ryfein fait repartir sa moto et prend une autre direction ; il bifurque sur une route beaucoup plus étroite qui mène à l'extérieur de la ville, dans un secteur rural. Une dizaine de minutes et de kilomètres plus loin, à l'extrémité de la route, il trouve enfin ce qu'il cherchait : malgré la pénombre qui règne, il arrive à discerner une petite maison anonyme, complètement isolée des autres. Il s'agit d'un bungalow aux couleurs ternes, sans pelouse ni jardin.

Ryfein arrête sa Harley devant la maison, puis en descend. Il fouille dans l'une des sacoches en cuir fixées à la moto et en sort une feuille de papier qu'il enfouit dans la poche de son manteau. Tout en marchant vers la maison, il remarque la présence d'animaux sauvages autour de la propriété. Il y a des loups, principalement, mais aussi des panthères et quelques vautours dans le ciel. L'homme n'est pas surpris ; il a été dit que, après la réunion des deux médaillons, les animalters reprendraient leur forme animale et que certains d'entre eux bénéficieraient d'une mutation les faisant passer d'animal de compagnie à bête sauvage. *Ces animalters « améliorés » sont donc là pour assurer la protection des Quatre,* songe Ryfein. *En attendant l'asservissement ultime des commodats et l'arrivée de troupes fraîches en provenance de l'Helheim.*

Calmement et en silence, il monte les escaliers du perron. Il n'a pas besoin de cogner à la porte du bungalow. On vient immédiatement lui ouvrir. L'homme qui se tient de l'autre côté de l'embrasure est vêtu d'un uniforme de policier, et il est âgé d'une quarantaine d'années, tout comme Ryfein. Mais l'âge n'est pas leur unique point en commun : les deux hommes se ressemblent beaucoup.

– Fenrir ! Mon frère ! se réjouit l'homme en uniforme. Viens, nous t'attendions !

D'un signe de la main, il invite Ryfein à entrer dans la maison.

– Tu préfères que j'utilise ton nom d'emprunt ? lui demande-t-il. C'est Lukan, hein ? Comme dans « *Lukanthrôpos* », le terme grec pour « homme-loup » ? C'est notre mère qui t'a déniché un nom pareil ?

Tous deux quittent le vestibule et s'engagent dans le couloir menant à la cuisine.

– Ça m'en a tout l'air, répond sèchement Ryfein. Elle a toujours eu le chic pour trouver des pseudonymes originaux, ajoute-t-il sur un ton amer.

L'autre homme éclate de rire.

– T'en fais pas, frérot, rétorque-t-il, le mien n'est pas vraiment mieux : qui d'autre aurait pu penser à Chuck Gorman pour remplacer Jörmungand-Shokk, hein ? C'en est presque ridicule. Et elle s'est même fait passer pour ma nièce devant les compagnons d'Arielle Queen, tu imagines ? Mais que veux-tu, elle aime bien rigoler, notre vieille maman chérie, ça fait partie de son charme. Pourquoi crois-tu que notre père a laissé tomber Sigyn pour aller forniquer avec notre mère et lui faire de si beaux enfants, hein ? Elle est irrésistible, je te dis. Allez, viens, elle nous attend.

Au lieu de continuer vers la cuisine, Gorman amène Ryfein au salon. Ils y trouvent deux adolescents : une fille et un garçon. Le garçon est étendu sur le sol, au centre de la pièce, et semble inconscient. La fille est penchée au-dessus de lui et l'examine attentivement, comme si elle était en train de vérifier ses signes vitaux.

– Qui est-ce ? demande Ryfein.

– Le garçon se nomme Émile, répond Gorman. Nous l'avons endormi. Si l'incantation se déroule bien, il ne se réveillera plus jamais. Et la fille… eh bien, la fille, tu sais très bien qui elle est, n'est-ce pas ?

– Mère ? fait Ryfein.

La jeune fille se tourne vers Ryfein et acquiesce en silence.

– Je suis heureuse de te revoir enfin, Fenrir, mon fils, déclare-t-elle ensuite. Ne manquait plus que toi.

– Le jour de la Lune noire est arrivé, mère, l'informe Ryfein.

– L'éclipse est totale ?

– Elle l'est, mère.

– Parfait. Nous pouvons enfin procéder à l'incantation. Notre jeune ami Émile, ici présent, servira de réceptacle. Grâce à l'éclipse et à l'union des médaillons de Skol, son corps est dorénavant assez robuste pour accueillir l'esprit d'un dieu. Bientôt, mes fils, votre père sera avec nous !

– Mère, j'ai quelque chose pour toi, dit Fenrir en sortant la feuille de papier de sa poche. Avant de quitter la Tour invisible, j'ai pris soin d'inspecter soigneusement le coffre-fort des alters et de parcourir certains de leurs dossiers secrets.

– Qu'est-ce que tu as trouvé ?

Fenrir tend le document à sa mère.

– J'ai découvert ceci dans leur section « Bunker 55 », qui rassemble tout ce que Nayr et ses alters de la CIA ont découvert pendant leurs fouilles à Berlin au début de l'année

1965. Tu ne devineras jamais ce que c'est. Il s'agit d'une copie de *Révélation*, le verset manquant de la prophétie.

– Quoi ?

La jeune fille prend le document et l'examine. Ses traits demeurent inexpressifs jusqu'à ce qu'elle éclate soudain de rire : « L'identité du Traître sera connue le jour où Uris l'Occulteur sera éliminé », lit-elle à voix haute. *Je n'en crois pas mes yeux !* songe-t-elle. *Eh bien, je ne me doutais pas que le vieil Amon avait un tel sens de l'humour ! « Uris l'Occulteur »*, se répète-t-elle en s'esclaffant de nouveau. *C'est vraiment sérieux ? Que c'est bien trouvé ! Depuis mon arrivée à Belle-de-Jour, qui remonte à plus de dix-huit ans maintenant, je vis sous l'identité de Rose Anger-Boudrias. Si on élimine les lettres U-R-I-S de ce nom de famille, on obtient… Angerboda ! Pas mal !*

– Bon, c'est amusant, mais on a assez perdu de temps ! déclare la sorcière tout en froissant la feuille de papier. Passons aux choses sérieuses.

– Un instant, mère, intervient Fenrir. Tu ne crois pas que ce document pourrait nuire à ton anonymat si jamais il tombait entre des mains ennemies, comme celles d'Arielle Queen et sa bande ?

– Et alors, Fenrir ? Ça n'a plus la moindre importance maintenant. Les médaillons de Skol ont été réunis. Plus personne ne peut se mettre sur ma route dorénavant. Que dis-je ! Sur *notre* route ! Allez, venez ! Votre père attend depuis déjà trop longtemps.

Les deux frères s'agenouillent auprès du corps inerte de l'adolescent nommé Émile et s'inclinent au-dessus de lui, de la même façon que leur mère.

– Que glorieux et salvateur soit ton avènement ! s'exclame alors Lukan Ryfein, mieux connu sous le nom de Fenrir, aussi appelé « le Loup ».

– Que glorieux et salvateur soit ton avènement ! répète après lui Charles « Chuck » Gorman, dont la véritable identité est Jörmungand-Shokk, dit « le Serpent de Midgard ».

– Glorieux et salvateurs, son avènement et son règne le seront, mes enfants ! conclut la jeune Rose Anger-Boudrias, à l'intérieur de laquelle se cache en vérité Angerboda, aussi appelée « la Fauteuse-de-Mal ».

Comme Angerboda avant eux, Fenrir et Jörmungand-Shokk posent chacun une main sur la tête d'Émile, puis ferment lentement les yeux tout en prenant une profonde inspiration.

– Tu n'as plus rien à craindre, mon cher amant, déclare solennellement Angerboda. Le soleil, notre ennemi, a enfin disparu et les deux médaillons de Skol ont été réunis, comme tu l'avais prédit. La porte est ouverte désormais et n'attend plus que ton passage. Sache que l'Elfe de fer est en route. Grâce à lui, chacune de tes filles sera rappelée auprès de son père. Ensemble et pour toujours, nous régnerons ensemble sur les dix-neuf Territoires !

À l'extérieur, un éclair illumine brusquement le ciel. S'ensuit un puissant coup de tonnerre, pareil au grognement d'un dieu qui s'éveille. Le sol se met à vibrer et la maison est aussitôt malmenée par de violentes secousses. Rapidement, d'énormes lézardes sillonnent le plâtre des murs et du plafond. Le parquet s'ouvre en plusieurs endroits et laisse voir le sous-plancher, qui finit par se fendre lui aussi. Ne pouvant résister aux secousses qui gagnent sans cesse en puissance, les vitres des fenêtres explosent les unes après les autres, provoquant une pluie de verre qui s'abat sur la mère et ses deux fils. Mais aucun d'eux ne bronche, on les dirait en transe, jusqu'à ce qu'Angerboda lève les poings en l'air et crie pour couvrir le bruit du tonnerre :

– Il est tout près ! Il arrive ! *Enish quova ! Enish quova in Loki dey !*

Une large fissure déchire alors le plafond. Les montants et les solives du toit se brisent avec fracas et perforent le revêtement de gypse, tout juste au-dessus d'Angerboda et de ses fils. De larges morceaux de plâtre se détachent du plafond et s'écrasent sur le sol, mais sans blesser personne. Angerboda lève les yeux au ciel et voit qu'une partie du plafond s'est effondrée, laissant place à un énorme trou donnant sur le grenier. Au-delà du grenier, elle arrive à discerner la structure du toit, qui a été éventrée de la même façon. Il est midi. Angerboda le sait car, en regardant à travers les deux ouvertures, elle arrive à discerner la présence du soleil, au-dessus d'eux, mais celui-ci reste caché par la lune. À la place du grand astre orange et brûlant, Angerboda ne voit plus qu'un cercle noir, celui de l'éclipse.

Les éclairs et le tonnerre se succèdent de plus belle. Un éclair illumine le ciel, puis un autre.

La pluie commence à tomber et s'immisce à l'intérieur de la maison par les deux ouvertures qui sont situées l'une au-dessus de l'autre. C'est aussi grâce à elles qu'un troisième éclair parvient à entrer dans la maison, après s'être abattu sur le toit. La foudre suit la ligne du faîtage, puis traverse le grenier et continue sa course en ligne droite vers le salon, à l'endroit précis où est étendu le corps d'Émile. L'éclair le frappe en pleine poitrine. Le contact dure à peine plus d'une seconde, mais une énorme quantité d'énergie est transmise de l'un à l'autre. Dès que l'éclair disparaît, Émile ouvre les yeux. Il inspire profondément, de façon douloureuse, comme si l'air pénétrait dans ses poumons pour la première fois, exactement comme un nouveau-né. Il donne l'impression de vouloir crier, mais finalement sa bouche se referme sans émettre le moindre son. Ses iris ont perdu leur couleur naturelle ; ils sont devenus aussi noirs que le charbon.

Angerboda, Fenrir et Jörmungand-Shokk ont été projetés vers l'arrière lorsque l'éclair a traversé la pièce et s'est abattu sur le corps inanimé d'Émile. À présent que le garçon a commencé à bouger, la mère et ses deux fils se relèvent et retournent vers lui sans cesser de le contempler. Émile étire les bras et les jambes, de manière tout à fait calme, puis passe à la position assise avant de finalement se mettre debout. Il observe le trio un bref moment avant de leur offrir son premier sourire.

– Alors ? leur lance-t-il. On ne dit pas bonjour à papa ?

Il écarte ensuite les bras comme s'il les invitait à lui faire l'accolade.

– Qu'est-ce que vous attendez pour souhaiter la bienvenue à votre cher Loki ?

Angerboda est la première à se jeter dans les bras du dieu. Elle l'embrasse avec passion.

– Ça fait si longtemps, lui dit-elle ensuite. Tu m'as tellement manqué.

– Tu m'as manqué aussi.

– Je ne compte plus les fois où j'ai embrassé ce petit idiot d'Émile en pensant au jour où ce serait toi qui occuperais ce corps. Nous sommes beaux et jeunes, Loki, n'est-ce pas formidable ? Et nous sommes enfin réunis ! Pour de bon !

– Ils nous ont séparés une fois, mais ça n'arrivera plus, fais-moi confiance.

Des larmes remplissent les yeux d'Angerboda. Elle embrasse Loki de nouveau, puis s'écarte pour laisser la place à ses deux fils qui, à leur tour, accueillent chaleureusement leur père.

– Je pensais que ce jour n'arriverait jamais, père, lui dit Jörmungand-Shokk.

– L'attente a été longue pour nous tous, répond Loki avec la voix et les expressions d'Émile.

– Père, et notre armée ? demande Fenrir.

– Tous les alters de Midgard se sont regroupés dans l'Elvidnir. Là-bas, le général Sidero les a intégrés aux forces de l'Helheim. Le redéploiement des troupes vers la Terre a déjà commencé.

– Quand seront-ils ici, père ?

Loki adresse un large sourire à ses deux fils :

– Ils arrivent, mes enfants. Ils arrivent.

La production du titre *Arielle Queen, Le dix-huitième chant* sur 11 880 lb de papier Enviro 100 Antique plutôt que sur du papier vierge aide l'environnement des façons suivantes:

Arbres sauvés: 101
Évite la production de déchets solides de 2 911 kg
Réduit la quantité d'eau utilisée de 275 331 L
Réduit les matières en suspension dans l'eau de 18,4 kg
Réduit les émissions atmosphériques de 6 391 kg
Réduit la consommation de gaz naturel de 416 m^3